萬貴千金 3 完

文創風 663

幽蘭 著

目錄

第四十一章……005
第四十二章……021
第四十三章……037
第四十四章……053
第四十五章……069
第四十六章……085
第四十七章……099
第四十八章……115
第四十九章……131
第五十章……147
第五十一章……161
第五十二章……175
第五十三章……191
第五十四章……207
第五十五章……223
第五十六章……239
第五十七章……255
第五十八章……271
第五十九章……287
第六十章……303

第四十一章

阮玉嬌搖了搖頭。「我相信表哥。」

白玉靈白眼一翻。「真不知道妳怎麼想的，眼光準還是傻裡傻氣？不過我也承認妳這次看人挺準的。之前我還想呢，妳這麼有本事，怎麼找了個獵戶？而且這獵戶還沒什麼上進心，整天遊手好閒的。誰知他說要開鏢局，就立刻拉起了攤子來，新任的年輕知縣那麼硬骨頭都被他啃下來了。這鏢局不跟官府打點好，能行嗎？他這是找上知縣當靠山了，往後他的鏢局在咱們鎮上就絕對沒問題。」

阮玉嬌靜靜聽著，心裡有些驚訝，卻又覺得許青山本就該這麼出色，心裡升起一股驕傲來。如今這麼出色的男人是她的了，想想都覺得高興。

白玉靈在旁邊搓了搓胳膊，誇張地說道：「妳夠了吧，一個人在那兒笑什麼呢？知道妳喜歡妳表哥了，能不能收斂點？」

阮玉嬌只是笑。「表哥是我的未婚夫，我收斂什麼？像妳說的，都有姑娘湊上來了，我也不能乾看著呀。」

「誒，妳想幹麼？」

阮玉嬌沒回白玉靈的話，直接走了過去，笑意盈盈地對許青山喊了一聲。「表哥。」

許青山轉頭一愣，隨即就欣喜地挨近了她。「表妹，妳什麼時候來的？怎麼沒來找我？吃午飯了嗎？」

阮玉嬌笑道：「剛剛和喬姐一起吃的，跟她說事才說完。你呢？在幹麼？」她的視線落在一邊抽泣的姑娘身上，意有所指地問。

許青山看了那姑娘一眼，冷聲道：「出門撞見了麻煩。明明是劉松看她可憐，給了她安葬她爹的錢，結果她非說我是她的恩人，要跟著我報答，真不知是眼睛還是腦子有病？」

白玉靈噗哧一笑，見許青山看過來，立刻衝他豎了個大拇指，讚道：「姐夫你說得太對了，這賣身葬父，目的不是葬父嗎，怎麼還有死皮賴臉跟人回家的？再說跟都跟錯了人，可不是眼瞎！」

阮玉嬌瞪她一眼，小聲反駁。「瞎喊什麼？」

白玉靈理所當然地說：「你們都快成親了，我當然得喊姐夫，我才不像某些人那麼不識相。」

那姑娘被說得無地自容，卻只對許青山梨花帶雨地哭道：「就算你不想讓我跟也不必這麼羞辱我啊，你、你讓我還怎麼做人？還不如不活了！」

阮玉嬌淡淡一笑，聲音中透著冷意。「妳放著恩人不理，見我表哥一表人才就想往上貼，分明是自取其辱。妳這樣的人，何去何從又關我表哥什麼事？妳若自己活不下去，想去陪妳爹，也是不錯的選擇。」

賣身葬父的姑娘沒想到阮玉嬌會這麼說，整個人都傻了。「妳、妳這個人……太過分了！」

許青山不樂意得冷了臉，擋在阮玉嬌前面道：「過分的人是妳。妳再糾纏我們，我便只能將妳告到官府去了。」

若說他之前只是不耐煩，那這會兒就已經是冷漠如冰了，銳利的眼神幾乎將那姑娘嚇哭，哪裡還敢再糾纏？

許青山回頭面對阮玉嬌時恢復了溫柔，輕聲笑道：「表妹，本就是不相干的人，別為她浪費精力，我們走吧。」

阮玉嬌點點頭，沒再看那姑娘一眼，同許青山一起離開。白玉靈知道他們好幾天才能見一次面，自然不會沒眼色的湊上去，隨便找了個藉口就自己玩去了。

阮玉嬌到了他們買下的那個宅子裡，本想幫許青山收拾收拾家，誰知道家裡十分乾淨，根本不需要她伸手。

許青山拉著她坐下，給她沖了糖水，笑道：「別忙了，我好歹在軍營待了好幾年，整理東西還是會的，再說我也沒什麼東西。」他坐到阮玉嬌的對面，問道：「剛才吃什麼了？吃飽了嗎？」

「吃飽了。告訴你一個好消息，喬姐提拔我當二掌櫃了！」阮玉嬌喝了口糖水，終於露出了興奮之意。

許青山笑看著她，高興道：「嬌嬌真能幹！這要是叫村裡人知道，還不羨慕死我了？這麼好的嬌嬌可是我家的！」

阮玉嬌如今已經不會被他這種話說得臉紅，反而撐著下巴端詳了他片刻，嘖嘖有聲地道：「表哥也不遑多讓，這才到鎮上多久啊，就有姑娘家想貼上來了。表哥臉上的傷痕好了，這一打扮還真是很英俊、很招人眼的，難怪要被人盯上呢。」

許青山挑了下眉，摸摸自己的臉，笑道：「我只想招妳一個人的眼，別的姑娘，我管她是誰呢，只要嬌嬌妳喜歡就好。說起來我真要好好注意一下，不能日曬雨淋，這樣等到當新郎官的時候才配得上表妹啊，對不對，表妹？」

尋常的「表妹」二字，被他壓低了聲音念出來，不知怎地就叫人耳根發熱、心跳加快。阮玉嬌不敢跟他再說，忙問起鏢局籌備得怎麼樣了？

許青山輕笑兩聲，跟她說起這幾天在鎮上的事。鎮上的知縣才調來沒多久，滿腔熱血，想幹出一番成績來。但這樣的小鎮也就發生些雞毛蒜皮的小事，玉娘跟阮春蘭那兩件事都算幾年內最大的事了，又哪有政績可言？

如今許青山在鎮上開鏢局，雖說算不上什麼大產業，但他手下用的全都是退役的軍人，這就顯出特殊來了。歷來退役軍人的生活都是一個問題，很少有回家之後過得好的，甚至大部分還會有些心理問題，以至於動手傷人、殺人。

而許青山這樣給兄弟們找了個正經的活幹，著實是免去了不少事。若他們真能好好做，不惹事的話，鎮上多了這麼多上過戰場的士兵坐鎮，反倒還安全許多，連鬧事的地痞都會減少。這樣一來，不就能給他的政績添上一筆了嗎？

還有一點，鏢局往返押鏢，這貨物往來肯定會慢慢多起來，鎮上的那些鋪子掙錢也更容易些。長此以往，小鎮就會變得富裕，到時候他這個知縣也能與有榮焉，受到嘉獎。當然這也是因為許青山確實靠得住，所以知縣考慮到方方面面之後，才大力支持他的事業。

最難的一關過了，那自然是一切順利。看起來好像很好運，但實際上還是因為他是許青山，才辦得這麼順利。

許青山想到阮玉嬌已經當上了二掌櫃，便建議道：「要不然妳也搬到鎮上來吧？這裡的房間我都打掃乾淨了，隨時都能住。」

阮玉嬌心跳漏了一拍，有些震驚，又有些羞惱地說：「你想什麼呢！成親之前怎麼可以住一起！」

許青山一愣，反應過來，忙握拳在唇邊咳了一聲，忍住笑說道：「不是那個意思，我租了挺大的門面當鏢局，那後頭小院裡有間臥房，妳和奶奶、外婆搬過來，我正好住鏢局裡。」

阮玉嬌這才知道是自己想岔了，臉騰地一下紅了起來，不好意思地應了一聲。「我回去跟兩位奶奶商量一下，看看她們怎麼想？」

兩人是訂了親的未婚夫妻，又是表哥、表妹，單獨相處時難免會有各種曖昧的情形出現。兩人都意識到這樣獨處不妥，太容易心中躁動。於是說完正經事之後，阮玉嬌就提出要回去，而許青山也說要繼續準備鏢局的事，兩人就這麼分開了。

阮玉嬌回到家跟兩位老太太說了搬家之事，還說了許青山的鏢局已經籌備得差不多了。兩位老太太自然十分高興，但又有些顧慮，阮老太太說：「咱們才搬進新房子沒多久，這就搬去鎮上，會不會太招眼了，叫人惦記上啊？」

莊婆婆跟著道：「還有這房子咋辦？這還是新蓋的呢！」

阮玉嬌笑道：「先放著唄，等咱們在鎮上住習慣了，就把這裡租出去或者賣掉。雖然這是新房子，但如今有了更好的，當然是去住好的嘍，咱們的日子要越過越好嘛。說不定啊，將來連鎮上那個房子也不住了，去住更大的宅院呢。」

「喲，那麼大，每天光打掃都要費不少事了。」

「大了就請丫鬟唄，哪能讓妳們自己打掃呢？」

「不行不行，讓陌生人跟家裡住，咋想都彆扭，還是差不多就行了，太大也沒用。」

門庭代表一個人的地位，生活越過越好，房子也越換越好，這是必然的。不過阮玉嬌暫時還想不到日後會有什麼大發展，她對如今這個宅子已經很滿意了，便也不同奶奶們辯駁，她們說什麼就是什麼了。

定下搬家的事，阮玉嬌就去請李郎中來給莊婆婆看看骨折的傷怎麼樣了？

李郎中仔細檢查之後，沈吟道：「畢竟摔過兩回了，去鎮上坐牛車也顛簸，還是比較辛苦。不如再等半個月，把這次開的藥用完再搬，妳們覺得如何？」

阮玉嬌當然沒意見，立即點頭道：「不著急，等莊奶奶好些再搬，這段時間麻煩李郎中了。」

李郎中笑著擺擺手。「看到妳們越過越好，我心裡頭也高興。行，記得按時換藥，那我先回去了。」

這些年他不知給阮玉嬌看過多少次病，有好幾次都是從閻羅王手裡把人搶回來的，也算是看著這小姑娘長大了。阮玉嬌能有如今這一天，他是真的打從心裡高興，也不知將來這孩子能走到什麼高度？

雖說阮玉嬌她們半個月之後才搬家，但一家子的東西，要收拾可得趁早了。她們這一忙活，可不就讓村裡人看見了嗎？這下可不得了，阮玉嬌當上二掌櫃，要帶兩個奶奶去鎮上的消息，一陣風似的就傳開了。

阮玉嬌說是在鎮上租房，但租房別人也花費不起啊，在村裡人眼中，阮玉嬌這次是真的發達了！二掌櫃，是他們好多人一輩子都要仰望的存在！

常言道：窮在鬧市無人問，富在深山有遠親。一時間阮玉嬌家裡用「門庭若市」來形容也不為過，就連阮家二房都借著三個孩子的名義，上門來套近乎了。陳氏一向能屈能伸，雖然之前看走了眼，把阮玉嬌和阮老太太都得罪了，但她拉得下臉，上門時又是一副親親熱熱的樣子，好像他們還是一家人。

阮老太太一見她就皺起了眉。「妳來幹啥了？分了家就老實點，過好自己的日子，別總惦記些沒用的。」

陳氏尷尬地一笑，推出三個兒子說道：「這不，孩子想奶奶了，我跟金來就帶他們過來看看。娘，您這氣色是越來越好了，還是嬌嬌會孝順人，把您照顧得這麼好，要是在我們家，指定吃飯穿衣都沒這麼舒服。」

阮金來跟著笑道：「嬌嬌這是有大出息了啊，怪不得娘您一直最疼嬌嬌，這眼光可真好。那會兒大柱、二柱還總幫著嬌嬌幹活呢，嬌嬌也愛帶著他們玩。咱雖說已經是兩家人，可他們姐弟還是不該疏遠了，將來幾個孩子長大，也能給嬌嬌撐腰不是？」

要說之前阮老太太確實是這麼想的。兄弟給姐妹撐腰，不是很正常的事嗎？家家戶戶也都是這麼想的。可經歷這麼多事，她全看明白了，血緣關係根本就是白扯，關鍵時刻還得看平時處得咋樣，還有心地是好是壞？

她不覺得幾個孫子有壞心眼，但從他們的表現來看，小壯對阮玉嬌比對誰都親，小柱對阮玉嬌也有依戀之情，至於大柱、二柱，就被陳氏教得有些勢利眼了，懂得「趨吉避凶」，實則卻被那點小聰明弄得失了本心。

如今小壯跟著她們，對阮玉嬌又好，將來給阮玉嬌撐腰的自然就是小壯。小柱還小，將來會怎麼樣還不知道，可大柱、二柱是肯定不會繼續親近了，沒那個精力去管，也沒那個必要牽扯到一起。

阮老太太根本沒給他們面子，直接讓阮玉嬌回屋，道：「孩子來看我沒毛病，你們兩口子就回去吧，我看見你們就煩。孩子這麼大了也丟不了，待會兒讓他們自己回去。」

陳氏臉上的笑容一僵，沈了沈氣，又說：「娘，還有個事想跟您商量商量。小壯去書院讀書，聽說讀得還不錯，將來興許能光宗耀祖，一下子就擺脫這地裡刨食的命運了。您看，您這三個孫子，是不是也該送去識識字，長長見識，免得將來太沒出息，給祖宗丟臉不是？」

阮老太太「嗯」了一聲，說道：「妳想得沒錯，你們倆生了三個兒子，將來可是不好養活呢。既然想送他們去讀書，就抓緊多掙點錢把孩子送去，晚了怕是要耽擱了。對了，最近地裡不忙了，老二你可以去鎮上扛包、幫人蓋房子；老二媳婦妳幫人做做衣裳、洗洗衣裳都行，想法兒多掙點吧。」

這下連阮金來都撐不住笑臉了，皺眉道：「娘，您這可不行啊，只管小壯一個孫子，不管我家這三個了？您這偏心都偏到哪兒去了？」

阮老太太直接給氣樂了。「你大哥沒了，他的地在我這兒幫小壯收著，那些收成不夠他讀書？你們兩口子，真的不是一家人，不進一家門，自以為小算盤打得賊精，實際上就是倆傻子。我不好的時候你們不管我，我好了你們想讓我管你們，憑的是啥？家都分了，各過各的，再這麼沒皮沒臉的成天想占便宜，就別怪我給你們沒臉了。」

阮老太太曾當眾不給阮金多臉面，讓阮家大房丟盡了人，二房兩口子可不敢跟她硬碰硬，他倆還指望著兒子們有出息呢，名聲多少還是要顧及些的。家裡頭咋樣無所謂，到了外頭還是得把遮羞布遮好，要是鬧到張家跟許家那樣，可就得不償失了。

陪了半天笑臉，一銅板的好處都沒撈著，二房兩口子拉長著臉，扯著三個兒子就走，再沒說讓他們陪阮老太太吃飯啥的，看得阮老太太心裡更冷，更不願意搭理他們了。

而二房這次的鎩羽而歸，也直接幫阮玉嬌擋下了大部分想借錢求幫忙的人。畢竟連親二叔、親堂弟都沒管，別人哪有那麼大臉非要讓她給幫忙啊？大多心裡明白的都只是乘機跟阮玉嬌拉拉近乎，希望留個好印象。不管咋樣，將來指不定哪天就求上阮玉嬌了呢？

阮玉嬌的風光讓許家人也分外難受，畢竟阮玉嬌算是許家未來的長媳，可他們分了家，這就沒多大關係了。阮玉嬌越風光，他們越覺得虧，偏偏又沒辦法撈到好處，心裡的嫉妒就更加厲害。

許方氏、許姚氏私底下沒少嘮叨，都說許青山沒出息，人家阮玉嬌這麼大本事，早晚得把他給踹了，到時候看他還得意什麼？二十歲一事無成又被退親，丟人都丟到村外去。最好受不了滾得遠遠的，他們眼不見為淨。

相比看阮玉嬌風光，最令他們高興的事就是科舉開始了。這段時間放假衝刺，許青柏覺得很有把握，被家人問起，都是一副胸有成竹的樣子。許方氏見了就特別高興，一直叮囑道：「老三，你可一定要考上啊，給娘爭口氣，叫老大後悔去吧！」

許青柏點點頭，淡笑道：「娘您放心，我一定能考上秀才，將來還要再考舉人、考狀元，做官給您掙個誥命回來。」

「好好好，我兒長大了，知道孝順了。」許方氏笑眯了眼，還不忘損許青山一頓。「咱讀書明理能考狀元，他個山村野夫知道個啥？將來鐵定羨慕死你了，好好考啊！」

許青柏這次沒再攔著許方氏貶低別人，因為他心裡也是這麼想的。前陣子許青山和阮玉嬌出盡了風頭，反而是他嚇病了一場，以及分家的事丟人得厲害，他早就等這個機會翻身呢。等到報喜的人來家裡，這村子就只會有他一個人的風光！

士農工商，他們再怎麼樣跟他也沒法比。等將來他站在高處回望的時候，相信已經不會在意這些人了，因為他們已經全都變成了螻蟻！

在村口碰見同樣去趕考的張耀祖時，許青柏點點頭，算是打招呼，接著沒等對方，就自己上路了，且很好地掩蓋了心裡的輕蔑。在書院的時候張耀祖讀書就不如他，沒想到腦子還不好使。

考上秀才娶什麼樣的姑娘娶不到？再等兩年，萬一考上了舉人，能選擇的範圍就更廣了，張耀祖卻非在村裡娶個村姑；要是信念堅定點，把阮玉嬌娶回去也行，好歹模樣好看、本事大，將來做官帶出去都不丟人。可他非要換親娶回個阮香蘭，不但未婚先孕、名聲盡毀，還有個阮春蘭那樣的姐姐，提起來都嫌晦氣。

這樣的蠢人，他是不屑與之為伍的。想來對方諸事纏身，定不會好好複習，這次的考試怕是懸了，那他自然更沒必要與之來往。

張耀祖好不容易脫離那個天天爭吵的家，走在路上很是鬆了口氣。他家裡那三個女人簡直是大戲連連，沒有一刻是消停的，還特喜歡找他評判她們誰對誰錯。從前溫柔貼心的解語花、乖巧懂事的妹妹、慈愛強勢的母親，一下子全都變成了蒼蠅一般，天天在他耳邊嗡嗡嗡、嗡嗡嗡。吵得他煩不勝煩！

幸好，終於要去考試了，至少能躲開好幾天，考完再借著老師、同窗的名頭在鎮上住上一陣，又能清淨好些日子了。

張耀祖打了個呵欠，很沒精神。到了地方他肯定要先睡個好覺，不然恐怕看見題都不知道該答些什麼？

張耀祖這次倒是很有自知之明，因為到了考試看題的時候，他真的有很多都不知道該怎麼答，瞬間就傻眼了。明明看著都很眼熟，可為什麼就是想不起來呢？甚至有些明明想起來了，可就是有一、兩個字不確定，怎麼寫都看著像錯的。

他抬頭看向斜對面的許青柏，只見許青柏寫個不停，臉上一點猶豫的神色都沒有，顯然是會做的，那就是他複習的時候沒有認真看了。等到全部考完，張耀祖的臉上已經沒有一點血色。他有預感，他這次考不上秀才了！

回客棧碰見許青柏，他見許青柏臉色也很難看，不禁心中一喜，問道：「是不是這次題很難？你也沒答完吧？」

許青柏皺了皺眉，回道：「還好，我都答完了。」

「那你怎麼看著不高興的樣子？答錯了？」

「不是，只是累了。張兄，我先回房休息，你自便。」許青柏沒有多說，點了下頭就回房去了。

其實許青柏回房就乾嘔了半晌，然後有氣無力地癱在床上，臉色慘白。考試題中有一題是關於兩國戰爭的，他本來前頭答得很好，可看見那道題，心裡不可抑止地就想起了許青山給他講的那些經歷。能忍到回客棧才吐已經是他的極限了，剩下那些題他根本就無心好好作答，也不知這次能不能考上秀才？

等成績的時間裡，兩人忐忑難安。雖然原因不一樣，但結果卻同歸了。

成績出來那日，許青柏早早就過去看，從第一名一直找到最後才看見自己的名字，登時攥緊了拳頭，滿心不甘；而張耀祖則是反反覆覆找了好幾遍，仍舊不甘心地想找到自己的名字。

他們兩人的同窗有不少是鎮上的，家境也不錯，不管考上的還是沒考上的，都不太當回事，還招呼他們一起去玩樂。怎麼說這也能暫時休息一下了，可不得好好玩玩放鬆放鬆嗎？

用他們的話說，適當的放鬆是為了更好的讀書，精神頭好了，背書不也有勁了嗎？許青柏囊中羞澀，不願跟他們一起去，先行離開；張耀祖卻不樂意回村面對眾人嘲笑的目光，厚著臉皮就跟他們去了，隨後發現，這鎮上竟然有這麼多好玩的地方，他原來都不知道，簡直虛度光陰。他認為這次沒考好全怪家裡三個女人，所以如今好好放鬆一下，之後努力複習，下次就一定能考上。當務之急，當然就是好好玩了！

許青柏回村的這一天，剛好就是阮玉嬌一家人要搬到鎮上的大好日子，許青山和他的兄弟們都在幫忙把東西搬上車。大夥兒都去阮玉嬌家門口看熱鬧，竟沒人注意考秀才的大才子回來了。

這又讓許青柏有些不甘心。他原本對這次考的名次極不滿意的，覺得很丟人，但這下子看到他們又那麼熱鬧，就想著給自己找回面子，一回家就跟許方氏說：「娘，我考上了！」

許方氏驚喜道：「啥？你考上了？真的？」

許青柏點點頭，許方氏忙雙手合十對著天空又拜又謝，激動得不能自己。許姚氏他們也樂壞了，許青柏可是答應過會照顧、提攜二房的，分家不分家都能沾光；許桃花更是笑開了花。哥哥成了秀才，她將來婆家的條件直接就提高了一大截，這對她來說可真是天大的好事啊！

許青柏見他們只顧著高興，忍不住提了一句。「娘，您沒準備鞭炮？」

「哦，對對，要放鞭炮！你看我，高興得都忘了。趕緊的，老二拿一串鞭炮去放上；老二媳婦去逮隻雞殺了，今兒咱們好好慶祝慶祝！」

許青松二話沒說就拿了鞭炮去放，弄得老大的動靜，整個村子都聽見了。他們這才知道，原來許青柏已經回來了，還考中了秀才，連忙一個個跟許家道喜，說了不少吉祥話，把許方氏樂得見牙不見眼。

可許青柏覺得不夠。明明之前阮玉嬌當上二掌櫃的時候，他們熱絡多了，怎麼他考上了秀才，居然還比不過一個女人受歡迎？等到許方氏說明天要擺幾桌慶祝的時候，他們竟然還拒絕了。

第四十二章

許方氏變了變臉色，不高興地道：「咋回事？瞧不起我家啊？」

那人不好意思地道：「不是那個意思，實在是剛才答應青山去給他慶賀了，他要在鎮上開鏢局，明天開張，大宴賓客啊！」

「啥？鏢局？」許方氏瞪大了眼，不可置信道：「你說許青山？他當總鏢頭？」

那人一拍手，與有榮焉地笑道：「對啊！可不就是妳家老大嗎？聽說明兒個知縣大人也要去呢。妳說咱們老百姓平時哪能見著知縣啊，這可不就得去沾沾妳家老大的光嗎？妳家老大可真本事，跟知縣大人都能說上話，將來絕對有大出息，妳就等著享兒子福吧！」

許青柏臉色鐵青。在他這最榮耀的日子，為什麼那個人就是陰魂不散，非要搶他的風光！

許方氏更憤怒。開鏢局、請知縣大人，這哪件事能是個無能之輩幹出來的？許青山根本一直就在騙她！她丟下眾人，怒氣衝衝地跑向村西頭。她要去問問，那個喪良心的東西為何欺騙爹娘，這下還有什麼話可說！

許青山他們已經把東西全裝在兩輛牛車上，清點了之後，就跟阮玉嬌一起扶莊婆婆坐上了另一輛牛車。牛車上墊著厚厚的被褥，莊婆婆的傷也好得差不多了，只要不太用力，這麼點距離是不會太辛苦的。

天色不早了，許青山跟兄弟們交代了一下明天開業的事，就趕緊上牛車走了。

許方氏跑來的時候，只看見了他們離開的影子，不禁氣道：「跑得倒快！狼心狗肺的玩意兒！」

這時阮玉嬌的院門突然開了，劉松和七、八個兄弟走出來把門鎖好，皺眉問。「狼心狗肺是罵誰呢？妳活得不耐煩了吧？」

許方氏登時就嚇軟了腿。「沒、沒有，我丟了隻雞，正跟著追呢。」

劉松一跛一跛地走上前，眼神陰鷙地盯著她道：「最好沒在罵誰，否則，妳這長舌婦的舌頭也沒必要留著了！」

給許家報喜的人晚了一步趕來，誰讓許青柏是最後一名呢？他們也想搶著給前頭的報，多得點賞錢不是？

可他們敲著鑼跑進村，一路上卻沒見著多麼喜慶的場面。畢竟之前許家放鞭炮都已經慶祝一回了，大家都有自己的事，誰還總在外頭說吉祥話啊？特別之前阮玉嬌搬走，還給每人送了幾個銅板討吉利，許家啥都沒有，一比就顯得小氣了。

人家搬家還散財慶賀呢，你家考上秀才都沒點表示？就第二天請幾桌，誰稀罕啊？人家許青山都說了，鏢局開張去了隨便吃，還能看見知縣大人呢，老許家的幾桌菜有啥吸引人的？

就因為湊巧碰到一塊兒的原因，許青山和許青柏一下子有了天淵之別。村民們仍舊從骨子裡敬重讀書人有出息，可他們更清楚地認識到，像許青山、阮玉嬌那樣富有還有本事的人，才能給他們帶來切實的好處。秀才，什麼都幫不了他們。

越是小老百姓，越是能看到生活的現實。從前村子裡沒個出彩的人，大夥兒都在地裡刨食，對張耀祖和許青柏自然是滿心敬佩，總覺得他們讀了那麼多年書，認識那麼多字，看上去就很厲害。

但張耀祖退親，讓阮香蘭未婚先孕，爹娘被打也沒出過頭；許青柏嚇病了，也沒勸阻爹娘善待大哥，還鬧出了分家風波。這兩個準秀才在眾人心中的地位直線下降，早就從神壇掉進了泥潭裡。

這次更明顯了，報喜的人說張耀祖沒考上，許青柏是最後一名，跟人家許青山、阮玉嬌一次又一次的風光相比，簡直是黯然失色，讓人興趣大減。

不過到底村裡多少年才出這麼一個秀才，大家還是覺得很榮幸的。第二天，里正特地召集全村的人公布這一喜訊，只不過還沒等許家人端起架子，眾人就急匆匆地提著東西往鎮上趕了，他們要趕緊去看知縣大人呢！

許家人看著他們提雞蛋、提肉，熱熱鬧鬧的背影，再對比自己孤零零的樣子，氣得七竅生煙。許方氏咬著牙道：「我們去鎮上看看！我就不信他許青山能出息成什麼樣，還請到知縣大人？就憑他？我看這些人去看他丟人才對！」

許姚氏跟許桃花立即附和。「許青山不就是當了個兵嗎，有啥了不起的？這還吹上天了呢！爹您說是不？」

「是、是吧。」許老蔫搓搓手，為大兒子變得如此陌生感到不知所措，又憂慮道：「那要是假的……會不會連累家裡啊？」

「夠了！」許青柏心中積累的憤怒全被他們點燃，突然低吼怒道：「你們還不明白嗎？許青山已經不是以前任你們欺負的許青山了！他發達了！他本事了！他在村裡、鎮上比我還受歡迎，知縣大人的事，哪有人敢說謊？你們不要再自欺欺人了！」

許青松看著媳婦不忿的樣子，尷尬地說道：「三弟，家裡人也是替你不平……」

「不平什麼？誰用你們不平？我考上了秀才，將來還會考舉人、進士甚至狀元，還要做官！他算什麼東西？開個鏢局掙了點錢、有幾個兄弟，能跟我比？」許青柏咬著牙道：「終有一日，我會風光無限，而村裡這些鼠目寸光之人，一個都別想沾光！」

「對！他們瞎了眼，居然去討好許青山跟阮玉嬌，人家掙錢能給他們花是咋地？早晚有他們哭的！」許方氏呸了一聲，拉著許青柏道：「別管他們，咱們回家慶祝去，把留在村裡的人都叫來吃好吃的，叫那些跑走的後悔死！」

許青柏斜眼看她。「吃好吃的？妳有錢？」

許方氏愣了一下，有些無措地道：「這、這不是你去趕考的時候都給你帶去了嗎？

家裡沒、沒有錢了。」

「那妳亂說什麼？做不到的事少吹噓，丟人現眼！還有你們，如今我是秀才了，你們在外都注意著點，再像從前那樣丟人，別怪我不管你們！」許青柏撂下話就走了，留下幾人面面相覷。

許姚氏不樂意道：「他說的那是啥話呀？嫌棄咱們呢。他丟臉的事也不少吧，他咋不說呢？還不管咱們了，他作夢！咱們供他讀書，考上秀才就翻臉不認人了？想得咋那麼美呢！」

許方氏瞪她一眼。「就妳話多！老三心情不好還不能發脾氣了？他是我們老倆口供出來的，有妳個屁的功勞，管好自己得了！」

等許方氏拉著許老蔫也走了，許姚氏掐了許青松一把，氣道：「看看你娘、看看你好三弟，我跟你說，老三占咱倆多少便宜？不撈回來絕不甘休，往後我叫你幹啥你就得幹啥，知道不？還有桃花，妳必須跟我們統一陣線啊，要不就妳三哥那冷血的勁，能管妳啥？」

許桃花頗為贊同地點點頭，後悔道：「早知道還不如不跟許青山分家了，我哪知道三哥會變成這樣？他還凶我，許青山都沒凶過我。」

許家莫名其妙就分成了兩個陣營，隱隱對立起來。他們本也都是自私自利之人，牽扯到自身利益，哪有那麼容易消停的？一家子節衣縮食就為了供出個秀才，若這秀才一直不能帶給他們好處，恐怕就有得鬧了！

大半村民趕到鎮上，都是歡歡喜喜、熱熱鬧鬧的參加了青山鏢局的開業。許青山可沒騙他們，知縣大人確實到了，還是跟許青山一起出現的。兩人有說有笑，顯然是真的認識，這下村民們更加激動了，他們村這是出了個大人物啊！

許青山請知縣大人一起走到鏢局門口，做了個「請」的手勢，笑道：「煩勞知縣大人，希望將來這間鏢局能紅紅火火，長盛不衰。」

知縣妻大人笑道：「只要心正，自然不成問題。」說罷將手一抬，親手扯下了邊上垂著的紅綢，亮出上面青山鏢局的牌匾。

鞭炮聲驟然響起，舞獅隊舞動著上前，許青山拿起大毛筆在頭獅的眼睛上點下金漆，兩邊的獅子獅頭一揚，口中立時吐出了一副對聯，場面整個都熱了起來！

阮玉嬌同兩位老太太還有小壯，站在許青山後面，看著這一幕，不禁跟著大家用力鼓掌，臉上均是喜悅激動之色。和阮玉嬌當上二掌櫃不同，這是許青山自己開的鏢局，是自家的產業，還有知縣大人助陣，幾乎能夠預見將來的風光。他們無不為許青山感到高興，更對將來充滿了無限的期待！

在大家期待的神情中，許青山上前一步，宣佈開業。「今日鏢局開張，已經接下了三單生意；明日，鏢局的兄弟們就會各自出發，將接下的生意圓滿完成。以後，鏢局會越來越大，生意會越來越多，大家說對不對？」

「對！對！」一眾人的喊聲襯著笑臉，給人帶來無限的信心。

許青山露出笑容，衝大家一拱手。「借大家吉言！我已在後院備好酒席，今日來慶賀的都是我許青山的朋友，大家吃好喝好，誰都不要客氣，請！」

隨著他一個請的動作，大家一窩蜂地衝進了鏢局，村民們經過阮玉嬌他們的時候，還不忘跟他們打招呼，張嘴就是一串一串的吉祥話，把許青山誇得前無古人，後無來者。

雖然知道他們太誇張了，但兩位老太太還是笑瞇了眼，跟著連連點頭，高興的都不知該怎麼回應？她們一輩子也沒想過會經歷這種場面啊！

小壯看看正和妻大人、里正說話的許青山，又仰頭看著阮玉嬌，感嘆道：「姐姐，姐夫他好厲害啊！」

阮玉嬌摸摸他的頭，笑道：「讀書不僅可以明事理，還能知道不少普通人不知道的機遇。等將來你讀好了書，再去外面走走看看，就會知道人外有人、天外有天，只要你努力，會比表哥更厲害的。」

小壯眼睛一亮。「真的嗎？昨天老師還誇我學得快呢，說我能舉一反三、融會貫通，極有天分。」

「那更好啦，有多少人努力一輩子仍舊不成功，可能就是少了點天分。如今你連最難得的都有了，就只要努力就行，對不對？」

「對！那我將來要掙好多的錢，還要當大官，給姐姐妳撐腰！」

阮玉嬌莞爾一笑，對小壯一直記得給她撐腰的事既無奈又感動。這個觀念恐怕已經深入小壯內心了，不過只要小壯能奮發努力的話，怎麼想並不重要。

升為二掌櫃、鏢局開張，他們都搬到了鎮上，彷彿一下子和村子的距離就遠了些。至少如今阮玉嬌再看到那些村民們，即使是曾說過她閒話的人，她心裡也沒有任何波動了。從前的生活有很多不如意，但她努力走出了那個圈子，拚出了自己的一片天地，就從那些雞毛蒜皮的瑣事之中掙脫了出來。

果然，孫婆婆教她的那些話都是很有道理的，將眼光放得長遠一點，才能活得快樂、活得有意義，不會鑽牛角尖，把自己局限在無盡的瑣事之中，不堪其擾。

如今到了鎮上，她也有一定的能力了，應該想辦法見見孫婆婆了吧？只是她們這一世的身分很難有機會認識，也不知能不能再一次順利的結識？孫婆婆對她有恩，她真的很希望能接孫婆婆出來安享晚年，這是她從上輩子一直到這輩子的願望。

青山鏢局接到的三個單子，一個是護送一箱珠寶去京城；另一個是押送一批瓷器去江南，再跟接頭人換成絲綢押回來；最後一個是護送一對兄妹去臨城探親，三日後再護送他們回來。

單子有大有小，價格也高低不一，但對剛剛開張的青山鏢局來說，都是極好的單子，若順利完成，一下子就能打響知名度。這都是託了婁大人的福，幾家富戶才給許青山這個面子，照顧他的生意。

兄弟們早被許青山叮囑過出行需要注意的事項，連各自負責的單子也是根據他們性格給分配的，不出意外的話，不會有任何問題。許青山這一次也要出行，護送那箱珠寶去京城。第一單，開門紅，他也想要討個吉利，且京城不遠，珠寶又貴重，由他負責再合適不過。

鏢局就由劉松坐鎮，他腿腳不好，不適合出行，但他識字，正好能負責鏢局裡頭的事務，倒也算找到了適合的活計。

出發前，許青山再一次叮囑了兄弟們注意安全，認真道：「我帶兄弟們一起幹是為了讓大家過得更好，不管什麼時候，自身安危都是最重要的。若是遇到意外，不可挽救，切記不能輕易犯險，不要為了保護貨物丟了自己的小命。貨丟了，我們可以賠；人沒了，就什麼都沒了，知不知道？」

「知道！山哥放心，你教我們的，我們一直都記著呢！我們能活到今天，就是記著你一句話：命最重要！」

許青山滿意地點點頭。「好，都記得就好，那就預祝大家一切順利，大家出發！」

「好！」兄弟們齊聲一喊，立刻行動起來，透著股軍人特有的風采，引人注目。

許青山勾了勾唇角。能看到兄弟們這般生機勃勃的樣子，他就放心了。都是他帶過的兵，他不願意讓任何一人落魄淒慘，只要有一點辦法，他都要讓他們過得好、過得讓人羨慕！

阮玉嬌提著個包袱氣喘吁吁地跑過來，見他還沒走才鬆了口氣，急忙喊道：「表哥！」

許青山意外地回過頭，大步迎上去問道：「嬌嬌妳怎麼來了？昨天不是說不用送了嗎？京城這麼近，我幾日便回。」

阮玉嬌將包袱塞到他手裡，說道：「我想著你出門在外多有不便，就準備了點東西。裡頭有傷藥、牛肉乾、肉醬、酒，還有一些小東西，都準備得挺多的。路上要是沒有飯館，就拿這些就饅頭、餅子吃吧，跟兄弟們分分，起碼有點滋味。對了，我還放了幾包調料，路上你們打個野雞、野兔也能吃點好的。還有這個，裡頭是一些碎銀子和銅板，方便在一些小攤子上花用。」

她拿出一個繡著一片翠竹的藍色荷包，說話間就塞到了許青山手中。

許青山心中觸動，看著一臉關切的姑娘，特別想把她抱懷裡好好溫存一番。可他們還沒成親，這還是大街上。真是個折磨人的現實！

他緊緊握著阮玉嬌給他的東西，低聲說道：「回去叫奶奶和外婆挑個好日子，等我回來！」

許青山怕再留下會忍不住碰碰那個可愛的姑娘，說完話就招呼兄弟們大步離開。

兄弟們一一跟阮玉嬌道別，阮玉嬌也一一回應，只是仍舊有些發懵。挑日子？挑什麼日子？

是她想的那個意思嗎？好端端說著話，怎麼就想到挑日子上去了？

沒等她想明白前因後果，就聽見喬掌櫃在叫她。「嬌嬌！我就知道妳肯定在這兒。怎麼樣，妳表哥走了？」

「嗯，他剛走，喬姐怎麼過來了？」阮玉嬌迎了上去，疑惑地問。

喬掌櫃笑道：「我來抓妳當壯丁！走吧，鋪子裡昨天上了新款，沒承想好多人來買，這會兒已經忙不過來了，妳趕緊跟我走。我看啊，要是明天熱度還這麼高，就得臨時找幾個人幫工了。」

阮玉嬌立刻不好意思了，忙道：「店裡這麼忙，我不該請假的。」

喬掌櫃擺擺手，笑了笑。「是我沒告訴妳，況且妳表哥出門，妳是該好好送送的，要麼也不放心。我是從妳那時候過來的，瞭解妳的心。沒事，真有重要的事我就不給你假了，咱走吧。」

「好，那喬姐想請幾個人呢？臨時來的能幹好嗎？靠得住嗎？」

「這也是我想跟妳說的。我認識的大多都在鋪子裡了，可能還得請三五個人，妳看看有沒有相熟的、信得過的人介紹來幫工。也不需會做什麼，只要人機靈點，能幫著介紹衣服就行了，再有就是幫著跑跑腿、幹些雜活，一般都能幹好的。」
「我找？」阮玉嬌一想就明白了，這是喬掌櫃給她施恩的機會呢。雖然只是小恩小惠，但足以顯示她在錦繡坊的地位，讓店裡店外的所有人都認清她是錦繡坊的二掌櫃。再者若她能幫到身邊一些人，對她本身也很有好處。
阮玉嬌感激地說：「謝謝喬姐，我會找可靠的人來幫工的，妳放心。」
喬掌櫃笑道：「對妳啊，我是一直放心得很，如今妳表哥看著也能發展不錯，你們兩個挺配的，將來一起努力，一定能把日子過好。」
「嗯。」阮玉嬌抿嘴笑了起來，想到許青山，心裡都是喜悅。
錦繡坊確實特別忙碌，阮玉嬌一進門就和喬掌櫃一起接待客人。有些富貴一點的人家，還要帶著衣服去他們家裡讓他們挑選，被選中了再給送貨。還有人看中一個樣式，想改動一下，讓衣服更適合自己，也需要阮玉嬌去參謀。這一天忙下來，阮玉嬌回到家動都不想動了。
阮老太太給她端了碗雞湯，心疼道：「這幹啥也不好幹呀，明明是二掌櫃了，咋比以前更累了呢？」
阮玉嬌從床上爬起來笑道：「負責的事越重要越得用心啊，就算是大戶人家的大老爺，也有不少事得幹呢，操心得很。頂多不會像在地裡那樣純幹苦力，喬姐也一樣累壞了呢。不過奶奶，這次雖累也高興，這是我設計的第二批衣服，賣得越好，說明我本事越大啊，賣得好，我才能被重視呢！」

阮老太太自然也知曉這個道理，可看著從小嬌嬌柔柔的小孫女這般勞累，她還是心疼不已。「妳這半年雖然沒生病，看著比以前結實了，可到底小時候底子薄，一定得注意些。我看妳還是得抽空去郎中那兒看一看，萬萬不能為了掙錢把自己給累壞了。咱不求大富大貴，只求健康平安啊。」

阮玉嬌握住阮老太太的手，點頭道：「奶奶放心吧，我有分寸的。正好明天我要回村裡一趟，就順道去李郎中那兒把把脈，要是他說不好，我就少幹點活。」

這麼一說，阮老太太就放心了，看著她把雞湯喝完，便叮囑她趕緊睡覺，早點休息。

她們搬到鎮上後，就住在許青山給阮玉嬌買的那座宅子裡，五間正房，三人各住了一間。那間最大的留了下來，打算等許青山和阮玉嬌成親的時候做新房。

這宅子比起村裡的那個好了太多，地上鋪了青石板，窗戶又大又敞亮，房間裡空間也大，連床都要舒服一些，住在裡面又乾淨又舒服，而且隔音還很好。

阮老太太走後，阮玉嬌本是想琢磨一些事的，結果不知不覺就睡著了。

隔日，當阮玉嬌再次回到村子裡時，許多人都熱情地同她打招呼，問上一、兩句她和許青山在鎮上怎麼樣、兩位老太太又怎麼樣；有沒有什麼好活計能幫忙介紹，又有沒有什麼好的親事能幫忙介紹等等。誰都想跟她說上話，顯示一下自己跟她關係有多近。

阮玉嬌笑著一一回應，客氣而有禮，好半天才在葉氏家坐下喝口水。

葉氏笑道：「嬌嬌現在出息了，大夥兒都愛往前湊，也就妳有耐心說那麼多。」

阮玉嬌笑笑。「都是鄉親，說幾句話值什麼。嬸子，我這次回來是想找幾個人去錦繡坊幫工。時間不長，可能半個月就差不多了，負責給客人介紹衣服、布疋，得記清楚價錢和料子；再就是跑跑腿，沒什麼難的。工錢一天二十文，包一頓飯，嬸子有沒有興趣過去試試？」

「啥？一天二十文還包一頓飯？」葉氏睜大了眼看著她，滿臉的不可置信。「就幹那點活？」

阮玉嬌笑著點點頭。「我還能騙妳嗎？這不，一有好活計，我就想到嬸子了。不過這些天客人比較多，其實還是挺累的，嬸子您考慮一下。」

葉氏一擺手。「考慮啥？那點活對咱們來說算個啥！我明兒個一早就去，妳放心，我絕不給妳丟臉！」

阮玉嬌笑道：「嬸子做事，我放心得很。那行，我再去找幾個人，就李嬸子她們，明天妳們一起結伴去吧，來回也有個說話的。」

「行，那妳先去忙，待會兒記得上嬸子家來吃飯啊。」

「誒！」

葉氏家裡在村子裡還算是富裕的，畢竟就他們一家賣豬肉的，每天多多少少都能賣點。不過最近地裡頭不忙，大夥兒幹活少了，自然吃得也少了，買肉吃的就更少了。生意不如前陣子，葉氏閒著沒事幹，有這麼個好活計，她高興還來不及。

雖然阮玉嬌說挺累，但阮玉嬌都能幹下來的活，對她們這些忙活慣了的人來說，其實真不算啥，這可比扛大包還掙錢呢，絕對是好事！

之後阮玉嬌又找了邱氏、里正的女兒，還有李郎中的兩個兒媳。一共五個人，足夠將這段時間應付過去了。

而在她走後，這一次介紹幫工又讓村子裡熱鬧了起來。

如今村子裡誰最有本事？那絕對是阮玉嬌啊！

不僅搬家散財討吉利，還能幫村裡人介紹好活計呢！

討好誰都白扯，就得跟阮玉嬌處好關係，這好處簡直如同天上掉餡餅啊！

若說之前大家還只是對阮玉嬌另眼相看，想結個善緣，那如今就狂熱到討好了。

家門口蓋房子一天二十文，去鎮上幫工一天二十文包頓飯。他們上哪兒能找著這麼好的活啊？這全都是阮玉嬌給他們的！再看看阮玉嬌從葉氏那兒買過多少豬肉；還有租給邱氏的地，租子又便宜了多少？

阮玉嬌在眾人心裡簡直成了個金餑餑，沒人可以替代！

可他們再想討好人也白搭，阮玉嬌早走啦！他們只知道阮玉嬌搬到了鎮上去，可卻不知道她家如今在哪兒，這真是改換門庭，他們這些鄉親想求人都找不著門去求了。

第四十三章

這個時候大家又一次清楚地感受到，阮玉嬌跟他們不一樣了，是鎮上的人，不再是從前他們隨意能說道、隨意能見著的人了。

仔細想想，這事早有預兆，連她家那兩位老太太都早早就跟眾人拉開了距離。整天不用幹活，除了收拾家就是閒著玩，首飾一套一套的，衣服一件比一件好看。只是如今才徹底將阮玉嬌和他們區分開，阮玉嬌已經是飛出雞窩的金鳳凰了！

找不著阮玉嬌，葉氏幾個被選中幫工的人就成了她們親近的對象。打著或好奇或關心的名義，有的探問她們和阮玉嬌怎麼好上的，有的想知道阮玉嬌住哪兒，還有的希望能讓她們幫忙說說好話，也跟著去幫工。

葉氏被吵得煩不勝煩，白眼一翻，諷刺道：「這會兒知道著急了？當初嬌嬌遇著事的時候，誰在她背後嚼舌根子了？得虧是她自個兒立得住，不然換一家姑娘被妳們那麼瞎叨叨，早跳河去了！妳們當嬌嬌是活菩薩普度眾生呢，得罪了她還想從她那兒拿好處，想得咋那麼美呢？」

眾人一聽就尷尬了。確實，當初她們多嘴多舌，幾乎每個人都說過阮玉嬌的閒話。可那不是以為張耀祖讀書多，是個好的嗎？再說阮玉嬌天天在家裡，她們也沒見過幾回啊，誰能知道是張母跟劉氏、阮香蘭她們詆毀阮玉嬌呢？

就是後來也不能全怪她們啊，誰能想到阮玉嬌那麼照顧老人家，看見莊婆婆骨折就真的照顧人家呢？誰又能想到莊婆婆的外孫居然會回來給她們當靠山？更是誰也想不到阮玉嬌一個原本嫁不出去的姑娘，居然能有今天的出息啊！

大夥兒紛紛解釋，可心裡都跟明鏡似的，換成她們自己，鐵定是不搭理這幫人的。憑什麼在她們說三道四之後，還幫她們找活幹，傻啊？

一天二十文，工期只有半個月，算起來錢也不是特別多。但有一就有二，這次是這麼多，下次指不定能更多呢？再說在錦繡坊幫工說出去也體面啊，萬一表現機靈點，被掌櫃的看中給留下了呢？這是個大好的機會啊！

直到里正出來說話，村裡才消停下來。眾人一琢磨，這里正家的閨女跟阮玉嬌處得也不錯，她們怕是連糾纏都不能糾纏了，即使再鬧心，也得老老實實的。

不過這些人可不包括阮家和許家。他們跟阮玉嬌、許青山是鬧得有些不愉快，但在外頭又沒鬧翻，憑啥阮玉嬌給人介紹活不找她們？陳氏、許姚氏、許桃花可都心癢癢的想去幹呢，特別是許家如今正缺錢，連許方氏都想要去。

許老蔫倒是有些打怵。「這……咱去找阮姑娘能行嗎？山子那脾氣還不得給咱沒臉？」

許方氏就瞧不上他這沒出息的樣，瞪他一眼說道：「老大不是出門了嗎？只有那阮玉嬌，她是咱家沒過門的大兒媳婦，還敢對公公、婆婆不尊敬？你瞧著吧，她就算再不樂意也得鬆鬆手，給咱們點好處。」

許桃花樂道：「就是啊爹，您別操心了，讓娘去找阮玉嬌。許青山是咱老許家的人，憑啥發達後好處全叫別人占了？要是阮玉嬌不肯，等許青山回來也得不高興，這不擺明了阮玉嬌看不上咱家人嗎？擱誰能高興？」

她們想得不錯，換成普通人家，男人鐵定覺得丟面子。就算自己再不喜歡家裡人，這麼明晃晃越過家裡人找外人，也會心裡彆扭。可她們卻忽略了許青山和阮玉嬌都不是普通人，也根本不在乎他們怎麼想，別人又怎麼想。

她們第二天特意比葉氏等人早了一刻鐘出發，就為了趕到錦繡坊頂替這份工。到時候阮玉嬌抹不開面子，只能讓她們留下，等葉氏到的時候她們都幹上了，隨便把人打發回去不就行了？葉氏那幾個人，只把里正女兒留下也就得了。

許家三個女人風風火火地趕到錦繡坊，錦繡坊大清早就已經開門了，十幾位客人正在挑選衣裳。許方氏眼珠一轉，在門口就喊道：「二掌櫃在嗎？我是二掌櫃阮氏將來的婆婆，找她有事呢。」

從沒有人這麼介紹自己的，又彆扭又好笑，一下子引來了不少目光。

許姚氏乘機道：「小二哥，快帶我們去找阮氏吧，我們是來幫工的。鋪子裡不是忙不過來，請我們來幫工嗎？」

門口的小二不清楚這件事，疑惑地看了看她們，客氣道：「妳們稍等一下，我去通知我們二掌櫃。」

小二說什麼都不肯將她們帶進去，反而很快就跑去通知了祥子。祥子和阮玉嬌、許青山處得都不錯，是知道他們家裡情況的，聞言便皺起了眉，立即跟阮玉嬌說了此事。

阮玉嬌眉頭一皺，說道：「我就不露面了，不然糾纏起來難看。祥子哥，你叫幾個人把她們趕出去，適當說說實話，別叫她們影響了生意。」

「成，那我去打發她們。」祥子明白了阮玉嬌的意思。

錦繡坊作為鎮上第一成衣鋪，怎麼可能任由別人搗亂？鋪子裡也是養著幾個打手的，一聽是二掌櫃的吩咐，全都跟著祥子出來了，就想好好表現表現，給新升上來的二掌櫃留個好印象。

「找茬是吧？我們二掌櫃說了沒請妳們，趕緊走啊，別耽誤我們做生意。」

「錦繡坊可不是妳們隨便吵鬧的地方，想好了再吵吵，打擾了客人，別怪哥幾個不客氣！」

狠話說完，祥子就似笑非笑地道：「許家的是吧？別說我們二掌櫃還沒過門，管不著妳們許家的事，就算將來過門了，也沒必要搭理妳們吧？有事去青山鏢局找許青山，別再走錯了地。」

許方氏她們嚇了一跳，忙道：「你們什麼人？跟阮玉嬌說了嗎？她人呢？叫她出來！」

「對，叫她出來！她居然把我娘晾在這兒，還想不想好好過了？」

祥子都被她們的無恥氣笑了。「別看我在鎮上挺久了，連我這個都聽說過，妳們許家不把許青山當人看，不給他治傷、逼他去當兵，分家要不是里正主持公道，妳們還想叫他淨身出戶。這是哪兒來的臉跑來說三道四的，跟誰逞威風呢？我們二掌櫃可不是妳們許家能冒犯的！」

祥子一揮手，幾個打手立刻捏著拳頭上前，一個個凶神惡煞，把許方氏三人嚇得臉色煞白。許桃花最為害怕，畢竟她還是小姑娘呢，躲在許方氏身後顫著聲道：「娘，我們走吧，我、我要是被他們碰了，還有什麼臉活啊？」

許方氏一聽倒不怕了，他們幾個大男人還真敢碰她們幾個不成？那唾沫星子也得把阮玉嬌淹死，她們怎麼說也是阮玉嬌未來的婆婆、弟媳、小姑子！

可就在許方氏想要撒潑的時候，比她們晚一步的葉氏幾人到了。

葉氏多精啊，一看就知道是咋回事，再看已經有錦繡坊的客人和外邊的行人在看了，立即上前罵道：「妳們還要不要臉了？一個當後娘的磋磨青山不算，都分家把人趕出來了，還有臉來討要好處？呸，妳作夢呢？」

邱氏得了阮玉嬌他們更多幫忙，當然是全心維護，捋起袖子就指著許方氏罵起來：

「這不是秀才公許青柏的娘嗎？咋地，許青柏考上秀才也養不起妳們，要妳們來糾纏被趕出來的許青山？那妳們去青山鏢局啊，上錦繡坊來幹啥？沒過門的兒媳婦都想磋磨，妳們以為家裡出個秀才就能無法無天了是吧？」

這帽子可就扣大了，連葉氏都嚇了一跳，更別說許家三人。許方氏臉色難看得厲害，急急地反駁。「妳們別胡說！沒有的事！」

行人們可不管她臉色難看不難看，紛紛對著許家人指指點點。本來她們聽說許方氏是後娘，就聯想到後娘虐待許青山了，要不剛才第一句咋介紹自己是二掌櫃將來的婆婆？這不明擺著想討好處嗎？等再聽說他家出了個叫許青柏的秀才，人們議論聲就更大了。

秀才家的人居然這種德行，那許青柏又能是什麼好的？如果是好人，能縱容親娘磋磨同父異母的大哥？

秀才的名聲可是頂頂重要的事，雖然許青柏考了最後一名，但他們鎮上總共也沒幾個秀才，早就聽過說許青柏的名字了。本是與有榮焉的一件事，以為又出了個有學問、有本事的人，誰知道聽起來居然不太好。

許方氏聽著他們的議論聲急得汗都下來了。她只想來拿捏阮玉嬌，可沒想過把家醜暴露在人前啊，這不是要毀許青柏的前途嗎？

里正的女兒皺皺眉，說道：「妳們還是趕緊回村裡去吧，別在外頭丟人現眼了。有事等許青山回來找他去，嬌嬌姐可還不是妳們許家的人呢，管不著妳們的事！」

看到里正女兒眼中的厭惡，許方氏打了個激靈，忙說：「我們、我們就是來看看嬌嬌，既然她忙著，我們就回去了。」

許家三人落荒而逃，許桃花更是早就拿帕子捣住了臉，恨不得找個地洞鑽進去！她們一跑，明顯理虧，眾人的議論聲更大了，尤其是剛開始許方氏她們說就是來幫工的，前後不一，根本就是占便宜沒占著才隨便找了個藉口。這一下可是讓許青柏都跟著火了一回！

葉氏上前對祥子說道：「對不住啊，村裡出了這種丟人的東西，打擾你們做買賣了。我們幾個是二掌櫃找來的，手腳乾淨索利，保證幹活勤快，你們可別誤會二掌櫃啊。」

祥子笑道：「幾位放心，二掌櫃的為人我們都很清楚，不會多想的。來，幾位進來吧，二掌櫃在後面忙，我帶妳們過去見一見，然後就開始上工。」

「誒，好！」

該做的事情之前阮玉嬌就跟她們說過了，所以見面寒暄幾句之後，阮玉嬌就親自給她們演示了一遍要做的事，讓她們直接上工了。事情沒什麼難度，幾人又都是通透伶俐的人，沒一會兒就上手了，幹得有模有樣，連喬掌櫃都誇了一句，說阮玉嬌會選人。

與此同時，大柱、二柱在書院找到了小壯，跟他說他們想奶奶了，讓他帶他們去看看奶奶。

小壯不疑有他，跟老師請了一會兒假就帶他們回家了。誰知到了家門口，就見阮金來和陳氏領著小柱突然出現，笑咪咪地打量著大門和院牆，道：「老太太住這裡啊？是跟人合租的吧？就算是合租也舒服啊，這大院子，沒進去就知道比村裡強了多少倍。」

小壯警惕地瞪著他們道：「你們來幹麼？奶奶說了不樂意見你們！」

阮金來沒把他當回事，隨口道：「你小孩子家家的瞎管啥？我是你奶的兒子，大柱他們是你奶的孫子，咋還就不能來了？」說著他就上前拍門，等著進去。

小壯聞言，瞪向大柱、二柱，氣道：「原來你們騙我！根本就是想知道大姐的住處，好來占便宜對不對？你們怎麼變成這樣了，虧姐姐以前對你們那麼好！」

大柱、二柱低下了頭，有些局促地攥了攥衣角。

陳氏見狀，冷哼一聲，摟住兩個兒子道：「別聽他胡說，他一個沒爹沒娘的懂個啥？你們好心去書院看他，他還不領情，以後別搭理他。你們是老太太正經的親孫子，來看望老太太再適合不過了，誰能攔著？」

兩人一聽娘這麼說，腰骨就挺直了幾分，眼神也不閃躲了。娘說得沒錯，他們是奶奶的親孫子，咋就不能來了？憑啥小壯又能讀書，又能住這麼好的宅子，他們連來都不能來？

阮老太太出來一開門就看見了他們，登時臉色就沈了下去。「你們咋來了？」

陳氏笑嘻嘻地道：「娘，我們來看您啊。」她探頭探腦地往裡看去，說道：「娘，咱們在門口說話多不好，您看我還給您帶了東西來呢，咱進去說唄？」

阮老太太掃了眼外頭，鎮上家家戶戶都關著大門，沒啥事輕易不上別人家去，但在外頭吵吵讓人看見了也是不好。她不想給阮玉嬌添麻煩，於是就讓他們幾個進院子了。

幾人一進去，覺得眼睛都不夠用了，挺大一個前院，整個都鋪著青石地板，這得多少錢啊！那五間正房窗戶大大的，看上去就敞亮，還有院子裡的藤架、搖椅，這是享受日子的啊。而且跟他們想的合租、亂七八糟的樣子一點都不一樣，院子裡乾淨又寬敞，根本沒什麼雜物。

陳氏快步往後院跑了一趟，後院又大又乾淨，兩邊好幾間比村里正房還好的房間居然都是倉房；而且後院種了一小片菜地，還養了幾隻雞，收拾得也特別好，怎麼看都不像人多的樣子啊。

她跑回來，有些遲疑地問：「娘，你們幾家合租啊？東西怎麼這麼少還這麼安靜？」

阮老太太斜了她一眼，不答反問。「到底啥事？沒事就回吧。」

大柱、二柱聽多了爹娘念叨阮老太太偏心，只顧著小壯，心裡已經有些不滿，這會兒一聽阮老太太趕人，登時不幹了。

「奶奶您是不是不認我們當孫子了？咋小壯能住的地方，我們來看看都不行？」

「就是啊奶奶，您為啥只對小壯好，只送他去上學？我們三兄弟不是您的孫子嗎？」

小孩子質問奶奶，這在一般人家早就挨揍了，可阮金來和陳氏竟然沒阻止，還在等著阮老太太如何回答。阮老太太一口氣梗住，怒道：「你們兩個好啊，居然教孩子這些歪心思！嬌嬌費了多大力氣才跟他們講明白道理，你們就這麼禍害孩子！」

她又看著大柱、二柱道：「小壯他是我送的嗎？他不是你們大伯花好幾兩銀子送去的嗎？你們爹娘不送你們去，怪誰啊？小壯他沒爹沒娘，他的花銷都是他的地掙回來的，你們跟他能一樣？哼，叫你們爹娘把地都給我，我就管你們，咋樣？」

阮金來皺眉道：「娘，您說啥呢，我又沒死，把地給您幹啥？」

阮老太太高聲道：「你幹這些事教壞兒子，還不如死了呢！你看看小壯，再看看你教出來的兒子，你丟不丟人？早晚害了你三個兒子！滾滾滾，你們不就是看嬌嬌給人安排活了，跑這兒占便宜來了嗎？少作夢，我這輩子都不會幫你們跟嬌嬌說好話，趕緊滾，多看你們一眼都給我減壽！」

小柱已經被嚇哭了，小壯懂事地站在阮老太太身邊幫她順氣，看向大柱、二柱時卻一臉冷漠。經過今天，他已經明白了，他和他們過往的那些情分早就消失殆盡，二嬸說他是沒爹、沒娘、沒教養，想必他們也是那麼想的。如今他跟著奶奶和大姐，與他們已經走向兩個方向，根本不需要再有交集。

阮金來和陳氏忍不住跟阮老太太爭執了幾句，阮老太太拿起掃把就衝他們打去，直接將他們趕出門。大柱、二柱看著這番場景，都有些不知所措，既覺得他們沒錯，又覺得似乎錯了，不知道該怎麼辦？

但看著奶奶對爹娘厭惡的樣子，還有小壯對他們冷漠的表情，他們隱約感覺有什麼再也回不來了，全被他們剛剛那番話給斬斷了。

阮老太太眼看著孫子被二房兩口子教歪，心裡氣得夠嗆。她沒辦法跟他們搶孫子管，乾脆眼不見為淨，拿掃帚把他們全打了出去。當初在火場看到他們躲得遠遠的時候，就對他們失望了，如今更是再也不想看他們一眼。連親奶奶都不關心的人，能指望他們什麼？

陳氏在門外氣得直跺腳。「這是啥人啊，過上好日子就不管咱們了？還當娘的呢，我要是發達了就鐵定不會不管兒子。」

阮金來沒好氣地道：「那妳倒是發達給我看看啊！老太太是押對寶，養出個有本事的孫女，妳咋辦？等妳孫女出息？」

「呸呸呸！啥孫女孫女的，咱將來肯定都是抱孫子！」陳氏看了眼手裡的籃子，說道：「幸虧東西還沒放下，不然不是虧了？大柱、二柱，走了，這不講道理的老太太，好說歹說都沒用，以後別管她，我看她老了怎麼回來求我們！」

大柱回頭看了那宅子一眼，不解道：「奶奶為什麼會來求我們？」

「你傻呀？大房沒了，阮家只有咱們一家了，她不得靠咱們家養老？」陳氏不屑且有恃無恐地道：「真以為阮玉嬌能養她一輩子呢。誰家的媳婦能養活娘家人了？她們就是白日作夢，以後就知道輕重了。那小壯能有啥出息，阮玉嬌能管他一年還是兩年？誰家姐夫還管小舅子？老太太那麼大歲數能教好他？以後也是個廢物，老太太只能回頭求咱們。」

阮金來皺眉道：「妳想得這麼明白，還上杆子找罵幹啥？等著不就行了嗎？」

陳氏白了他一眼。「你懂啥？我不是想著以前老太太和阮玉嬌帶過大柱他們，容易心軟嗎？說不定她們心一軟，就送孩子們去讀書了呢？讀書得花多少銀子，咱倆的銀子都拿去買老太太那間房子了，著火以後，修房子還花了不少，哪還有錢給孩子讀書？」

她想到剛才阮老太太跟兒子說的話，忙低頭對他們道：「別聽那老太太胡說八道，你們讀不上書，全怪她們偏心。再說要不是小壯他們家著火，把咱家房子也燎著了，咱能花錢修房子嗎？他們還應該賠咱們錢呢！」

阮金來點點頭。「這錢肯定要不到。老太太越來越不講理了，下回直接找阮玉嬌要。」

「你們想找大嫂要什麼啊？」

陰惻惻的聲音讓阮金來渾身一抖，抬頭就看見了劉松陰鬱的面容，登時腿都軟了。

「劉、劉松？」

劉松跟兩個兄弟抬著米麵等物，掃了他們一眼，眼神像刀子一般鋒利，再次問道：「你們想找大嫂要什麼？山哥不在，託兄弟們照顧大嫂和老太太，有什麼事跟我們說。」

陳氏摟著三個兒子往阮金來身後躲，都嚇得臉色煞白。阮金來也結結巴巴說不明白。「沒、沒啥事，就是看、看看侄女……」

「誰是你侄女？大嫂可是莊老太太的孫女，跟你們阮家丁點關係都沒有。你們莫不是腦子不好使給忘了，要不兄弟們幫你們鬆鬆骨，清醒點？」劉松把一袋子米放下，神色冰冷地往前走了兩步。

阮金來一下子坐到了地上，害怕道：「不、不用、不用，是我們記錯了，不找阮玉嬌，絕對不會找她！」

劉松蹲在他面前，瞇著眼道：「那你這是來給阮老太太找不痛快了？」不等阮金來回話，他就輕輕掐住了阮金來的脖子，低聲道：「我答應了山哥要幫他看著家，你這麼不識相湊上來怎麼辦呢？你說我會不會一時發瘋……掐死你？」

阮金來抖得停不下來，顫聲道：「不、不來了，再也不來了！我保證我們再也不來找老太太和阮玉嬌了，真的、真的！」

劉松這才鬆開手起身，重新扛起米袋子，邊走邊道：「你最好記住了，不然我瘋起來可是會出人命的。管好你的嘴，別把阮老太太的住處告訴那些長舌婦。」

「知、知道……」

劉松那邊進了院子，阮金來才鬆懈下來，癱倒地上，接著就是一股騷味，他居然嚇得尿褲子了！這對大柱、二柱的衝擊也是巨大的，在他們心裡最可靠的自然是爹娘，但如今爹娘怕成這樣不說，居然還尿褲子?!足以說明劉松有多可怕，而阮玉嬌和阮老太太又有多不能惹。

從前始終覺得跟阮玉嬌和阮老太太關係不錯的兩兄弟，第一次明白有些事再也回不到過去了。一切都已經改變，他們再也不會有慈愛的奶奶和親切的姐姐，只會有兩個目光短淺、膽小怕事的爹娘。怪不得每次他們按照爹娘教的做了，都會得到奶奶她們的冷臉，可是除了爹娘教的，他們也不知道該做什麼啊。

許家和阮家去鎮上的事，是有村裡人看見的，大半天過去，已經有不少人在猜他們到底能不能撈到好處了？畢竟這也是一個信號，如果他們能撈上，那說明別人也有很大希望能去沾沾光；可要是他們撈不上，那就代表阮玉嬌還是很「記仇」的，至少恩怨分明，沒那麼容易給人好處。

大家聚在村口不遠處，一邊往村口張望，一邊閒磕牙。而在他們期待的目光中，許家三人和阮家五口終於出現了。

一個婦人起身指著他們道：「回來了、回來了！咦？他們咋看著不太對呢？咋回事啊？」

眾人全都給跟著站了起來，迎上去，七嘴八舌地問了起來。

許家三人是因為難堪，所以雖然臉色很差，但狀態還好；阮家人就不同了，他們被嚇得直到現在還腿軟，走路都要互相攙扶著，好像隨時都會倒下一樣。

這模樣立刻就吸引了大夥兒的注意力，李婆子著急地問道：「阮老二家的，這是咋了？你們去鎮上是找阮玉嬌還是找你家阮老太太去了啊？」

阮家人頭都沒抬，也沒回話。李婆子撇撇嘴，看熱鬧不嫌事大地問道：「咋了？叫人攆回來了？我就說阮玉嬌發達了肯定翻臉不認人，連親二叔都不認，這也太絕情了。」

旁邊有人出聲道：「阮玉嬌都過繼了，還認什麼二叔啊？再說過去阮家怎麼對她的，大家又不是不知道，連阮老太太都跟著阮玉嬌走了呢。李大娘，妳別把我們都當傻子啊，淨說些不好聽的。」

李婆子指著阮家人道：「人都這樣了還用我說？對了，還有許家，這可是阮玉嬌未來的婆家吧？許家的，咋樣啊？妳們是不是也被阮玉嬌攆回來了？」

第四十四章

李婆子尖細的嗓音嘰嘰喳喳的，終於讓陳氏回過神來。她想到劉松的警告，臉色一變，立刻斥道：「我家的事關您什麼事啊？整天不管好自己家，淨琢磨別人家，怪不得生個孫子都不學好呢！我們跟阮老太太好著呢，不過是去鎮上買東西累了些，咋就被您說得這麼不堪了？您知道個啥呀？」

「對！嬌嬌過繼了就是莊家的孫女，我是她哪門子二叔？您莫不是糊塗了，連正經過繼這種事也能不認？還是見不得我家安生，非要給我們扣帽子？」阮金來氣憤道：「以後別讓我再聽見您嚼舌根子，不然就請里正來評理！還有，我娘是跟著嬌嬌去過好日子的，我沒本事，孝敬不了她啥好東西，就少去打擾她，你們也別打她主意，老太太年紀大了，早該享清福了。」

阮金來和陳氏說完就頭也不回地走了，不光李婆子愣住了，連許家人和那些看熱鬧的村民們都愣住了。眾人面面相覷，有人說道：「他們這是咋了？良心發現？」

「還能咋？看見阮玉嬌出息了，趕緊對人家好點好沾光唄。得，人家都是一家人，指不定哪天就和好了，咱可別亂說話瞎摻和，不然就算以後有啥好活計，也找不到咱身上啊。」一看沒啥好打聽，有人就聰明地不往前湊了。萬一說閒話被傳到阮玉嬌耳朵裡，哪還有機會撈好處了？

李婆子嗤笑一聲。「好像誰稀罕管他們似的，那阮老太太跟著孫女去吃香喝辣，他們二房早晚後悔死，哼。許家的，妳們咋樣啊？」她往旁邊一看，愣了愣。「咦？人呢？」

「剛才就走了，我看肯定沒討著好。得了，許家和阮家都討不到好，咱惦記啥呀，往後長點心，少說閒話才是，不然啥時候得罪人都不知道。不說了，我回去了。」

幾人等了大半天，結果就等來這麼個結果，紛紛意興闌珊地回家。而三番兩次發生的事，也讓眾人熄了攀上去的心思。村裡有人發達，肯定人人都想套近乎，那人要是好說話，自然大家都要湊上去。

可如今阮玉嬌明顯不好說話，幾次過去，怎麼攀也攀不上，自然就不作夢了。阮玉嬌還是他們村裡的驕傲，卻也是他們一個很難攀附的同鄉，不是好糊弄的人。

這一次的刺激，不只村裡人消停了下來，許家和阮家也都沈寂下來。許家人是再也不敢輕舉妄動，生怕毀了許青柏的前程；而阮家人直接就嚇病了，有劉松那個差點掐死人的瘋子在，他們是一點往前湊的心都沒有了。自己又不是吃不飽，過不下去，哪敢冒險討富貴呢？

就這麼著，阮玉嬌耳根徹底清淨了，至少曾經來自村裡的閒言碎語都沒有了。而兩位老太太認識了新的鄰居，過得挺舒坦，阮玉嬌找來的幾個人在店裡也做得很好，讓她在店裡大大的長了一次臉。

小半個月之後，錦繡坊第二批新貨的熱度終於下去了，雖然生意依然很火，但不像之前那樣忙不過來。而連著兩次新貨讓錦繡坊賺得盆滿缽滿，不只奠定了阮玉嬌在錦繡坊二掌櫃的地位，也讓阮玉嬌這個名字傳到了鎮上所有權勢人家的耳中，找錦繡坊做衣服的人家便更多了。

這一天阮玉嬌剛到錦繡坊，就見喬掌櫃笑著送了一個丫鬟出門。她頓時渾身一僵，因為那丫鬟不是別人，正是員外府老夫人的貼身丫鬟翠鶯！

翠鶯抬眼瞧見阮玉嬌，驚訝了一下，笑道：「這就是錦繡坊的二掌櫃吧？早聽說二掌櫃是個美人，今日一見果然非凡。」

喬掌櫃對阮玉嬌笑道：「嬌嬌，這是員外府老夫人身邊的翠鶯姑娘。」

阮玉嬌已經調整好自己的表情，微微笑道：「翠鶯姑娘好，姑娘謬讚了，我哪裡能得非凡二字？比貴府的姑娘們差得遠了。」

翠鶯笑說：「二掌櫃真是客氣。上次二掌櫃做的衣裳，我們老夫人很喜歡，這次想給府上的女眷一人做一身。能不能讓老夫人高興，就全靠二掌櫃了。」

如果是喬掌櫃私下跟她說，她可以找藉口推掉這單生意，對外說她病了或是怎樣都可以。可如今被翠鶯撞見，當著對方的面，她就代表了錦繡坊，說什麼都不能讓人看出不情願。再說，錦繡坊作為鎮上最大的一家製衣坊，總不能日後再也不接員外府的單吧？那無疑是自找麻煩。

所以阮玉嬌暗暗吸了口氣，笑著點頭道：「老夫人看得上我的手藝是我的榮幸，我一定竭盡所能，讓貴府的夫人、小姐們滿意。」

翠鶯滿意地點點頭。「那行，那我就先回了，等三日後府裡人都在的時候，就派人過來接妳。」

「好，姑娘慢走。」阮玉嬌跟著送了幾步，一直看著翠鶯的身影消失才斂起笑容。

這一日雖然阮玉嬌還是照常做事，但她心裡卻很不平靜。員外府，對許多人來說是仰望羡慕的高門大院，可對她來說卻如龍潭虎穴。她曾在那裡吃了很多苦，硬生生從一個被養嬌了的小姑娘，成長成懂得看人眼色、謹小慎微的小丫鬟。而最後，她還葬送了性命，差點被一群乞丐侮辱。

每當想起這些，她都無法平靜，有一股恨意充斥在她心間，幾乎要破體而出，指使著她去復仇。可她又清楚的明白，以她如今的本事，根本鬥不過員外府。她平時不願意想起這些，在不能復仇的時候忘記仇恨，在能復仇的時候乾脆俐落，這一直都是她的準則。

但員外府偏偏看中了她的手藝。上次她是為了被喬掌櫃另眼相看、為了掙到銀子讓阮老太太過好日子，所以她沒想那麼多。可這次不一樣，她不僅要接員外府的單，還要去員外府見那些過去都很熟悉的人，她怕她會控制不住去做些什麼，帶來無法想像的後果。

如果說她死過一次學到了什麼，那就是更加謹小慎微，沒有把握之前一定不能出手。若非如此，她重生後也不能一步一步如此穩妥的走到了這裡。

想到如今擁有的這一切，阮玉嬌心情才漸漸平復下來。她如今很幸福，她不能破壞這份幸福，而且，轉念一想，這也是一個結識孫婆婆的好機會！她不可能放下孫婆婆不管，雖然離孫婆婆那次重病還有一年多，但她不能不抓住這個機會，越早結識孫婆婆越好！

那也是她的恩人，還是讓她失去奶奶之後，唯一得到慈愛保護的長輩，她是一定要去見見的。既然如此，能光明正大的進員外府不也是好事嗎？

不過就算安慰了自己，阮玉嬌的心情還是好不起來。做完事回家的時候，一點笑容都沒有，她在門外靜靜地站了一會兒，感覺表情不那麼僵硬了才開門進去，結果一抬頭，竟看見了離家許久的許青山！

「表哥？」阮玉嬌驚喜地上前。「表哥你什麼時候回來的？」

許青山大步走過來接下她手中的籃子，摸摸她的頭髮，笑說：「我才回來，想著先跟外婆她們報聲平安就去接妳，沒想到妳今天回來這麼早。累了吧？坐下歇歇。」

「我不累，錦繡坊這麼近有什麼累的？倒是你，剛回來怎麼也不躺下歇歇，忙活什麼呢？你看你都瘦了。」阮玉嬌看著許青山，感覺他出去半個月瘦了一圈，而且還曬黑了一些，頓時有些心疼。

許青山挑了下眉，低頭湊近她道：「嬌嬌心疼我？」

阮玉嬌推他一把，沒好氣地道：「越來越沒正形了，淨說些亂七八糟的。」

許青山笑著說：「這可不是亂七八糟的，這就是正經話。我跟外人有正形就行了，跟自己媳婦要什麼正形？那不缺心眼嗎？」

看阮玉嬌是真有些擔心，他又說道：「妳是這麼些天沒看見我才覺得我瘦了，妳給我帶那麼多東西，我可沒吃苦，哪裡能瘦？再說我就去京城走了一圈，跟以前行軍打仗比起來根本不算啥，不信妳捏捏？」他把胳膊抬起來讓阮玉嬌捏，鼓鼓的肌肉隔著衣衫都能看出來。

阮玉嬌拍了他一下，嘟囔道：「我不捏，硬得跟牛肉乾似的，捏了我還嫌手疼呢。」

她這一說，許青山倒想起來了。「嬌嬌，妳給我帶的牛肉乾是哪兒弄來的啊？這東西可稀罕著呢。」

「你忘啦？之前搬家的時候，婁大人不是客氣的送了禮嗎？那裡頭就有牛肉，聽說是有一家牛受傷死了，被婁大人買回去。我覺得讓你帶著路上吃正適合，還頂餓，你覺得好吃嗎？」

「好吃！妳這廚藝誰都比不上，我就愛吃妳做的東西。」

「好吃也沒有了，就那麼點，我都做了。」

許青山有些可惜，不過這東西又不能強求，而且他們還可以吃豬肉、雞肉、羊肉的，花樣多了去，有阮玉嬌在，家裡什麼時候都不愁好吃的。兩人又說了會兒話，到了該做飯的時候，許青山就給她打下手。

一刻鐘後，許青山卻敏銳地發現阮玉嬌的話少了許多，笑容也比平時少。他皺了下眉，想到劉松跟他彙報這些天發生的事，低聲說道：「嬌嬌妳放心，許家的人我會再去警告一次，以後他們不敢來騷擾妳的。阮家二房也不敢再來，妳只管安心過好日子就行。」

阮玉嬌點點頭道：「嗯，我知道。其實我也不在意他們了，他們就算找過來又能怎麼樣？日久見人心，就算他們胡說八道，也影響不到我，大家早晚會知道我是什麼樣的人。」

許青山琢磨了一下，還是直接問了。「那妳為什麼事不高興呢？」

阮玉嬌聞言一愣。「我……很明顯嗎？」

許青山蹲在她旁邊摸著下巴，仔細打量著她。「也不是很明顯，外婆和奶奶看不出來的。跟我說說，是不是在哪兒受委屈了？」他心裡已經開始一個一個的排查起來，所有認識的人都上了嫌疑人名單。他的嬌嬌怎麼能被別人欺負？

不過還沒等他想出來，就聽阮玉嬌道：「沒什麼，就是員外府讓我三日後去一趟，給府裡女眷設計衣裳。我聽說他們府裡的主子人品不太好，有些擔心。」

許青山皺起了眉，眼神也有些冷。「員外府？那確實是人品不好。」

「啊？你知道啊？」阮玉嬌有些驚訝，畢竟許青山剛當了五年兵回來，當兵之前也只是在村子裡打獵，怎麼會知道這些呢？

許青山沈吟片刻，說道：「聽大松提過，他從前的未婚妻就是被賣到員外府做丫鬟的。」

劉松為什麼變成這樣，他們都知道，而一個被賣到府裡的丫鬟為什麼那麼快就死了，猜也猜得到。尤其是阮玉嬌還親身經歷過，更是感同身受。她好不容易才壓下去的恨意又冒了出來。「聽說員外府的少爺害死不少姑娘了，真是個殺千刀的禽獸！」

許青山握住阮玉嬌的手，輕聲道：「別怕，明天我陪妳去吧。妳如今是錦繡坊的二掌櫃，也是我的未婚妻，連婁大人都是認識的，那個禽獸不敢對妳怎麼樣，沒事的。」

阮玉嬌點點頭。「對啊，我已經不是無能為力的小農女了。不過我是代表錦繡坊去做生意的，你陪我去也不適合。要不，你在外面找個茶館等我，好嗎？」

許青山笑道：「好，妳什麼都不用怕，我會一直保護妳。」

過去她被員外府逼入絕境的時候，是許青山出現救了她；如今她將要再一次踏入員外府，又是許青山給了她安全感，阮玉嬌的心一下子就踏實了。

不過，她之前那不對勁的樣子都被許青山看在了眼裡，他可不認為只是聽說那家少爺不好，就能讓阮玉嬌這麼不高興。畢竟開門做生意，那麼多客人上門，也不可能根據客人的人品決定接不接單，這明顯很不正常。

可阮玉嬌不願意說，他也就不問。他甚至不需要知道確切的理由，他只要知道他的嬌嬌很討厭員外府就好了。本來他是打算等鏢局站穩腳跟再幫劉松對付員外府，但現在員外府既然闖入了他們的生活，那復仇這件事就該提上日程了。

晚上吃過飯，許青山又陪兩位老太太說了會兒話才回鏢局。劉松腿腳不方便，要是跟兄弟們一樣日日往返於鎮上和村子裡，會十分辛苦，也耗費精力，所以劉松也是住在鏢局後院的。他們把後院收拾了一下，如今就是兩間臥房、一間倉房和一間灶房，倒也方便得很。

回鏢局之後，許青山擺上買來的酒菜，叫劉松一起坐。先聊了聊鏢局新接的單子，感覺劉松放鬆多了，才提起當年那件事。

「大松，把你知道關於員外府的事都跟我說說吧。」

劉松表情一僵，抬頭問他。「怎麼突然提這件事？」

許青山喝了口酒，說道：「我回來頭一次見你，就知道你一直沒放棄報仇，後來兄弟們來了，你提也不提，看著好像跟大家一起過得還不錯。但是我知道，你只是想以後有機會自己一個人報仇，害怕連累兄弟。大松，兄弟是做什麼的？如果這點事就慫了，那還叫什麼兄弟？」

劉松垂下眼，將杯中的酒一飲而盡，悶聲道：「這是我自己的事，你如今安穩了，還要娶大嫂過門、孝敬兩位老太太，別摻和這件事了。反正大家都知道我是個瘋子，就算哪天我瘋起來，也沒人會覺得意外，不會怪到你們身上的。」

許青山皺起眉，在他肩上狠狠拍了一下。「你說什麼呢？這就是不拿我當兄弟了。你問問他們，誰怕事了？你一向有勇無謀，只會衝鋒，不知道有些事要拐個彎才能辦好，不然也不會殺那麼多敵還早早退回來了。如今咱們兄弟重聚，沒什麼事是辦不成的，我問你，你只管說就行。況且，你大嫂過兩天還要去員外府給她們做衣裳，那地不是好地方，我也得瞭解瞭解不是？」

劉松想到阮玉嬌的樣貌，頓時皺緊了眉頭，連拳頭都捏了起來。「不能去！那就是個吃人的地方！」他抬頭看著許青山，認真道：「山哥，員外府不是表面那種落魄遷居的人家，不然我也不會報復不成，差點折了，你知道我再怎麼沒腦子，暗殺一個少爺還是沒問題的。可有人暗地保護他，我試探幾次，只查到劉家和京城的人有來往。」

許青山想了想，說道：「他們本就是從京城來的，和京城有來往倒也不奇怪。只是，故意做出這番樣子就不知道是想做什麼了？」

「劉家那個混蛋少爺劉傑是獨苗苗，貪花好色、不學無術，手段還有些陰狠，其實當年我差點殺了人也算因禍得福。若不是別人都以為我瘋了，我又過得那麼落魄，恐怕我這條命早就沒了。」劉松自嘲地一笑，神色很是痛恨。「山哥，我這些年一直想讓劉家放鬆警惕，如今我搬來鎮上也算方便。他大概早就忘了我這號人了，所以我有機會的，他喜歡去青樓，等他落單的時候，我就……」

「大松！」許青山厲聲打斷他的話，看著他道：「為這種人渣賠上自己的命，值得嗎？那是蠢！你這傷敵一千自損八百的性子，吃過了多少虧，怎麼還這麼倔？你忘了我在軍中是做什麼的了？弄死他的方法有上百種，你只要告訴我想讓他怎麼死？」

許青山在軍中是全能型的，戰場上奮勇殺敵，技巧、力量都是頂尖的，每次訓練都能穩步前進。而他腦子也是出了名的好使，一直被軍師視為接班人，只是有一次受傷後就突然消失了。

他當時正好也受傷離開，沒見著人，只聽說是死了，還難過了好一陣。直到再次重聚，他才隱約猜出來，許青山肯定是去了敵軍當細作，否則戰事怎麼可能這麼快結束？

如今聽到許青山像是默認一般透漏了曾經的身分，這種信任讓劉松無法再說出拒絕的話。那是把兄弟的好心當成驢肝肺，他幹不出那種事。他低頭抹了把臉，沈聲道：「我想讓他生不如死，讓寵溺他的那些幫凶痛苦後悔，讓劉家斷子絕孫，然後親手送他上路！」

許青山一拍桌子。「好！兄弟說到做到，我絕不會讓他舒坦的喪命。但是……」他身體前傾，盯著劉松道：「大松，我把你當兄弟，你也要把自己當個人，你得為自己活，她不是你害死的，別把當年的事往自己身上扛。答應我，報了仇，以後好好活！」

劉松咬著牙，許久沒說出話來，過往的一幕幕快速在他眼前閃過，最後定格成了心裡那個姑娘明媚的笑容。他閉上眼，擦去眼角的淚水，再睜開時，眼裡已經有了堅毅和生機，他對著許青山重重點下了頭。「好！我會活出個人樣來！」

許青山想要幫劉松報仇也不是一朝一夕能辦成的，尤其是他才回來沒多久，對員外府的瞭解極少，想要做點什麼還是要從長計議，多做些準備才行。

而在他回來的三天之後，阮玉嬌就被接去了員外府，陪她同去的還有錦繡坊的四位女工。員外府的馬車接她過去時，許青山就不遠不近地在外面跟著，等她下車進門，笑著對她做了個手勢，就去最近的茶館坐著去了。

阮玉嬌站在門口，抬頭看了看無比熟悉又厭惡的牌匾，難免心緒翻騰。絕望的感覺太強烈，她至今還記得當初奄奄一息、血肉模糊被人從門口拖出來，然後帶著無盡惡意地丟進乞丐窩，嘲諷她不識好歹，只配伺候骯髒的乞丐。

那時她有多怕、多絕望，如今就有多恨、多噁心，連踏入這個門都覺得噁心！

這時候她突然想起了孫婆婆曾告訴她的話——當一個人無法反抗什麼的時候，要麼玉石俱焚，要麼蟄伏偽裝，等待翻身的時機。

在乞丐窩裡，她只能自盡保清白，那還是萬幸遇到許青山才沒讓自己的屍體變得骯髒不堪。而如今，只不過是進員外府做衣裳罷了，遠遠達不到那種程度。既然她為了錦繡坊無法拒絕這件事，就只能做出欣然的樣子，好好做事。也許將來有一日，她能不再在乎員外府的權勢，她就可以隨著內心的意願永不登門了吧！

許多想法在她心裡閃現，但其實在別人眼中，她就只是腳步頓了頓，彷彿是被員外府的氣勢鎮住了，接著很快就踏入了大門。死而復生，重新走入員外府的時候，阮玉嬌已經揚起了禮貌的微笑，跟著引路人，不快不慢地走向老夫人的院落，心裡的想法，沒有洩漏出一絲一毫。

三番五次的回憶與自我安慰，心緒也跟著三番五次的翻騰，直到阮玉嬌見到一屋子女眷，見到那個下令毒打她的大夫人時，她才發現，她的心很沈穩，沒有亂跳，更沒有痛苦，冷靜得不像話。這個發現讓阮玉嬌真心的高興起來，因為只有這樣，她將來才能走得更遠，不再被仇恨束縛。

員外府所有重要些的女眷都在這裡，老夫人、大夫人、二夫人、最受寵的姨娘、兩位小姐，還有過來暫住的兩位表姑娘，在阮玉嬌走進房間的時候，她們不約而同地看過來。接著老夫人便笑道：「是錦繡坊的二掌櫃吧？看這模樣真是難得的俊，手又巧，錦繡坊這是撈了個寶啊。」

阮玉嬌微笑著同四位女工一起見禮，回道：「老夫人過獎了，只是餬口飯吃的微末手藝罷了。」

「妳這孩子真是謙虛，快坐吧，我們這麼多人，一人做兩身衣裳可是要說好久的。」老夫人看了翠鶯一眼，翠鶯便叫人給阮玉嬌她們看座上茶，還擺上了精緻的糕點。

「多謝老夫人。」阮玉嬌聽見一人一件衣裳變成了兩件，也沒提出疑問。這樣的有錢人家臨時改動個什麼最常見不過，她一個做生意的只需要讓她們滿意就行了。

二小姐長相明豔一些，本是員外府最好看的姑娘，如今阮玉嬌一出現卻被生生比下去一大截，心裡就有些不舒坦了。她掃了眼阮玉嬌的臉，狀似可惜地道：「二掌櫃看著也沒比我大多少，沒想到竟已靠自己當上二掌櫃了，這些年私底下沒少吃苦練手藝吧？真是可惜，若是二掌櫃生在富貴人家，被當成心肝寶還來不及呢。」

阮玉嬌淡淡笑了下。「小姐說笑了，出身哪裡是能選擇的呢？我只慶幸能習得這門手藝，賴以餬口罷了。」

二小姐心中嗤笑。說得好聽，指不定多自卑呢？在她們這些富貴的小姐面前，這個相貌好、手藝好的二掌櫃，還看不出來出身有多重要嗎？她辛苦一輩子也比不上她們投了個好胎！

二小姐還要再說，卻聽秦姨娘笑道：「二掌櫃倒是豁達，想必也只有如此豁達之人才能把心思全都用在正處，做出那麼多好看的衣裳吧？」

這一句隨意的誇獎，明著像是看好阮玉嬌，實則卻在嘲諷二小姐心思都不用在正處。剛剛二小姐明顯是看阮玉嬌不順眼，想鄙夷下她的出身，如今卻被秦姨娘給嘲諷了，登時臉色就難看起來。

但家裡的姨娘不只一個，秦姨娘能坐在這裡跟著夫人、小姐一起做衣裳，本來就說明了她的地位。妾是可以買賣、可以輕賤，但那前提是家裡的男人不在乎。而秦姨娘偏偏就是那個被寵愛在乎的妾，連大夫人也不會直面其鋒芒，這暗示一般的嘲諷，自然也不會有人揪出來說了。

第四十五章

只是阮玉嬌這下卻不好回答了，一個答不好，就容易得罪二小姐或秦姨娘，甚至兩邊都得罪。可偏偏她又不能不答，便在略微思索之後，裝作不好意思地道：「我也就只有做衣裳一項拿得出手罷了。聽家裡人和喬掌櫃說，我在這方面有些天賦，只是我生來體弱，其他的就做不來了，過去沒少被人笑話呢。」

她的樣子好像完全沒聽出那兩位話裡的機鋒，又提到了自己的天賦和缺點。二小姐一聽她其他什麼都做不好，還身體很差，心裡一下子就平衡多了，自身的優越感讓她沒了再針對阮玉嬌的興趣。而秦姨娘沒有被她討好到，也沒有被她得罪，反正本來就沒指望一個農女能機靈得幫她下二小姐面子，自然是只當閒話一樣，聽過就算了。

有了這番機鋒，老夫人不耐煩聽她們明嘲暗諷，便開口讓阮玉嬌給她們每人設計衣服。先聽聽每個人想要的樣式，再說說她能做出個什麼樣的，反覆修改，直到大家滿意為止。

這種事其實是挺難的，為一個人設計、修改就要花費不少精力，更何況是給這麼多人當場設計。但老夫人只是心血來潮想到這件事，當然不會考慮到阮玉嬌難不難做，只是隨口一吩咐，就要讓她做好罷了。做不好，那就是錦繡坊能力不夠，很容易惹她們不高興。

但這麼難的事偏偏難不住阮玉嬌。也是巧了，她在府裡好幾年的時間，在好幾個院落當過小丫鬟。洗衣裳、補衣裳，甚至後來被孫婆婆教會更多針法，觀察眾人的衣裳，讓她對員外府所有人的服飾喜好一清二楚。不只這些，她在大廚房幫忙燒火的時候，連他們每個人愛吃和討厭的食物都是瞭若指掌。

前世，她一直惦記贖身離開，所以努力學會的東西都不曾展露於人前，只有孫婆婆一個人知道。如今這些卻幫了她，讓她幾句話就能說到她們心裡，按她們的喜好描述出讓她們每個人都滿意的衣服樣式，連最難伺候的二小姐也在否定了兩種樣式之後，滿意地點頭了。

當然阮玉嬌有故意遮掩，仔細思考後才提出幾款她們喜歡的樣式再修改。她來是想成功的完成任務，不砸錦繡坊的招牌，僅此而已，可不是想表現太出色討賞銀，被欣賞。最好她們以後想做衣服就叫人去鋪子裡說，再也不要把她找來才好。

兩個時辰之後，終於把所有衣服的樣式都定了下來。幾位小姐想到很快就有好看的衣服穿，臉上都露出了笑容。府裡所有人的衣服都是由府中繡娘做的，去外面買純粹就是為了新樣式，而錦繡坊已經連著推出兩次好看的衣服了，她們對這次的訂做竟然都有些期待。

事情談完了，阮玉嬌便提出告辭，起身的時候，她故意伸手去拿旁邊的布料，不小心碰灑了茶水，沾了一些在袖子上。她隨即立刻歉意地說道：「是我太大意，失禮了，望老夫人、夫人、小姐們見諒。」

老夫人擺擺手，不甚在意地說：「無妨，翠鶯，帶二掌櫃去換身衣服。」

阮玉嬌忙道：「只是沾到了一點，我簡單清理一下就行。」

「嗯，也可。」

之後，阮玉嬌便順理成章地跟著翠鶯去擦洗清理。雖然很簡單，但因為員外府規矩挺大，所以她們也走了挺遠的。那四位女工已經先一步出了府，她清理完了自然是從這邊直接出府，這樣她走的就不是進來時那條路，而是另一條路。在這路上、這個時間，有機會碰到孫婆婆。

阮玉嬌跟著翠鶯慢慢走著，偶爾閒聊兩句，很是隨意，實則她一直在觀察周圍，想要找到孫婆婆的身影。她剛才是掐算好時間的，正好這個時候說完出來，這也是她唯一想到能跟孫婆婆偶遇的方式了。

可是她走了一半的路，遇見不少人，卻始終沒看見孫婆婆。眼看就快過去那個路段了，她不由得有些懊惱。錯過這次機會，難道要盯著員外府看孫婆婆什麼時候會出去嗎？那太容易被人發現，惹人懷疑了，而她根本解釋不了為什麼要去結識孫婆婆？

就在她幾乎已經放棄的時候，路口處突然摔出一個木盆，裡面剛洗好的青菜灑了一地，接著就聽有個婆子嘲諷道：「哎呀，孫婆婆妳怎麼這麼不小心啊？這菜掉地上還能要嗎？就算沒破也得重洗吧，這耽誤了給少爺做菜誰負責啊？」

孫婆婆輕哼一聲。「若不是被隻惡犬咬了一口，我也不會弄掉了菜。」

「妳罵誰惡犬呢？」

「誰在吠就罵誰！」

孫婆婆聲音又低又沈穩，雖然說著嘲諷的話，但由她說出來卻好像在陳述事實一般，把那婆子氣得半死。孫婆婆就是這樣，沈默寡言不出頭，卻每每被人欺負的時候，都要面無表情的諷刺回去，所以一直上不了位，卻也不會被隨便踩下去。她敢打賭，孫婆婆一定看到翠鶯走過來了，不然才不會被打翻了整盆菜。

再次聽到孫婆婆中氣十足的聲音，那種熟悉感讓阮玉嬌瞬間紅了眼眶。她急忙低下頭，為了掩飾，也為了搭話，乾脆蹲下去幫忙撿那些菜。

翠鶯皺著眉走上前，看著那挑事的婆子斥道：「妳好大的膽子！居然敢拿少爺的飯菜挑事？妳等著處罰吧。」

婆子驚慌失措，急忙求饒。而孫婆婆則沈默地撿起菜來，只是當她看到阮玉嬌的時候明顯一愣，有些激動，又有些不可置信。「妳……」

阮玉嬌笑著道：「孫婆婆是嗎？我幫妳撿好了，菜都沒碰壞，重新清洗一下就好了。」

孫婆婆卻反問她。「妳是府裡的？」

阮玉嬌這才發現她的反應有些奇怪，回道：「不是，我是錦繡坊的二掌櫃，今日來為老夫人、夫人和小姐們做衣裳。」她抓住機會道：「孫婆婆是哪裡人啊？我看孫婆婆有些面善，總覺得在哪裡見過似的。」

孫婆婆不著痕跡地打量著她，試探道：「我是京城人，跟主家過來的。失禮了，剛剛見到二掌櫃這般樣貌有些驚訝，這個小鎮上這麼好看的人物還挺少的。二掌櫃是本地人嗎？爹娘也是本地的？」

阮玉嬌呆愣了一下，有些不明白，怎麼孫婆婆這麼愛說話了？她都做好被簡單應付或根本不理會的準備了。不過她還是回道：「對啊，就是本地的，在下頭的一個村子裡。」

「……哦。」

孫婆婆的樣子似乎有些失望，又似乎本來就沒期望什麼，端著盆子起身道：「多謝二掌櫃。」說話間還忍不住往她臉上多看了兩眼。

阮玉嬌記得上輩子孫婆婆也偶爾會看著她，但她感覺孫婆婆可能就是憐惜她命苦，或者在她身上看到了年輕的希望，怎麼如今剛見面，孫婆婆就這樣看她了？明明上輩子她剛分配到孫婆婆屋裡時，孫婆婆對她很冷淡的。

在阮玉嬌百思不得其解的時候，翠鶯已經訓斥完那個婆子了。阮玉嬌急忙道：「孫婆婆，我真的覺得妳很面善，我回去問問家裡人，說不定有什麼遠親呢？您出府有空的話，可以去錦繡坊找我，咱們今日認識也算有緣了。」

她以為孫婆婆不會回應，誰知道孫婆婆看著她，點了下頭。「好。」

阮玉嬌滿心茫然。到底哪裡有點不對？結識的方式，還是相遇的時間？怎麼感覺跟上輩子差距那麼大呢？

這時翠鶯已經走了過來，歉意地道：「讓二掌櫃見笑了。」

阮玉嬌忙笑道：「一點誤會很正常，沒什麼的。」

翠鶯很滿意她這樣給面子的說法，笑說：「耽誤二掌櫃的時間了，二掌櫃請。」

阮玉嬌點點頭，臨走時對孫婆婆笑道：「孫婆婆我先走了，有機會再見。」

孫婆婆看到她明媚的笑容，不禁怔怔出神，很快便垂下眼，掩蓋住其中悲傷的情緒，快步離開了。

阮玉嬌一直注意著她，所以看到了她一閃而逝的傷感，畢竟她們曾經住在一個房間相處了好幾年，對對方的情緒還是很瞭解。阮玉嬌頓了頓腳步，但又不能讓翠鶯起疑，只能懷著滿心疑問抬步跟了出去。

她晚出來了一會兒，許青山已經有些擔心地問過那四位女工了，然後就直接在門口等著。翠鶯看到許青山在這兒，愣了下，笑道：「許鏢頭怎麼過來了？」

許青山客氣地回道：「正巧有事路過，看到錦繡坊的人在，便過來接表妹一起走。」

翠鶯道：「許鏢頭對二掌櫃真是體貼，二掌櫃好福氣。那我就不送你們了，幾位慢走。」

阮玉嬌回了個禮。「翠鶯姑娘留步。」

離員外府遠了之後，許青山便低聲問道：「剛剛怎麼了？出了什麼事？」

阮玉嬌搖搖頭。「沒什麼，就是袖子上沾了點水，清理之後，碰見了員外府廚房的兩人爭吵，翠鶯姑娘處理了一下，我就出來晚了。」她對許青山笑了笑。「別擔心，沒事。」

許青山點點頭。「那就好，我剛才看見他們家少爺進去了，怕妳會碰上他。妳要是再不出來，我就想辦法進去了。」

阮玉嬌渾身一僵，立刻想起了那個畜生陰狠地下令將她賞給乞丐，隨即又放鬆下來。如今許青山在她身邊，上輩子的事已經過去了。她對許青山笑了起來，說道：「剛才員外府的老夫人賞了一些糕點，不過我不想要，都給麗娘她們分了。不如我們去店裡買幾樣帶回去給奶奶她們吃吧？」

「好啊，妳直接回鋪子就好，我去買，買完再去接妳。」

阮玉嬌看看天色快到飯時了，點頭道：「也好，我跟喬姐說一下情況就行，用不了多久的，待會兒我們一起回家。」

兩人商量好就各自分開，外頭說話不方便，他們也沒再提員外府的事。

到了錦繡坊，阮玉嬌跟喬掌櫃一說把生意接下來了，喬掌櫃當即拉住她的手，笑著拍了拍，高興道：「嬌嬌，一次給員外府做那麼多件衣裳可是從來沒有過的啊，妳這次做好了，她們一人兩件穿著新鮮，其他人家肯定能聽著信。咱們錦繡坊的名氣要越來越大了，妳可真是個大福星！不行，我們得慶祝一下。」

阮玉嬌好笑道：「哪有妳說的那麼誇張？衣服還沒做好，等她們看到衣服滿意了再慶祝也不遲。這些衣服我得親手做，正好最近店裡沒那麼忙了，我想拿布料回家去做，有事妳就叫人去喊我。」

喬掌櫃想也沒想地點點頭，還笑道：「妳搬來鎮上可真是太方便了，以前要想找妳得去村子裡，那麼遠，路上就耽誤時間，還不敢叫妳太晚回去。如今好了，妳家離鋪子這麼近，有什麼事去喊妳一聲就成，晚了也還有妳表哥呢。」

「好端端說這事，怎麼說到我表哥身上了？喬姐妳越來越愛打趣人了，以前妳明明不是這樣的。」

「這不是跟妳混熟了嗎？以前沒怎麼熟，對妳一個小姑娘，我也不好意思亂說呀。如今妳訂了親就不一樣了，等妳成親以後，還有更不一樣的呢，哈哈哈。」

阮玉嬌被她說的有點不好意思了，不過這麼一插科打諢，她對員外府少爺的那點惡劣情緒也散光了。兩人又說笑了一會兒，就一同去挑選適合的布料和針線。兩人都是這方面的行家，沒用多久就全配好了。

這是一單大生意，喬掌櫃就叮囑阮玉嬌在家好好做，不用惦記鋪子，阮玉嬌這才離開。而那麼多布料，自有店裡的小二幫忙送家裡去，這也算她升為二掌櫃的一點小福利了。

許青山已經買好點心等在門口，喬掌櫃見了又是一番打趣，阮玉嬌沒理她，叫上許青山快步走了。路上許青山還跟阮玉嬌笑說：「妳交的朋友都挺有意思，對妳好，還護短，而且相處得都挺親近的，挺好。」

阮玉嬌笑起來，眼神中充滿了溫暖。「對啊，我也覺得自己挺幸運的，遇到不少合得來的朋友。表哥你也是啊，你那些兄弟們還不是跟親兄弟似的？而且他們好聽你的話啊，簡直就是在崇拜你了。」

許青山笑道：「軍營裡就是這樣，強者更容易受人尊敬，而且我對他們好，他們都能感覺到的。前陣子兄弟們湊在一起嘻嘻哈哈，吵得很，但他們一走，又覺得鏢局裡太冷清了。算算他們出發也半個多月了，希望他們能順利些，早點回來。」

阮玉嬌重重地點頭。「肯定會順利的，鏢局還要紅紅火火呢，讓兄弟們都過上好日子。」

許青山低頭看了看她，見她臉上全是真摯的笑意，不禁輕笑一聲。「我以前在軍營裡聽戰友們說過不少事，有一點還挺相同的，大部分戰友的媳婦都不樂意讓他們和兄弟們多來往，可能嫌兄弟們窮吧。嬌嬌，沒想到妳這麼支持我，妳不怕我把家敗了嗎？」

阮玉嬌瞪了他一眼。「我還不是你媳婦呢！」說完她又笑道：「你這是覺得我比別人都好了？那你以後可得對我更好才行。」

「是，遵命，媳婦！」許青山說完就跑，果然阮玉嬌臉紅的在追著打他了，看到阮玉嬌開心起來，他也發出爽朗的笑聲。

兩人打打鬧鬧地回了家，兩位老太太已經把飯菜做好了悶在鍋裡，正在藤下乘涼聊天呢。一看他們進門，阮老太太便起身笑道：「回來啦？咋樣？去員外府見著貴人了吧？是不是都長得跟仙女似的？」

阮玉嬌上前笑道：「還不都是一個鼻子兩個眼睛嗎，哪裡就像仙女了？其實就是普通人，比咱們的錢多罷了。員外府那些女眷勾心鬥角的，我跟她們說話都累得慌，還差點攪進一個小姐和一個妾室的爭鬥中，很險的。」

兩位老太太一聽她這麼說，對員外府好感全無，連好奇心都沒了，立刻拉住她詢問到底發生什麼事？阮玉嬌也希望她們能知曉員外府的真面目，便將在員外府遇到的兩件事如實說了，還給她們分析了那些人互相打壓、爭奪的利益和地位。

兩位老太太一生與人為善，就算跟村裡人吵架、打架也都是直來直往，哪見過這種陣仗？莊婆婆搖著頭感嘆道：「這簡直無時無刻不在陷害、打壓別人啊，高門大院裡頭看著光鮮尊貴，沒想到連好好生存都這麼難。」

阮老太太道：「可不是嗎。對了，這麼一說我倒是想起來了，劉松前些年喜歡的那個姑娘不就是賣進員外府了嗎？沒多久人就沒了，我記錯沒？」

莊婆婆遲疑道：「劉松喜歡的姑娘？那會兒他回來說山子沒了，我光顧著難受，哪裡還能注意別的，沒印象了。」

許青山洗完臉過來聽見她們的對話，點頭道：「沒錯，那姑娘是被員外府磋磨沒的。大松打聽過，員外府的少爺劉傑看中了那位姑娘的樣貌，非要收她進房，還是沒名沒分的那種。那位姑娘不是自願被賣的，一心等著大松去救她，當然是不肯，直接被打死了。」

莊婆婆雙手合十，對著天上拜了拜，皺眉道：「真是造孽啊，雖說是買回去的丫鬟，可這麼糟蹋人命也太過畜生了。」她突然看向阮玉嬌，眉頭皺得更緊了，擔心道：「嬌嬌妳今天沒碰見那個少爺吧？」

阮玉嬌連忙搖頭。「沒，我就只見了他家的女眷，妳們放心，我肯定會很小心的。」

莊婆婆嘆了口氣，難掩擔憂地說：「往後這員外府能不去還是別去吧，我心裡總覺得不踏實，那裡頭根本就是豺狼虎豹，可怕得很。咱們嬌嬌這麼好看，可不能叫那畜生看見。」

「是啊，嬌嬌妳把衣裳做好叫別人送去吧，咱以後再也不去了。」阮老太太看著阮玉嬌的容貌也是擔憂不已。

阮玉嬌安慰道：「我能不去就不去，我也不喜歡員外府。不過奶奶妳們也別太擔心，我如今畢竟是在錦繡坊做事的，又不是員外府的人，他們不會做什麼太過分的事。就算強搶民女，也不可能把錦繡坊的二掌櫃搶回去不是？再說表哥還認識知縣大人，有這層關係在，他們就更不會把我怎麼樣了，沒事的。」

兩位老太太一同看向許青山，許青山忙點點頭。「嬌嬌說得對，咱們最好不和那種人渣接觸，但也不必草木皆兵。咱們的情況和大松他們不一樣，想動咱們也得先想一想，硬拚都未必拚不過他們，他們當然沒必要為了這種事大動干戈。而且，不管發生什麼事，我都不會讓人欺負嬌嬌的，妳們就放心吧。」

兩位老太太聽了他們倆的話才放鬆下來，點頭道：「那成，你們有分寸就行了。快，洗洗手吃飯吧，今天做了小雞燉蘑菇。」

阮玉嬌扶著莊婆婆慢慢往屋裡走，笑說：「怪不得聞著這麼香呢，待會兒咱們都喝點雞湯，養人。不過往後還是等我回來再做吧，殺雞得去毛，怪麻煩的，妳們二老歇著就行。」

莊婆婆拍拍她的手笑道：「妳這孩子就瞎操心，都是幹慣了的事，有啥麻煩的？你們倆在外頭忙活，回家也都累了，我們兩個老的幫不上啥忙，做做飯、收拾收拾屋子還不是小事？」

阮老太太也跟著笑了起來。「妳別總怕我們累著，要是整天啥也不幹才難受呢，這一輩子都沒歇過，一下子啥也不幹可適應不了。」

阮玉嬌一想，也是這麼回事，便不再勸了，只叮囑道：「那輕省一些的活妳們幹，但重的、累的可千萬別碰，傷著哪兒就麻煩了。」

「知道、知道，妳這個小管家婆！」

幾人全都笑了起來，之前沈重的氣氛也一掃而空。兩位老太太對兩個小的還是很信任的，他們自個兒有本事、有朋友，做事又知道分寸，既然說不會有事，那肯定就不會有事，再者知縣大人也是讓她們安心的重要原因。如今這縣城就知縣大人最大，還特別正義，真有什麼事，婁大人肯定會出手主持公道。

阮老太太燉的小雞特別香，肉全都燉爛了，很容易從骨頭上弄下來。阮玉嬌把雞大腿給兩位老太太一人一個，又給許青山挾了幾塊好肉，不過這些肉又被許青山挾到她碗裡，讓她著實吃了不少，再喝了一碗雞湯都撐住了。

阮老太太好笑道：「有那麼好吃嗎？我咋覺著不如妳自己燉的強呢？」

阮玉嬌喝了幾口水，笑說：「奶奶做的有家的味道，再說我做菜還不是跟奶奶學的嗎？好吃也只能說是得了奶奶的真傳。」

「妳這丫頭就會哄我。」阮老太太聽得高興，樂呵呵地道：「喜歡吃啥妳就跟奶奶說，山子也是。我們兩老太太別的不會，做飯還是能做得好的。給你們倆補好了，在外頭幹啥也起勁。」

許青山笑著點點頭。「嗯，我知道了奶奶，不會跟您客氣的。」

吃飽喝足，阮玉嬌想著，要為以後跟孫婆婆拉近關係鋪鋪路，琢磨了一會兒就說：「奶奶，我今天在員外府不是撞見廚房的兩個人起爭執嗎？其中一位孫婆婆，我看著好面熟啊，但是以前我又沒見過她。」

「哦？」阮老太太有些好奇地問。「她是哪兒的人啊？長什麼樣？」問完她自己先笑了。「瞧我問的，這哪能說清楚，再說妳就是碰著她，也不知道這些。」

阮玉嬌想了下，道：「孫婆婆說她是從京城來的，不過沒說她是京城人還是別的地方過去的。我以前也沒去過什麼地方，這才搬來鎮上沒多久呢，我就是覺得，我看她面熟的話，會不會是咱家什麼親戚啊？」

阮老太太搖搖頭說：「要是親戚肯定也是遠親，我沒聽說誰去了京城，還在員外府裡做事的。不過聽妳說，她跟我差不多年紀，估計是不認識的。這也是巧了，妳頭回對人這麼上心呢。」

莊婆婆在一旁笑道：「咱們嬌嬌是不是就注意老太太了？當初看見我摔著了就一個勁的幫我，還別說，要不是嬌嬌勸我啊，我那會兒真是不想活了。」

許青山握住莊婆婆的手，說道：「苦了妳了，外婆。」

莊婆婆眼中滿是釋然，笑著道：「外婆不苦，不管多久，只要你人回來了，那些苦頭算得了什麼？再說自從遇見了嬌嬌，我這天天淨享福了，比從前不知道胖了幾圈了。」

阮老太太打趣道：「妳從前就是皮包骨，要把妳養胖還不容易？妳呀，還得再胖點兒，富態起來，他們倆才能放心呢。」

第四十六章

阮玉嬌笑看著兩位老太太說說笑笑的樣子，心裡暖暖的，她又想起孫婆婆。孫婆婆身體一向很好，就算前世病倒了一次也沒留下什麼後遺症。可是她能感覺到孫婆婆在員外府過得很不開心，她曾經問過孫婆婆，既然有那麼多本事，為什麼不出府自己過呢？

當時孫婆婆好像很哀傷，然後感嘆道：「重要的人已經沒了，天大地大，在哪裡不是一樣？得過且過，自然沒必要挪窩。」

直到後來她一心想出府，孫婆婆才鬆口說會和她一起出去，足以見得那時她在孫婆婆心中也已經成為「重要的人」了。可惜她們都是員外府底層的下人，孫婆婆低調太久，突然展露本事，必定會引人注目，而她容貌越長越好，自然更不敢叫上頭的人發現，兩人只能繼續低調的想法子攢錢。

雖然她們出府賣繡活就能賺到錢，可這對府裡來說就是來路不明，若她們敢這樣贖身，鐵定要被扣個偷盜的罪名收拾了的。這種事都不會報到上面，下頭管事的直接就能沒收銀子處置她們，這也是員外府下人之間的陰暗。

所以她們為了平平安安，不引人注意的離開，很是計劃了一番，沒想到少爺喝醉走錯路，竟然就看上她，硬要納她為妾。當時要是孫婆婆在，說不定能想出辦法給她解圍吧？可孫婆婆被派去了莊子上，她到底年輕，沒經過大風大浪，嚇都嚇死了，哪裡還有更好的辦法？最後連孫婆婆的面都沒見著。

如今重新結識孫婆婆，她只想快點為孫婆婆贖身，讓孫婆婆能安享晚年。只是她找不到更好的藉口，單說看著孫婆婆面善，孫婆婆會來找她嗎？以她對孫婆婆的瞭解，孫婆婆輕易不會和人走近的，八成轉眼就把她給丟到腦後。

這樣的話，她還是得找機會去員外府，這就有些鬧心了，她實在是不想去。

許青山時不時瞄著她的神情，發覺她好像在為什麼事苦惱。兩人洗碗的時候，他就低聲問道：「怎麼了？之前不是挺高興的嗎，在為什麼煩心呢？」

阮玉嬌無奈道：「表哥，怎麼什麼都瞞不過你？我覺得我沒什麼異常啊。」

許青山一邊刷碗一邊笑道：「妳有什麼事想瞞著別人是沒問題，但想瞞過我就不行了。妳不知道嗎？我的眼睛可是時時刻刻都跟著妳呢，從來不會錯過妳一點情緒。怎麼樣，是不是很感動？」

阮玉嬌推了他一下，好笑道：「感動什麼呀，換個人說不定都覺得害怕了，怕你監視她。」

「換個人我才沒這閒工夫呢，我這不是看我媳婦兒嗎？」私下相處時，許青山總是不忘嘴上占便宜，不過他還記得正經事，又問。「妳還沒說呢，是因為那位孫婆婆？」

「又被你猜中了。」阮玉嬌坐在小板凳上，雙手放在膝蓋上托著下巴，遲疑道：

「孫婆婆今天一看到我就愣住了，後來說話的時候也總看我的臉。我感覺她應該是個挺冷漠的人，但是她今天還跟我說了不少話，我覺得有點奇怪。」

許青山動作一頓。「盯著你的臉？」他看向阮玉嬌，這張臉除了好看之外，沒什麼值得特別關注的，可對於一個老婆婆而言，怎麼可能第一次見面就被好看的姑娘吸引？他皺眉問道：「孫婆婆都跟妳說什麼了？」

阮玉嬌想著當時的場景，說道：「她說她有些驚訝小鎮上還有長得這麼好看的姑娘。她說她是從京城來的，然後就問我和我爹娘、祖上是不是本地人？我說是，她就說這裡好山好水挺養人。」

「妳說是本地人，她有什麼反應嗎？」

「她……好像有點失望。」阮玉嬌皺眉想了想，不太確定地說：「我也不知道，就說一種感覺吧。之前我說了看她有些面善，說不定是親戚，可能她問我也是想看看是不是親戚吧？這麼說，她家大概沒有在這邊的親戚。」

許青山旁觀者清，倒是跟她看法不一樣，直接說道：「我懷疑她可能見過妳娘。」

阮玉嬌瞬間瞪大了眼。「不可能！」

「怎麼不可能？她從京城來，妳娘就是京城人，她看妳的臉，說不定是因為妳和妳娘很像。我記得奶奶說過，妳和妳娘有六、七分像吧？她在京城見過的人那麼多，不可能看到鎮上有好看的姑娘就愣住，肯定是有原因的。」許青山認真分析道：「她問妳是不是本地人，很可能就是想打探妳娘是不是京城來的，所以妳回答之後她才失望。」

「怎麼、怎麼可能？」

許青山的話完全顛覆了阮玉嬌的認知，但她就是覺得不可能，因為上輩子她和孫婆婆相處了好幾年，孫婆婆根本沒提過她娘啊。如果真認識她娘，不可能一句都不提吧？可是許青山分析的確實很有道理，完全能解釋今天見面時孫婆婆那些異常。

阮玉嬌心裡亂糟糟的。「如果真的是這樣，那……孫婆婆認識我娘，可能就認識孟家……」

「妳是怕她把妳的消息傳給孟家？」許青山想了想，點頭道：「如果我推測不錯，她很有可能會這麼做。」

「不是，我不是怕這個，我就是覺得……太不可思議了，怎麼可能這麼巧呢？說不定、說不定真的只是巧合。我看她眼熟，也許她看我也眼熟啊……」阮玉嬌想了好幾種解釋，都比不上許青山那一種更貼近，她連話都說不下去了。突然發現上輩子的認知跟這一世極為不同，讓她有些不知所措，更想不通，如果真是這樣，那上一世為什麼孫婆婆就沒這些表現呢？

許青山擦乾淨手，握住她的雙手，擔心道：「嬌嬌，妳怎麼了？我只是隨便說說，妳怎麼這麼大反應？那位孫婆婆也只是跟妳有一面之緣不是嗎？妳如果怕她亂說話，我可以想辦法找她試探一下……」

「不！不用！」阮玉嬌怕他誤會，忙說：「我不是怕這個，我就是挺喜歡那位婆婆的，突然聽你這麼說，我就想起我娘了。如果孫婆婆認識我娘的話，不知道她清不清楚我娘當年發生了什麼事，受了什麼苦？」

許青山安慰道：「別想這些了，都是過去的事了。我們如今就算知道了妳娘的過往，也無法替她做什麼，倒不如順其自然。若是將來有能力了，妳想替妳娘報仇或者做什麼，我們都可以做。孟家那邊，我這次去京城聽說孟將軍還沒回京，等以後有機會，我好好打聽一下孟家的事。知己知彼，我們才不會太被動。」

許青山什麼都為她考慮好了，阮玉嬌點點頭。「就聽你的。」她想著孫婆婆，突然又想起了劉松失去的那位姑娘，忙問道：「你之前說劉松喜歡的姑娘在員外府沒了？那……你打算怎麼辦？」

許青山挑了下眉，沒有回話。

阮玉嬌看著他道：「我還不知道你的性格嗎？劉松和員外府有仇，你肯定不會袖手旁觀。表哥，以我們現在的能力，對上員外府肯定會吃虧，我支持你幫劉松，我也對那畜生所做的事深惡痛絕，可是你不能衝動行事。你還有我和奶奶她們呢，你離開五年才回來，不能再讓莊奶奶擔心了。」

許青山笑了笑，認真地說：「放心，我保證不會亂來。對我多一點信心，我比妳想像得還要厲害一點，自有辦法對付那個混蛋，只是需要的時間久一點而已，不會有事。」

阮玉嬌聽他這麼說就鬆了口氣，同時心裡還升起一股期盼來。這真是天大的巧合，她將來是一定要報復員外府的，劉傑和大夫人，她肯定不會放過。但那估計還要等好久，而且她還沒想好以什麼理由動手。沒想到劉松喜歡的姑娘居然跟她前世有相同的經歷，如今不管是為了劉松還是為了她自己，他們都要和員外府對上了！

阮玉嬌點點頭。「這件事就別讓奶奶她們知道了，我這個單子正好和員外府有接觸，如果聽到什麼消息我就告訴你。」

許青山不贊同地道：「這種事我去做就行了，哪用妳冒險？妳只要做妳喜歡做的事，其他的都交給我就好。乖，別操心這件事了，趕快去休息吧，我把這些碗收拾好就走了。」

阮玉嬌還有孫婆婆的事情沒想通，也確實有些累了，便點點頭，去屋裡給他拿了件外衫，叮囑道：「夜裡涼，你披著點，別仗著身體好就不當回事。」

許青山笑著應道：「媳婦兒交代的哪敢不聽，肯定好好披著！」

「又胡說！我回屋了。」阮玉嬌一把將衣服塞到他懷裡，就跑回屋裡去了。這段時間她給許青山做了不少衣服，有些就留在了這裡，怕許青山弄髒衣服沒個替換的，如今倒是方便得很。

等許青山走後，阮玉嬌躺在床上翻來覆去的睡不著，對孫婆婆兩世不同的態度百思不得其解。夜裡萬籟俱寂，十分安靜，她閉上眼睛慢慢回憶前世在她退婚之後發生的所有事。既然有了變化，那必然是她重生所帶來的影響，而她是重生在退婚那個節點上的，所以肯定是在那之後發生了什麼影響孫婆婆的事。

她假設許青山分析的都是對的，那孫婆婆就是認識她娘的人。她一點一點對比著前世和這一世同時間發生的每一件事。

前世她被退婚，名聲毀了大半；這一世，她挖了幾個坑反擊，反而讓張家和阮香蘭的名聲毀了大半。前世她在家裡一直做小農女；這一世她出門跟人打交道，還進了錦繡坊，變得越來越好。前世阮春蘭偷了奶奶的銀子，逃得無影無蹤。這一世她幫奶奶把銀子守住了，結果阮春蘭被騙賣掉，回來報復，燒了房子。

阮玉嬌皺起眉。燒房子對她來說是最大的不同，因為前世阮春蘭把奶奶燒死了，這一世奶奶還活著，之後就是前世她被賣進員外府開始受苦受難，而這一世她帶著奶奶搬到鎮上成了二掌櫃。再往後，如今能看出不同的就是阮春蘭在前世成了孟家的表小姐，而這一世玉珮被她搶回來了，阮春蘭也死了。

如果孫婆婆認識她娘，可能就會和孟家有些關係，更可能會聽到消息，知道孟家認了個表小姐。如果真是這樣，那在孫婆婆以為她娘的親生女兒已經被認回的情況下，再認識她自然不會提起她娘，因為她們之間根本沒什麼關係。

阮玉嬌猛地睜開雙眼，一下子將線索串聯了起來。

對！前世這個時候阮春蘭已經去了孟家，這就是與前世最大的不同！

阮玉嬌坐在床上，把前世今生的事又仔仔細細捋了一遍，還嘗試著用其他理由去解釋其中的不同，但她琢磨了大半夜，沒一種比「孫婆婆是因孟家表小姐才態度不同」更好的解釋了。

她下床取出藏得很隱蔽的玉珮，拿在手中慢慢摩挲。玉珮光滑細膩，宛若凝脂。她是不太懂怎麼看玉，但她覺著這玉比員外府老夫人身上那塊還要好看，說不定也比老夫人那塊要更加貴重。

原來上一世她不僅僅是被人替代了身世，她還被阮春蘭害得失去奶奶、失去性命、失去和孫婆婆更親近的機會。阮春蘭當真害她不淺！若早知這些，她定要讓阮春蘭被關在山裡，一輩子逃不出來！

上一世被替代的人生，阮春蘭過得怎麼樣？聽說那時候阮春蘭已經訂親了，是誰家的來著？總歸是京城官宦人家，不是什麼沒名頭的小人物。奶奶死了，她也死了，阮春蘭還改名叫「朱夢婷」，是不是就沒人能知道真相了？

畢竟她娘那時候已經死去了二十年，二十年的時間，許多人根本不大記得這個人了。尤其她娘鬱鬱寡歡，終日待在家中，不喜同人來往，自然更留不下多少印象。那阮春蘭就那麼占了個大便宜去過好日子了嗎？說孟家是狼窟虎穴，可她記得阮春蘭似乎過得很好啊。

當初她死得那麼憋屈，她的仇人卻過得更好，即使如今阮春蘭死了，也難消她心頭之怒！

阮玉嬌打從心裡覺得跟一個死了的人計較沒什麼意思，都是過去的事了，可她就是被噁心到了，尤其想到前世阮春蘭還能過上大富大貴的舒心日子，她就覺得更難受了，對那冒失認下阮春蘭的孟家也沒了半分好感。

阮玉嬌喝了一大杯水，爬到床上強迫自己去想別的事，轉移注意力，不再想阮春蘭。她雜七雜八地想了許多，從農家小院到錦繡坊大堂，從野外摘花到刺繡縫補，直到她開始預想將來如何佈置她和許青山的家，她才慢慢有了睡意，不知不覺間進入夢鄉。

失眠大半夜的結果就是，第二天阮玉嬌沒準時起來，兩位老太太洗漱完在院子裡活動了一圈，見阮玉嬌一點動靜沒有，還有些擔心。阮老太太輕輕推開門往裡一看，只見阮玉嬌面色紅潤正睡得香甜，顯然只是累了沒睡夠而已。

她笑著搖搖頭把門重新關好，給莊婆婆比了個手勢，扶著人走到一邊小聲說：「累了，正睡呢。咱們別叫她了，讓她好好歇歇吧，我去後院灶房弄點吃的。」

莊婆婆拉了她一下，叮囑道：「簡單做點湯得了，別吵著嬌嬌。昨個兒他們倆不是買了好幾樣糕點回來嗎？昨晚上吃雞肉也沒顧上那糕點，咱倆早上就吃那個，就著點熱湯，也挺好。」

「嗯，成，那我就煮點湯。」阮老太太贊同地點點頭，輕手輕腳地做湯去了。

莊婆婆看了眼阮玉嬌的房門，無聲地嘆了口氣，呢喃道：「這孩子咋就這麼要強呢？這麼年輕，大好的光陰，熬壞了身子可咋整啊？」

因著阮玉嬌一個懶覺，兩位老太太倒是擔憂起來了，一邊吃飯一邊商量，要給阮玉嬌好好補補。阮老太太更為緊張，畢竟她是看著弱弱小小的阮玉嬌一點一點長大的，還好幾次差點活不下來，她當然是寧願阮玉嬌一點都不用受累才好呢。

可阮玉嬌明顯很喜歡做這些，還自立自強闖出了一片天，她當奶奶的也不能拖後腿。別的幫不上，做點吃食給補補身子還是沒問題的。兩位老太太都活了大半輩子，知道的不少，一頓早飯的工夫就商量好未來一個月每天給補啥了。

日上三竿，阮玉嬌被曬醒的時候還有些迷迷糊糊的，等弄清是什麼時辰之後，她猛地坐起來，穿好衣服就往外跑。

兩位老太太正在院子裡曬太陽呢，午前的陽光曬著正好，不會讓人難受，她們覺得挺舒服。一見阮玉嬌著急的樣子，阮老太太忙道：「咋了這是？剛起來又急啥呢？」

阮玉嬌忙問：「奶奶妳們吃飯了嗎？我起來晚了……」

阮老太太白了她一眼，沒好氣地道：「妳當我們倆七老八十連個飯都做不了啦？得了，我們都吃過了，還給妳煮了粥，妳趕緊洗漱洗漱端出來喝吧。」

阮玉嬌剛才純粹是本能反應，這會兒說了幾句話才算徹底清醒過來，聞言不好意思地笑了笑，說道：「我這不是習慣了，怕耽誤事嗎？那我先去洗漱了。」

她直接去了後院，想到剛剛的行為還覺得有些好笑。不過包含上輩子，她真的好像好多年都沒起這麼晚過，睡個懶覺居然覺得挺舒服。但熬了夜，她身上還是有些沒力氣。別人仗著年輕可能連著熬兩、三天都看不出異樣，她就不行，生來體弱，熬夜這種熬精血的事是輕易不能幹的。熬一宿總得緩兩天才能恢復正常，如今熬了半宿，沒力氣都算好的了。

阮玉嬌搖搖頭，琢磨著是不是得問問許青山有沒有適合的鍛鍊之法？她繼續這樣也不是個事，雖然誰都樂意做個嬌嬌女，可太嬌弱了有時候真的給自己拖後腿，太耽誤事了。

洗漱完，她去灶房大鍋裡盛粥，一掀起鍋蓋就聞到撲鼻的肉香味，再細一看，竟然是用昨晚剩下的雞肉、雞湯熬成的粥！她是真喜歡這個味道，當即就盛出來嚐了一口。香噴噴的雞肉粥讓她欣喜地瞇起了眼睛，也沒挪地方，直接坐到旁邊的小板凳上就開喝了。熬夜容易餓，醒來能喝到這麼好喝的粥得多幸福？有兩位奶奶這麼疼她，她真是作夢都能笑醒。

如此一想，對阮春蘭的事她就釋然了。過去的事再怎麼糾結又有什麼用？反正她沒想跟孟家來往，也沒想洩漏自己的身分，這一世玉珮在她手裡，沒人會去替代她的人生。

那這件事就算徹底掩埋了，根本就不需要再想，不需要再提。

可孫婆婆那邊要怎麼辦呢？阮玉嬌喝粥的動作慢了下來。她回想在員外府的那一幕，她清楚地感受到了孫婆婆那時候的傷感。如果她和許青山的推測完全正確，那孫婆婆找不到她娘會難過的吧？如果她告訴孫婆婆，孫婆婆會洩漏出去嗎？

這個問題想都不用想，阮玉嬌是絕對相信孫婆婆的人品。所以她喝完粥就做了決定，下次見面她得試探一下孫婆婆，如果孫婆婆真認識她娘，她就把實情告訴孫婆婆。雖然知道她娘死了也許會讓孫婆婆傷心，但真的在意的話，無望的期盼更傷人。

知曉結果的人還可以重新開始自己的生活，不再將注意力放在別人身上，可一直等消息、等人的，就很容易一次次盼望，又一次次失望，然後磨平心中的火苗，變得得過且過。孫婆婆不就是這樣嗎？以她對孫婆婆的瞭解，孫婆婆一定想知道實情。

做好了決定，阮玉嬌就把灶房收拾乾淨，拿出那塊玉珮穿上紅繩，掛在了自己的頸間。衣服領子很高，正好全部擋住，這樣需要的時候她就可以給孫婆婆看了。她已經交代了錦繡坊的人，如果有人找她，一定要立刻通知她，所以她也沒急著去錦繡坊，而是拿了針線在家裡做起員外府那些衣服。

這對錦繡坊來說是一個大單，她自然要多用心好好做，家裡面安靜又舒適，是最適合她做衣服的地方。

不過她如何也沒想到，孫婆婆竟然都沒多等等，今日直接就找藉口出了府，去錦繡坊找她去了。祥子說要幫孫婆婆去家裡喊人，孫婆婆想了想卻說去家裡找人就好。於是就被祥子帶到了阮玉嬌家，這還是阮玉嬌之前交代過，不然他還不會帶人來呢。

到了阮玉嬌家，孫婆婆站在門外仔細打量著周圍的環境，阮老太太給她開門後，她又一邊客氣地寒暄，一邊不著痕跡地打量院子裡的情況。之後心裡稍稍滿意，開口說道：「我是員外府的下人，來找二掌櫃有些事說。」

阮老太太和莊婆婆昨晚剛知道員外府那些骯髒事，今兒個就見著一個員外府的人，哪還能升起好感來？登時表情就有些不好了，問道：「妳找嬌嬌有什麼事啊？她沒休息好，這會兒正休息呢。」

孫婆婆卻堅持道：「是二掌櫃叫我來找她的，不如問問她有沒有空見見我？」

祥子有些不明白發生了什麼事，插嘴都插不上，只能在一旁乾看著。她們雙方正在僵持，阮玉嬌聽見了動靜，放下針線走了出來，問道：「奶奶，是誰來了？」

孫婆婆看向她的時候，眼神明顯柔和了一些，面無表情的臉上也緩和了神色，不過也只是一點而已；而阮玉嬌就完全是驚喜了。「孫婆婆？您真的來找我了？」

阮老太太和莊婆婆對視一眼，這才明白剛剛是遷怒錯了人，原來這位是阮玉嬌提過的很面熟，還挺喜歡的孫婆婆。阮老太太露出了笑容，對孫婆婆道：「原來真是認識的。來，快進屋坐，我給妳倒杯水去，剛才得罪了。」

孫婆婆沒什麼表情地道：「無礙。」然後跟著走進了院子。

阮玉嬌高興道：「府裡交代的差事多嗎？不多的話，孫婆婆中午就留在這吃飯吧？」

阮老太太將水放到桌上，聞言有些意外。她從沒見過阮玉嬌跟人這麼自來熟的，可見真的是很喜歡這位孫婆婆了，便幫著開口留客。「是啊，妳要是沒什麼事的話，就留下吃個飯吧。」

孫婆婆客氣道：「那我就恭敬不如從命了，多謝。」

「沒事沒事，那妳們聊吧。嬌嬌，有事喊我啊。」阮老太太還是有些不放心，畢竟對方是員外府的人，叮囑了一句才出屋。把祥子送走後，她就和莊婆婆坐在院子裡，時不時往屋裡瞄上一眼。

孫婆婆喝了口水，裡頭是糖水。如今一般人家都用碗，阮玉嬌家不僅用的是杯，還是帶花樣的新杯子，毫無破損，顯然日子過得不錯。想來也是，錦繡坊的二掌櫃自然不會過苦日子，無論如何，看到阮玉嬌過得好，她心裡就舒服了一些，畢竟，阮玉嬌和小姐長得是真像啊。

第四十七章

孫婆婆進門的時候就留意了院子裡的情況，她沒看出有別人生活的痕跡，雖然有些不妥，但她還是狀似疑惑地問道：「二掌櫃，怎麼不見令尊、令堂？」

阮玉嬌放在桌下的手攥緊了帕子，心裡卻慢慢放鬆下來，按照昨晚的決定，開口試探道：「他們都已經去世了。」

孫婆婆的眉頭一下子就皺了起來，可又不知該如何問下去，正要道歉，又聽阮玉嬌繼續說道：「其實我是跟著我奶奶長大的。我娘在我生下來沒多久就去世了，而我爹……之前我過繼給了莊奶奶做孫女，所以他也算不得我爹了。他前陣子在一場大火中沒了，我過繼後就一直和我兩位奶奶生活，也挺好的。」

看著阮玉嬌臉上恬淡的笑容，頗有當年小姐的影子，孫婆婆突然就有些心疼。簡簡單單的幾句話，好似什麼都沒說清楚，但她當然不會簡簡單單的去聽。一個小姑娘跟著奶奶長大，甚至被過繼出去，其中經歷過什麼樣的事，不用說她也能想像得到。過去，必然還是苦的，幸好如今苦盡甘來了。

孫婆婆遲疑了片刻，問道：「實不相瞞，二掌櫃的樣貌和我認識的一個人有七成相似，所以我才想來跟二掌櫃問問……」

「咦？這麼巧？我奶奶說我跟我娘也有七成像呢！」阮玉嬌狀似欣喜地接下了話，給了孫婆婆答案。

孫婆婆猛地抬起頭看著她，心中狂跳。「真的？那妳娘……妳娘她可是從外地來的？」

阮玉嬌點點頭。「是啊，是我奶奶從河裡把我娘救起來的，不過我娘從沒說過她家鄉是哪兒，後來就一直在村裡生活了。只是她當初在河裡本就傷了身子，懷著我的時候又多思多慮沒有養好，等生下我沒多久，她就去了。」

孫婆婆緊緊攥著雙手，許多事情都對得上，尤其是阮玉嬌這張臉，她幾乎已經把阮玉嬌的娘當做自家小姐了，聽到這些話，心裡真是血淋淋的疼！在河裡被救，到底發生了什麼事？傷了身子又多思多慮，顯然是過得很不開心。她家小姐她是知道的，單純善良，從沒見過什麼陰暗面，若不是真的不開心，怎麼可能多思多慮？

孫婆婆咬牙平復著情緒，急忙問道：「那她可有提過自己姓什麼？」

「我娘她……姓孟。」

「孟！」孫婆婆激動得差點站起來，又喜又悲，喜的是小姐當年沒有死，悲的是小姐受了苦楚，而且已經去世十幾年。心緒波動之下，她臉色有些發白，眼中也浮現了淚光。

阮玉嬌心中確定了，握住她的手擔心道：「孫婆婆您怎麼了？您……認識我娘？」

孫婆婆反手握緊了她的手，點了下頭，沈聲道：「雖然沒機會見到，但從您的描述裡，很可能就是我家小姐！」

阮玉嬌微微睜大了眼，詫異道：「您是說您以前是跟著我娘的？」她想過孫婆婆跟她娘有些瓜葛，但沒想到是這麼近的關係，畢竟孟家比員外府強了百倍，怎麼也不該離開孟家來員外府做下人啊。

孫婆婆又點點頭。「我是小姐的奶娘，您是小姐的女兒，那就是小小姐了。」她看著阮玉嬌認真道：「小小姐放心，只要證實真的是我家小姐，我一定幫您和孟家認親！」

阮玉嬌搖搖頭。「我沒想過認誰，我已經過繼給莊奶奶了，如今的生活很好。我跟您說這些，只不過是覺得您很熟悉，好像曾經認識一樣。」她說著，便從衣領處拿出玉珮。「這是我娘留下的，孫婆婆認識嗎？」

孫婆婆死死地盯著那枚玉珮，抬起雙手想要觸摸，卻顫抖得不成樣子。忍了許久的眼淚突然掉了下來，痛哭失聲。「小姐——」

阮老太太和莊婆婆聽見哭聲嚇了一跳，急忙進屋詢問。「咋了？這是咋了？咋還哭上了呢？」

阮玉嬌把玉珮摘下來放到孫婆婆手中，起身虛虛地環抱住她，輕拍著她的後背，低聲道：「原來孫婆婆是我娘的奶娘，她得知我娘已經去世，所以……」

阮老太太和莊婆婆對視一眼，都是十分震驚，怎麼也沒想到偶然碰見的一個人，竟然就是孟氏的奶娘！兩人都有些不知所措。若這樣隨隨便便就能碰到認識的人，那孟家豈不是早晚會知道？到時候是不是就要把嬌嬌帶去孟家了？

阮老太太是害怕從此再也見不著孫女；莊奶奶除了這個，還怕阮玉嬌和許青山的親事黃了。雖然現在阮玉嬌和許青山看著挺配的，可若阮玉嬌成了孟家的表姑娘，那就是貴人小姐了，許青山可不就配不上了嗎？

不過不管咋樣，看孫婆婆哭得那麼傷心，兩位老太太也是心有戚戚焉。她們都體會過失去至親的痛苦，很能理解孫婆婆的感情。

大戶人家的奶娘對孩子付出的心血可不比親娘少，看孫婆婆的樣子就知道她對孟氏是極好、極在意的，就是不知道當年到底發生什麼事，才多出這麼多悲痛。

兩人走到孫婆婆身邊，輕聲勸著。她們都是同齡人，勸起話來總能說到點子上。阮老太太還特意說了，孟氏之前在村子裡，吃穿用度都跟她差不多，沒在這方面受太多委屈。雖說人家大小姐流落到村子裡本身就是吃苦，可對於村裡的人來說，阮老太太還真的是善待孟氏了。

這些道理孫婆婆都懂，她只是終於得到了確切的結果，心中的悲痛終於找到了發洩口，一下子將這些年所有的痛苦、抑鬱，全都哭了出來。

大約小半個時辰之後，孫婆婆哭聲漸歇，哽咽著握住阮老太太的手，鄭重道：「多謝，多謝您救了小姐的命！多謝您收留小姐，還那般照顧她。多謝您！」

孫婆婆說著就要往地上跪，把另外三人都給嚇到了，急忙伸手扶她。阮老太太忙道：「妳這是幹啥？不說她是我兒媳婦，就單說她那麼好的一個姑娘，我也是從心裡把她當閨女看的。妳可別跟我這麼客氣，既然妳是孟氏的奶娘，那咱們就是一家人，萬萬不興這樣生疏的。」

孫婆婆冷靜些許，也沒強行再跪下去，但臉上滿是感激的神色。「不論如何，您救過小姐的命，就是我的恩人；還把小小姐養這麼大，教得這麼好，我真的不知該如何感激您。有些農戶人家重男輕女得厲害，根本不把姑娘家當人看，小時候見天兒的讓姑娘幹活，長大了直接賣個好價錢了事。光員外府裡被賣進去下場淒慘的就不知有多少，您能把小小姐養這麼好，小姐她泉下有知，也會感激您的。」

阮玉嬌聞言有些傷感。上一世她可不就是被賣掉了事的姑娘之一嗎？而且還因為容貌惹禍，下場比其他人還更要淒慘一些。萬幸她重生而來，還擁有了幸福的生活，一切真的好像作夢一樣。

阮老太太拉著孫婆婆坐下，感慨道：「這些事我們也都聽說了一二。其實村裡人把閨女賣掉之後，一般就不再管了，是死是活都不知道。之前我們村有個閨女就是被賣去員外府，我們也是昨個兒才知道，那閨女進去沒幾天就沒啦！她本就不是自願的，在村裡還有個青梅竹馬想著成親呢，誰知道就這麼慘呢？」

她看著孫婆婆道：「因為這事啊，嬌嬌去員外府，我心裡就特別不踏實。如今正巧妹子妳在那府裡頭，能不能麻煩妳幫忙看顧著點？可萬萬不能叫人把嬌嬌欺負了去啊！」

孫婆婆重重點了下頭。「這您放心，誰想欺負小小姐，必須先從我的屍體上邁過去！」

阮老太太一聽她說得這麼嚴重，忙擺手道：「別別別，我就是請妳幫著看顧著點，哪裡能到這地步呢？我就是擔心嬌嬌她性子單純，心太善了，叫人給欺負了去。想來那高宅大院裡頭，人們心眼子都多得很，她一個小丫頭，怕應付不過來。」

孫婆婆想了一下，就明白她們莊戶人家樸實慣了，反倒對誓言之類的有些不習慣，便從善如流地點點頭，說道：「您就放心吧，我肯定能保護好小小姐的。」

阮玉嬌忙插嘴道：「孫婆婆，既然您是我娘的奶娘，咱們有這層關係在，我哪能再讓您回員外府做事呢？您贖身需要多少銀子，我給您拿，您搬出來跟我一起過吧，在外頭舒服自在，不用看人臉色，不是更好？」

阮老太太一拍額頭，笑了起來。「對對對，妳看我，光顧著高興把這事給忘了。嬌嬌說得不錯，妹子，妳就搬過來跟我們一起住吧，咱們仨老太太，湊一塊兒還能做個伴，打發時間，多好？」

莊婆婆也跟著勸道：「妹子也辛苦大半輩子了，妳是孟氏的奶娘，也算是嬌嬌的長輩，就聽嬌嬌的，搬過來吧，咱們常在一處也有意思，不像妳一個人那麼無聊。再說了，我看妳對嬌嬌的娘很是惦記，肯定也是放在心上的，雖然她不在了，但還有嬌嬌呀，妳不想多看看嬌嬌嗎？」

孫婆婆不想給阮玉嬌添麻煩，但對她們說的十分心動。小姐不在了，她當然想跟在小小姐身邊，照顧她、陪伴她，看她嫁人生子、兒孫滿堂、幸福一生。

可想到阮玉嬌剛接了員外府的單子，她便一口拒絕。「此事日後再說吧，小小姐說不定還要去員外府幾次才能把這單做完。做得好的話，往後也許還要去，別說妳們不放心了，我在員外府那麼多年，我更不放心。所以我還是在裡頭待著，萬一有個什麼事，我也能幫上小小姐的忙，不至於在外頭乾著急。」

阮玉嬌立刻說道：「孫婆婆、奶奶，妳們都太多慮了，我哪有那麼容易被欺負啊？妳們看我現在還不是好好的從村裡闖到了鎮上？妳們別這麼擔心了，這些事我都會處理的，不行還有表哥呢。孫婆婆您還是搬過來吧？那天我都看見有人欺負您了，您搬出來，我還能放心些。」

孫婆婆心裡一暖，對著她慈愛地笑笑，說道：「小小姐的好意我心領了，您放心，我那是不想跟她們計較，不然誰也欺負不了我。」

幾人正說著，許青山來了，聽說孫婆婆是孟氏的奶娘，頗感意外，笑道：「昨天我和嬌嬌才說您可能認識嬌嬌的娘，沒想到竟是這樣的關係。」

接著，他想了下，還是說了實情，讓三位長輩安心。「其實大松跟劉家少爺有仇，肯定是要報仇的。我身為他的兄弟，也在幫他搜集劉家這些年犯的罪行，一直關注著員外府的動靜。所以孫婆婆不必為了保護嬌嬌留在員外府，我會保護好她的。」

三個老太太意外地看著他，莊婆婆急道：「你說啥？報仇？有沒有危險啊？」

許青山忙道：「外婆放心，我辦事穩當著呢，保管最後他們都不知道是誰幹的。」

孫婆婆卻認真說道：「既然你們有這個打算的話，那我就更不能出來了。我在裡頭這麼些年，雖然沒怎麼在意府裡的事，但大體上還是瞭解的。而且若說搜集證據，我在府裡也更加方便，我們裡應外合，便能儘快讓他們得到該有的下場。」她有些慚愧地道：「也怪我，早前以為我家小姐出了意外，沒了，心就死了，從沒管過身邊的事，不然劉松喜歡的姑娘也許就不會被賣到員外府了。」

「這怎麼能怪您呢？」阮玉嬌握住她的手道：「我能想像到您這些年心裡有多難過，沒留意身邊的事不是您的錯，您千萬別這麼想。」

許青山點點頭。「嬌嬌說得對，就算是大松在這兒，也不會拿這件事怪您的，根本就扯不上關係。不過，您說的裡應外合……我怕會給您惹來危險。」他看向阮玉嬌，示意她好好勸勸。

孫婆婆卻鐵了心一定要做點什麼。這也算她多年做下人的一個本能吧，要到新主子身邊，總得表現自己的本事來投誠，不然就這麼來到阮玉嬌身邊，她會覺得自己很沒用。雖然阮玉嬌對她很親切，甚至很尊敬，但她想，那可能是阮玉嬌生活在農家，沒當過主子的緣故。可不管阮玉嬌怎麼想，小小姐就是小小姐，在她心裡，阮玉嬌就是她認定的主子，半點不可怠慢。

幾人勸說不過，最後只能輪番叮囑，讓孫婆婆千萬小心。

阮玉嬌對著孫婆婆囑咐了又囑咐。「不論如何，安全最重要，其他的都可以再想辦法，就是萬萬不能讓自己陷入危機。」

孫婆婆對她笑道：「小小姐放心吧，我懂得的。」

阮玉嬌有些彆扭地道：「孫婆婆您別叫我小小姐了，我真心把您當長輩的，就像奶奶她們一樣，您也把我當成自家晚輩就好，咱們像一家人一樣相處還更親切些呢。」

阮老太太也笑道：「對啊，妳跟我們說話一口一個您的，聽得我渾身不自在，以後咱們都在一塊兒，就像姐妹一樣，可別再這麼見外了。」

孫婆婆笑了笑，雖然答應了，心裡卻還是認為尊卑有別的。她既然知道了阮玉嬌是小小姐，怎麼還能踰矩呢？阮玉嬌知道一時半會兒改不過來她的想法，也不急在這一時，便讓她們坐著聊天，起身張羅著去做飯。

起初孫婆婆還說什麼都不讓，非要自己去，被阮老太太和莊婆婆一起拉住，到院子裡聊天了。阮玉嬌這才和許青山去後院做飯，她有些擔心地問許青山。「讓孫婆婆留在員外府真的不會有事嗎？」

許青山倒是想得開，笑道：「我剛才特地留意了一下，孫婆婆她人很精明，說話、處事極其謹慎，聽妳之前說遇到她那一幕，也表明了她的本事，我想她完全能自保的。而且我也會加快速度，不讓她在那裡待太久，妳放心吧。」

「嗯，你也要小心，這畢竟不是什麼小事，還是很危險的。」

「我知道，我不會那麼自大的以為我想怎麼樣就能怎麼樣，我會謹慎行事的，安心。」

阮玉嬌對許青山有一份天然的信任，想著他當兵時似乎還執行過什麼秘密任務，便心下安定，不再糾結這些了。而且有許青山和孫婆婆裡應外合的話，要扳倒員外府想必能順利許多，本來她還著急怎麼把自己對員外府的瞭解透露給許青山，如今有了孫婆婆，那她就不用操心這件事了。

孫婆婆在阮玉嬌家裡吃了第一頓飯，對阮玉嬌的手藝讚不絕口，直說都是她愛吃的。阮玉嬌但笑不語，心想這些還是孫婆婆教的呢，又是按孫婆婆喜好做的，當然都是她愛吃的。

一頓飯吃下來，大家的關係好似又親近了一些。

飯後孫婆婆就告辭了，她畢竟還在員外府做事，出來太久了不適合，而且她還有點自己的事想辦，只得強忍不捨地離開。

孫婆婆離開之後，就有目的性的開始打聽阮玉嬌的事。當年孟府是找到小姐屍體，確定小姐死了。當時那種情況，她也沒有懷疑，所以才隨波逐流被賣了出來，陰差陽錯跟隨員外府來了這個小鎮。她不是會尋死的人，但也只是有一天沒一天的過著日子，沒滋沒味，甚至自責沒有保護好小姐。

萬萬沒想到十幾年後遇到個和小姐樣貌相似的姑娘，竟然就是小姐的女兒！之前小姐落難吃苦，她都沒能保護小姐，如今小小姐又長這麼大了，她整整缺席了十五年，滿心都是後悔。如今就想瞭解這些年小小姐都經歷了什麼，才讓一個嬌嬌弱弱的小姑娘又是過繼，又是拚命往上爬的？那些欺負了小小姐的人，她一個都不會放過！

鎮上知道阮玉嬌的人還真不少，主要之前阮玉嬌賣花的事就被人嘖嘖稱奇，後來她又告了玉娘和鎮上排第二的成衣鋪，讓眾人都知道了她技藝高超，連錦繡坊的第一女工都嫉妒得下了狠手。再往後她還當上了錦繡坊的二掌櫃，從村裡搬到了鎮上，又有許家幾人在錦繡坊門口鬧出的笑話，讓人知道了阮玉嬌在村子裡的艱難。

是以，阮玉嬌的經歷在許多人眼裡已經堪稱傳奇故事，孫婆婆沒費多少勁就打聽到不少。她皺著眉，緊抿著唇回了員外府，心裡頭已經開始琢磨怎麼讓許家那幾個女人長長記性了。她知道這種人，如今只是礙於兒子的名聲不敢輕舉妄動，一旦將來得了志，必然猖狂起來，肯定要給阮玉嬌帶來不少麻煩，她不能讓那種情況發生。

還有那個許青柏，俗話說：寧可得罪君子，不可得罪小人。像許青柏那樣的小人她見得多，如今許青柏被許青山和阮玉嬌搶走了考秀才的風頭，又在各方面被比下去，沒了從前高高在上的優越感，必然心中記恨。將來若這人得到上位的機會，第一個就會打壓許青山，讓許青山和阮玉嬌兩個人落魄窮困，甚至淪為眾人的笑柄。

所以，許青柏還是老老實實的待在村子裡才好，她不會讓他有機會去給小小姐和未來姑爺添堵的。想到許青山，孫婆婆不禁點點頭，心裡頗為欣賞。

雖然如今的許青山還沒有什麼家業，但有擔當、有本事，比當初孟家給小姐定的那個未婚夫好了不知多少倍，就更別提小姐曾經偷偷喜歡的那個男人了。

最重要的是他們兩情相悅，許青山只差沒把阮玉嬌捧在手心裡了，這樣的良配定能讓阮玉嬌幸福，她也沒什麼好擔心的。

孫婆婆心裡想著許多事，很晚才睡著，但睡著時她的嘴角是微微揚起的。這大概是她十幾年來睡得最舒心的一覺，而將來，她也終於有了盼頭、有了好好活下去的意義。扳倒作惡多端的員外府、教訓欺負過小小姐的人，然後去小小姐身邊，一直、一直好好地保護小小姐，直到永遠。

孫婆婆閒了十幾年，感覺再不動動，這身子骨都要不好使了，一時間幹勁十足，每天從睜眼醒來到閉眼睡下都在忙碌，忙著幫阮玉嬌掃清障礙。

別的事她可能做不了，但處理幾個這鎮上、村裡的人，她的手段就太多了。
孫婆婆先是找了個機會給自己換了個差事，雖然仍舊是尋常不惹人注目的下人，但卻能每日到各個院落走動。如此一來，她就有了接觸所有人的機會，也有了第一時間探查員外府消息的機會！
此外，她還開始「樂於助人」，時常幫別人一些小忙，乘機去自己想去的地方，甚至出府幫著買東西，順便跟青山鏢局的人互通消息。
一個人有了幹勁，立刻就有了精氣神，阮玉嬌見孫婆婆精神煥發，再沒有從前那種麻木、無所謂的樣子，心裡頭高興得很，也終於明白，孝敬長輩是讓她們去做自己喜歡的事，而不是什麼都不讓她們做。所以阮玉嬌除了叮囑孫婆婆萬事小心之外，就沒再勸說孫婆婆贖身，只在孫婆婆有空的時候請她到家裡吃頓家常便飯，說笑玩樂。
一次孫婆婆在阮玉嬌家吃過飯準備回府的時候，撞見了一男一女拉拉扯扯，本來她是目不斜視，沒想理會，沒想到路過他們身邊的時候，突然聽那女人說道：「張大哥、耀祖哥，我的好哥哥，你就應了我吧，我不求名分，只求跟在你身邊當個伺候你的丫鬟，好不好啊？」
男人為難道：「不是我不應妳，實在是家中不便，這次意外沒考中，家裡已經鬧了好幾場，我實在不能帶妳回去……」
孫婆婆腳步微頓，然後若無其事地繼續往前走，只是在轉彎之時又不引人注意地轉回身來，站在一處小攤販前悄悄觀察那對男女。若她猜得不錯，那個男人就是曾經拋棄她家小小姐的混蛋——張耀祖！

張耀祖一副書生打扮，樣貌算過得去吧。孫婆婆仔細看了他幾眼，嘴角勾起嘲諷的笑意。張耀祖臉色蒼白，雖說書生大多身體不壯、力氣不大，但也不可能是這樣虛弱無力的樣子，他這般明顯就是縱欲過度！

再看那女人，梳了婦人髻，卻一言一行都透著點風塵味。孫婆婆轉念一想，就猜到她大概是那種暗門子。這可真是好笑了，之前打聽到的消息說，張耀祖和許青柏名聲都差了不少，可也沒有這麼不堪。妻子懷孕在家，他居然在鎮上跟個暗門子勾勾搭搭，也幸虧他當初非要退親，不然被坑的不就是小小姐了？

眼看張耀祖急於離開，那女子卻糾纏不清，孫婆婆不再耽擱，跟人問了句有沒有看見臨溪村的人？那人給她指了個方向，說看見有幾個在小酒館賣野菜的。孫婆婆發現那小酒館不遠，急忙跟人道了謝，趕了過去。

她進門隨意打量著酒館，老闆莊叔招呼了一聲，笑問。「想買什麼？」

孫婆婆知道阮玉嬌曾在這裡賣過拌野菜的方子，便說：「給我來一份拌野菜，聽說你這兒的好吃，特意過來嚐嚐。」

莊叔笑道：「這您可來對了，我們這兒的拌野菜可是一絕，別家沒有的。您稍等，馬上就來。」說著他就衝廚房喊了一聲，裡頭應下，他才繼續撥弄算盤。

孫婆婆把籃子放在桌上坐下，隨口道：「您這兒生意挺好啊。」

「還成，多虧大夥兒照顧。」

第四十八章

孫婆婆點點頭，抬手給自己搧了搧風，說道：「老闆給我碗水喝吧，剛才我在外頭看熱鬧來著，回過神來都曬半天了。」

「哦？什麼熱鬧這麼好看啊？」老闆端過水來，好奇地往外瞅瞅。

「沒在這兒，在前頭那條街呢！」孫婆婆擺擺手，接著她神秘兮兮地小聲道：「臨溪村不是出了個秀才嗎？聽說還有一個落榜沒考上，就是那個什麼耀祖的，我看見他跟一個婦人在小胡同裡拉拉扯扯呢。」

莊叔驚訝了一下，不過他本身對這些不太感興趣，便嘆道：「讀書多是負心人，果然不假。」

他不怎麼好奇，旁邊一桌坐的六、七個婦人卻個個豎起了耳朵，滿臉驚訝地湊過來。「大娘，妳說得是真的？張耀祖？」

孫婆婆點點頭。「對，就是這個名！咋了？妳們認識？」

幾個婦人面面相覷，忙擺著手道：「不認識、不認識，就是好奇想知道咋回事？」

「嘿，好奇就過去看看唄，又不遠，我過來的時候他們還在那兒說呢。」

正好後院稱野菜重量的小二出來了，莊叔給她們每人結了菜錢，她們便坐不住了，匆匆忙忙趕去孫婆婆說的地方。

孫婆婆低頭喝水，用碗沿遮住了彎起的嘴角。張耀祖那種東西也敢看不上她家小小姐？要啥沒啥，還在那兒左擁右抱，日子倒過得逍遙。這麼巧被她碰到，她要是不做點什麼，簡直對不起老天的安排！

孫婆婆悠然品嚐起獨家拌野菜時，臨溪村來的那幾個婦人已經看見了張耀祖正在胡同裡跟一個女人糾纏不休，想走都走不了，臉色極為難看。其實在幾個婦人眼裡，張耀祖就是沒想走，不然他好歹一個男人，還能掙脫不開那婦人的鉗制？

這一刻，她們所有人都想到了張耀祖和阮香蘭幽會被抓那一幕。已經訂了親的未婚妻，他都急不可耐地讓人家珠胎暗結，絲毫不顧及名聲，如今勾搭上暗門子，她們在震驚之餘又不覺得奇怪了，畢竟張耀祖就是這麼無恥的一個人！

其中一個婦人沈著臉說道：「他們老張家都是不著調的，前天我小姑子撿了幾個野雞蛋，阮香蘭居然說那是她的！她不要臉，我小姑子卻是臉皮薄，硬是被她把野雞蛋搶去了。」

另一個同她交好的婦人轉了轉眼珠，笑道：「不如，咱們去給張家添添賭？這女的肯定就住那胡同裡，咱們摸清她住哪家、幹麼的，回頭叫阮香蘭好好知道知道啊。」

「不光她要知道，村裡人都得知道！一次又一次，張耀祖骨子裡就是個色胚子，咱得讓村裡人知道他的真面目，不能再讓別人受騙。」

商量好了她們就繼續躲在一邊看，其實她們更想現在就衝出去問問張耀祖在幹啥，叫大家都知道知道這人有多無恥。可想到張耀祖是個有可能考秀才的讀書人，她們就不願意擔這責任了，畢竟秀才也是村裡的榮耀呢，要是直接被她們破壞了，擱哪兒都說不過去。

可她們是真看張耀祖噁心，想想自己要是嫁給這種人，這會兒豈不是去死的心都有了？看著張耀祖那副樣子，她們又厭惡得慌。所以打算回去透露給張家，到時候張家鬧到鎮上，把張耀祖前程毀了，可就不關她們的事了。

張耀祖又同那女人糾纏片刻，似乎點頭答應了什麼，那女人終於露出笑容，把張耀祖送走了。等張耀祖走後，那女人的笑臉立即消失不見，扭頭就往回走。幾人一看，連忙跟著挪過去，清清楚楚地看到了那女人所住的地方，然後便快步回村了。

幾人腳步匆匆地往村裡走，被人看到難免驚訝。「這是咋了？著啥急啊？」

一個婦人說道：「能不急嗎？是大事啊！」

旁邊的人立刻阻止她。「說什麼呢，哪有什麼事？」

接著幾人便散開回家了，可這兩句話卻極大地勾起了所有人的好奇心。幾人不好當著面說，那背著人總可以吧？大家蠢蠢欲動，都自以為隱蔽地私底下去找她們，想要打聽到底發生了什麼大事？

結果這一打聽，可真打聽出事來了！張耀祖背著阮香蘭在外頭亂搞?!

怪不得總是往鎮上跑，還動不動說什麼沒考中要去讀書，要留宿書院，如今看來，他根本就是在鎮上另有一個家啊！

阮香蘭挺著肚子出門轉悠，想要消消食，再看看能不能碰見那種臉皮薄的，唬弄點東西吃。張母不待見她，她要是想吃點好的補補，全得靠自己了。幸好她有了身孕，一般人都不敢跟她吵，怕出什麼事，有時候就自認倒楣，把東西給她了。

可她轉著轉著，怎麼感覺大夥兒總看她呢？要看，她也不怕看，那天被診出珠胎暗結的時候她的臉就丟盡了，她不怕這個。可今天特別奇怪，那目光怎好像在同情她一樣呢？

阮香蘭曾經算計過阮春蘭和阮玉嬌，所以對這種事特別敏感，總覺得大家都知道什麼秘密，而只有她一個人不知道似的。她的眉頭越皺越緊，正巧碰見前天被她搶了野雞蛋的那個小姑娘，她一把將人攔下，問道：「你們都看我幹啥？」

小姑娘嚇了一跳，瞪大眼，擺著手直往後退。「妳別拉我啊！別碰我，我可啥也不知道，妳要是動了胎氣，肯定跟我沒關係，妳離我遠點，有事別想賴我！」

阮香蘭聞言氣不打一處來。「妳啥意思？咒我出事是吧？」

「不是，不是咒妳啊，大家都說妳要是知道，鐵定得動胎氣啊……」

阮香蘭心裡一緊，立即抓住她喝問。「到底啥事？妳快點說啊，我爹娘、親姐都死了，能有啥事讓我動胎氣？妳不說明白，今天我就去跟里正說說妳咒我的事！」

「別！我說！」小姑娘被嚇壞了，哪敢隱瞞？當即就把張耀祖在鎮上和暗門子勾搭的事全說了，還說張耀祖正想辦法把人領回家呢！

阮香蘭第一反應就是不信，怒聲罵道：「妳放屁！我夫君讀了十幾年書，還要考秀才，咋會幹這種事？妳敢誣賴我家男人，信不信我撕爛妳的嘴？」

小姑娘的嫂子聽著聲音跑過來，看見這一幕氣不打一處來，推開阮香蘭就道：「啥誣賴？非親非故的，我們誣賴他幹啥？今兒我在鎮上親眼看見的，妳不信把跟我一塊兒去賣野菜的都叫來問問，看妳的好夫君都跟人家承諾啥了！」

阮香蘭瞪大了眼，想從她臉上找出心虛，可最終只得到失望。這人說得肯定是真的。

肚子抽痛了一下，阮香蘭捂住肚子，氣得口不擇言。「妳們看見了不上去打那狐狸精，居然還跑回來說閒話笑話我，妳們的心腸都爛透了！」

「我呸！衝妳這德行，我們才不管妳家的事。什麼玩意兒，比縣令大人擺的譜還大！走走走，咱們回家，以後看見這種瘋婦離遠點！」婦人啐了一句，拉著小姑子轉頭就走。雖然她厭惡阮香蘭，可對著孕婦還真得處處顧忌著點，萬一出事，賣了她都賠不起啊。

阮香蘭死死咬著牙才沒撲過去廝打。她嫁給張耀祖就為了享福、為了風光、為了讓別人都羨慕她。她最愛面子，如今卻被這姑嫂倆當面戳破了醜事，她怎麼能不恨？當初未婚先孕，她還可以說是為了拴住張耀祖，怕黃了親事當不成人上人，可這次呢？這次她的臉皮是徹底被張耀祖丟到地上踩爛了。她為張耀祖付出那麼多，他居然背著她搞女人！

阮香蘭氣得渾身發抖，臉色鐵青，好半天才緩過勁來。她扶著肚子冷哼一聲，咬牙切齒地道：「不教訓那個死狐狸精，還真當我阮香蘭是好惹的？」

她的肚子就是她的免死金牌，張老爹和張母再不喜歡她，也期待著她生的孩子呢，這可是張家第一個孫子！誰敢把她咋地？阮香蘭想到這兒，就大步流星地往家走，回家一進院子就嚷嚷起來。「爹、娘！你們快出來啊，耀祖被外頭的野女人給勾住了心思，不肯好好讀書了啊！」

「野女人」和「讀書」兩個詞瞬間喚出了全家人，張老爹急切地問。「耀祖怎麼了？妳聽誰說的？」

張母怒道：「阮氏，妳可不要胡說八道，叫我知道妳瞎說，我饒不了妳！」

阮香蘭捣著臉就哭起來。「我瞎說這些幹啥呀？村裡人全知道了，都笑話咱家呢，說耀祖他不爭氣，為了個暗門子連書都不讀了啊。爹、娘，我受點委屈無所謂，可耀祖萬一被人勾了魂，考不上秀才可咋辦呀！」

張秀兒厭惡地瞪著她道：「妳個烏鴉嘴，我看妳是想咒我哥吧？我哥就是在鎮上讀書呢，啥時候有女人了？妳一整天啥活不幹還淨瞎咧咧，妳配得上我哥嗎？」

「耳聾了妳？全村人都知道的事、親眼看見的事，咋就是我瞎咧咧了？好！你們不信，那就誰都別管，就讓那狐狸精迷住耀祖吧！」阮香蘭可不慣著張秀兒，直接給罵了回去，罵完就要進屋。

她這番作態不似作假，張老爹和張母這才慌了，忙跟她問清楚情況。待確定那婦人是個暗娼之後，張老爹直接就厥了過去！他娶妻晚，生子也晚，如今張耀祖還不滿二十，他就已經五十歲了，身體並不壯實，這一昏迷，直接就昏迷了一天一夜。

張母著急地託人去給張耀祖報信，又請郎中來看，辛辛苦苦地照顧著，連眼都不敢閉，就怕睡一覺直接變成寡婦了。再者，若張老爹這會兒沒了，張耀祖守孝其間可就不能再考試，家裡窮了那麼多年，她真是一時半刻都等不了，絕不能讓任何事阻礙兒子考試！

所幸張老爹第二天醒了過來，雖然精神不濟，但李郎中說了沒生命危險，好好養著就成，這讓全家都鬆了口氣。等李郎中走了，張老爹睜著眼睛，在屋裡看了一圈，不可置信地問。「耀祖呢？他……沒回來？」

張秀兒哭得眼睛紅紅的，氣道：「那人也不知道咋辦事的，居然說沒找著哥哥，肯定是不想給咱幫忙！」

阮香蘭適時說道：「我看不是給帶話的不會辦事，而是耀祖去了別的地方吧！」

張母突然站起來，拍著桌子道：「不行！不能叫那不要臉的賤婦耽擱了耀祖。她算個什麼東西，還想進我們張家的門？香蘭、秀兒，妳們倆跟我一塊兒去鎮上找她，我倒要看看她不要臉到什麼程度，敢這麼明目張膽地勾引我兒！」

「對！為了耀祖也不能饒了她。不過娘您可得記著點，萬萬不能傳揚開，不然耀祖德行有污，就前程盡毀了。」阮香蘭雖是想借刀殺人，但她還記得要護好了張耀祖的名聲，若是因為這個事鬧得張耀祖不能科考，那她才要哭死了呢！

不只這樣，也不能讓村子裡再議論了。阮香蘭出著主意，跟張母先去了一趟里正家裡，請里正出面讓大家閉嘴。這又不是什麼光彩事，里正聽了前因後果就點頭同意了，再一聽她們要去鎮上找那女人，心中就覺得不妥，皺眉阻止她們。

可阮香蘭抱著肚子，哭哭啼啼地說張耀祖前程都快毀了，里正心煩的同時，也確實不好再攔，只能千叮萬囑地叫她們謹慎一點，莫要把臨溪村的臉面丟到外面去。有些事在村子裡說幾句無所謂，他還能控制住，但要是外頭傳揚開來，那可就做什麼都來不及了。

擺平了村裡的流言，阮香蘭她們好好休息一晚，過了一夜，三人精神抖擻地就趕去鎮上。她們已經問清了那女人住的地方，張母常常去鎮上，對那些街道胡同瞭解得很，直接就殺到了人家門口。

張母大力拍著木門，臉上陰沈似水，只聽裡頭傳來一道甜膩膩的聲音，語氣中還略帶些不耐煩。「誰呀？大清早的，我還沒起呢～～」

阮香蘭黑了臉。這聲音一聽就不是正經人，難道張耀祖喜歡這樣的賤人？

大門從裡頭打開一條縫，婦人看見她們有些疑惑。「妳們找誰啊？」

張母根本不跟她廢話，狠狠推開房門，摀住她的嘴，就扯著她進了院子。阮香蘭、張秀兒緊隨其後，還把門給關緊鎖上了。

婦人驚駭地瞪大雙眼，口中發出「唔唔唔」的聲音，掙脫不開便用力去打張母。阮香蘭眼珠一轉，看見牆邊有個棍子，立刻拿起來喊道：「娘，她居然打您？我來幫您！」

有張母拽著那婦人，阮香蘭輕輕鬆鬆就將混子打在了那婦人身上，一下比一下重，咬牙罵道：「叫妳勾引我夫君！我打死妳個小娼婦！」

這時張秀兒按之前說好的，快速檢查這家裡頭還有沒有別人？這小院很小，也就一間臥房、一間倉房，灶臺都是搭在小院子牆角的。張秀兒眨眼就看完了倉房，一扭頭跑進臥房裡頭。

「啊——」

一聲尖叫從臥房裡傳出，把張母和阮香蘭嚇了一跳！張母一把丟開那婦人，急忙往裡頭跑，高聲喊道：「秀兒！秀兒妳咋了？」

說話間她已經跑進去了，腦子裡還在想著是不是那婦人屋裡藏了野男人，把她閨女給驚著了？可她跑進屋就傻了，瞪著床上的兒子，又吃驚又生氣，「你！你咋會在這？你個混帳東西，還不快穿衣服！」

張秀兒摀著臉趴在張母肩上，哭喊道：「哥你混蛋！娘，叫人知道了我可還咋活啊！」

張母拍著她的背連聲安撫。「不會不會，誰也不會知道，別怕啊，咱們不說沒人知道的。這是你親哥，沒事。行了，快出去吧，別哭了。」

張耀祖滿腦子發懵，又窘迫得要命。他夢中聽見外頭有人爭吵，剛掀了被子起來就看見張秀兒衝了進來，他渾身赤條條的被親妹妹看了個正著！別說這會兒張秀兒不知所措，他心裡也跟吃了蒼蠅一樣難受呢。

他也顧不上多問，趁張母把張秀兒帶出去這會兒工夫，急忙撈過衣服往身上套。這時他又聽見院子裡爭吵的聲音，是如娘的喊聲和阮香蘭的罵聲。他愣了一下，把褻衣胡亂繫了兩下，外衣都沒披就跑了出去！

阮香蘭正拿棍子打得歡呢，一抬眼看見衣衫不整的張耀祖，以及那鬆散領口透出來的吻痕，登時怒得頭髮都要炸了，大喊一聲，衝過去就搧了張耀祖一耳光。「王八蛋！你對得起我？」她扯開張耀祖的衣領，怒道：「這都是啥？你說啊！我為你付出一切，辛辛苦苦給你生孩子，你背著我玩女人？」

阮香蘭撕扯著張耀祖，幾句話的工夫就撓了他滿臉紅痕。張耀祖原本的那點心虛愧疚一下子被她全都撓光了，一邊躲一邊斥道：「夠了！妳個瘋婦還有完沒完？」

「沒完！我沒完！我不單要打你，我還要打死那個賤人！她勾引我相公，不得好死！」阮香蘭氣得句句都是尖叫出聲，心裡的憤怒、羞辱在看到張耀祖那一刻，化為實質。她知道相公有了別人是一回事，可真的親眼看見枕邊人從另一個女人的房間裡走出來，還是這樣一副模樣，她真的忍不了了。什麼顧忌、什麼算計，她通通都忘了，此時她只想打死這對狗男女！

張耀祖一個不慎被她抓破了臉，忍無可忍地抓住她的雙手，怒道：「妳再動手我就休了妳！」

「你敢！」

這時，如娘緩過了勁，撿起阮香蘭丟掉的棍子，一棍打在阮香蘭頭上！

阮香蘭眼前一黑，整個人瞬間軟了下去。張耀祖虛浮無力，沒扶住她，快摔倒時，下意識鬆了手，令阮香蘭撲通一聲，摔到了地上。

院子裡靜默一瞬，張母突然尖叫起來，衝上去扶阮香蘭的肚子，喊道：「孫子！我的大孫子！快去叫郎中啊！快啊！」

張秀兒整個人都被嚇傻了，手指哆哆嗦嗦地指向阮香蘭的裙子，顫聲道：「血……血啊……」

「來不及了！耀祖，快，快抱你媳婦兒去郎中那兒，晚了孩子就沒了！」張母臉色煞白，一把扯過張耀祖，後悔莫及。

不料，如娘卻突然擋在門前，大聲道：「不能送！張大哥的名譽不要了嗎？」如娘的話一出口，小院裡瞬間安靜下來。張母著急阮香蘭肚子裡的金孫，急得滿臉煞白，冷汗都下來了。可她更在乎兒子的前程，一時間居然滿腦子漿糊，不知該如何抉擇，只能看著兒子，指望他能做主拿個主意。

可張耀祖何曾見過這種場景？他從來都是兩耳不聞窗外事，一心唯讀聖賢書的，看見阮香蘭裙子上的血跡，他嚇得跌坐到地上，半天沒爬起來。

如娘看到他們的反應，覺得總算出了心頭那口惡氣。那瘋女人敢打她，她就叫她這輩子後悔莫及！而且這不是大好的機會嗎？她丟掉棍子去扶張耀祖，溫溫柔柔地說：「張大哥別難過，我們也是迫不得已，要不是姐姐她那般打你，我也不會對她出手。剛才真是嚇了我一大跳，哪有女人動手打夫君的呢？也不知姐姐家裡頭是怎麼教的？」

一提阮家，張家人的臉色都難看起來。可不是嗎？阮春蘭就是個瘋子，連自己爹娘都殺，這阮香蘭剛才那麼凶狠地打自己夫君，這往後要是不如她的意，她是不是還要打他們全家？原本是如娘那一棍子把阮香蘭的孩子打沒了，結果這會兒張母他們卻都覺得是阮香蘭自己作死，挺著那麼大肚子不知道好好護著，哪有半點當娘的樣子？

這時候如娘又說：「張大哥你別擔心，你喜歡孩子，以後、以後我給你生。」她羞澀地看向張母。「娘，您別怪張大哥，其實有點本事的男人都要納小的，不然還被人看不起呢。我也不求身分，只要能跟在張大哥身邊就行。」

張母冷哼一聲，罵道：「妳勾引我兒子不學好，還想進我家的門？妳作夢呢！要是我兒考不上秀才，我讓妳吃不了兜著走！」

如娘驚訝地看向張耀祖，張耀祖頓時皺眉道：「娘您聽誰胡說的？如娘好著呢，一直勸我用功讀書。我在書院裡被人嘲笑的時候，只有如娘安慰我，鼓勵我上進，如娘不知道有多好。」

「真的？」張母狐疑地看了他們兩眼，之前那股鬥志滿滿的勁不知不覺就沒了。對一個勾引兒子不學好的狐狸精，和一個滿心愛慕兒子的女人，她的態度當然不一樣，至少她感覺這個如娘沒什麼威脅性，便也不再說什麼了。如今當務之急是要趕緊處理好阮香蘭的事，以阮香蘭的性子，她已經可以預見人醒過來後會鬧成什麼樣了。

就在幾人暫且休兵，開始商量如何善後的時候，門外的孫婆婆皺皺眉，把一壺雞血灑在了他家門口，然後一邊跑一邊喊。「救命啊，殺人啦！胡同裡那個暗門子和張耀祖聯手殺妻啦！救命啊，救命啊——」

左鄰右舍早就聽見如娘家裡的尖叫吵鬧聲了，只不過如娘是個暗門子，從前也不是沒有原配上門鬧過，所以大家都沒當回事，可這回一聽是殺人，他們就坐不住了。開門一看，如娘門口竟然有血，更是嚇得面無人色，紛紛往外跑去，還邊跑邊喊，下意識學了孫婆婆那句話。「暗門子和張耀祖聯手殺妻啦！救命啊——」

張耀祖等人臉色大變，立刻開門去看，卻見外頭已經混亂一片，胡同口擠滿了人對他們指指點點，一看他們開門，更是有人拚命伸脖子往裡頭看。而這時孫婆婆已經趁亂跑到另一個胡同裡，穿上件外衣，變了下髮式，重新回到人群，彷彿剛跑過來看熱鬧的，沒被任何人注意到。

自從那次引臨溪村的婦人們撞見張耀祖醜事之後，她就每天找藉口出來轉兩圈，等了兩天，總算讓她等著了。原本她只想潑血引起騷亂，讓他們的醜事曝光，沒想到事情這麼湊巧，那阮香蘭居然被打得小產了！

這麼難得的機會，她怎麼能讓張耀祖隨便就給遮掩過去？也幸好她早有準備，一下子就把他們的遮羞布給掀了！

但凡扯上「殺人」兩個字都會引起人群的高度關注，更何況是聯合一個暗娼殺妻。而三人成虎，沒人知道第一句是從誰嘴裡說出來的，但如今所有人都知道，是張耀祖聯合如娘對妻子痛下殺手了。有人尖叫逃跑、有人驚慌報官，也有人膽子大又正義，幾人結伴上前要進院子的。

張母驚慌失措地擋在大門前，對眾人色厲內荏地吼道：「都瞎叫啥？誰殺人了？我兒要納妾，我這個當娘的過來瞧瞧，咋了？你們胡說啥呢！」

為首的男人皺眉道：「既然啥事沒有，那就把大門敞開叫我們看看，我們也不進去，弄不出啥閒話來，這總行吧？」

如娘也不淡定了，冷著臉道：「憑啥你們說看就看？這是我家！」她掐了張耀祖一把，悄聲道：「快把人抱屋裡去！」

張耀祖反應過來忙想跑，誰知被那男人一把抓住，伸手就推開了他們身後的大門。

「心虛啥……」看見裡邊的場景，他話沒說完就瞪大了眼，指著裡頭道：「真死人了！一個女人，好多血！」

第四十九章

巷口那些人聞言，一窩蜂地衝了進來，全都擠在門口看凶案現場，又是吃驚又是害怕，不停地嚷嚷快叫官差抓人。張家人又喊又叫，也關不上大門，還被推推攘攘的受了不少皮外傷，那麼多人，連誰動的手都看不清。

鎮上出了個殺人案，消息自然傳得飛快，這裡離阮玉嬌家不近，但也不算很遠。阮老太太看街上有人往這邊跑就跟人問了兩句，聽說是張耀祖殺妻，登時就被驚住了。雖說她早就不認阮香蘭，可阮香蘭就這麼死了？還是被張耀祖給殺的？

阮老太太坐不住了，回屋跟莊婆婆說了一聲就要往外跑。阮玉嬌瞧見忙問。「奶奶您幹麼去呀？出什麼事了？」

阮老太太說道：「是大房的事，妳就別管了，我過去看看。」

大房如今就剩小壯一個人繼承，要說再有人，那就是嫁出去的阮香蘭了，可她記得阮香蘭不好過的日子在後頭啊，還沒到時候呢。見阮老太太臉色實在難看，她哪能讓阮老太太一個人去，立即跟上去說道：「奶奶我陪您，有啥事咱們一起去。」

阮老太太想想，也扯不上什麼瓜葛了，一起去也沒啥，當即不再廢話，祖孫兩個一起跑去了現場。她們到的時候，官差已經去了。牽扯到殺人的事可沒人敢怠慢，這下就算張家人再怎麼阻擋也攔不住人了，官差直接就押住他們，闖進了院子。

不一會兒，裡頭傳出聲來。「人沒死，昏過去了，這是小產了。大家讓讓，得趕緊把人送去醫治，遲了怕有危險。還有，誰說他們殺人的？報案也不能胡說八道啊！」

剛聽見人沒死的時候，眾人還安了下心，隨即聽說這是小產，所有女人都倒吸了一口涼氣。小產有多傷身沒有一個女人不知道，而小產不及時看診是有可能喪命的，就算他們沒殺人，也保不住阮香蘭過會兒就死了啊！再說拖得越久越傷身，過後要是再不好好養著，說不定阮香蘭這輩子就再也不能生了。看之前張家人的樣子分明就是不想管阮香蘭，這簡直心腸爛透了啊！

至於報案報錯了，大家面面相覷，誰也不知道最開始是咋回事？總之聽見有人喊了，之後幾家人都跟著一起喊了。那有人著急跑去報案，當然也是按他們喊的報嘍，本來那門上的血就挺嚇人的啊。官差查看了門上的血，確實奇怪，像有人想故意做什麼，但沒什麼線索，只能不了了之。

眾人議論紛紛，看張家人和如娘的眼神充滿了厭惡和鄙夷，官差也要把他們帶走審問。張耀祖這才徹底慌了，急忙掙扎著解釋。「我沒有殺妻，我根本沒動手，不是我！」

張母也大嗓門地喊著：「你們放開我啊，是那個叫如娘的小蹄子打的，我哪能害我大孫子呢？我是幫兒媳婦來打那狐狸精的啊，是那個狐狸精動的手，你們抓她！抓她！」

可惜剛剛張母攔著眾人不讓看的舉動已經出賣了她。就算她沒動手，事後肯定也是決定幫人遮掩，不然怎麼會任由兒媳婦昏迷在地上，不管不問呢？

面對眾人的指責，張母無言以對，如娘更是不會自己一個人扛，哭得梨花帶雨地說自己才是受害者。「我好端端的睡覺，她們就衝進來打我，你們看看我身上的傷，這都是那個女人打的啊！她打我那麼狠，我難道就由著她打嗎？我只是打了她一下，也沒用多少勁，你們看我肩不能挑、手不能提的，我能打多重啊？她小產跟我沒關係啊，是張耀祖，是他推了他媳婦一把，害得他媳婦肚子撞地上了，我說的都是真的啊——」

「如娘，妳怎麼誣陷我？我什麼時候推她了？」

「你敢說你當時不是抓著她？你敢說她不是因為你鬆手摔到地上的？」

「可她當時就被妳打昏了啊！」

「那你怎麼不抱住她，怎麼不給她當肉墊，怎麼不護著她肚子？你敢說她的孩子不是在你手裡小產的？」

如娘分毫不讓，張耀祖不可置信地瞪著她，彷彿突然不認識她了。

張秀兒突然哭喊出聲，尖叫道：「夠了！你們都夠了！你們的事跟我有啥關係？我又沒動手，為啥扯上我？我沒法做人了！」

他們互相攀咬的話，將事情的前因後果都給說全了。阮香蘭小產可憐，本是被大家同情的，可如娘為了讓自己打人無罪，把阮春蘭燒死爹娘的事給說了出來，這就不一樣了。阮香蘭有個燒死爹娘的親姐，之前又打如娘和張耀祖，說不定就是她太瘋了，如娘才會反擊呢？

總之，說來說去，這裡頭就沒一個好人，連張秀兒都沒人同情。沒看張耀祖只穿了件褻衣嗎？領子還敞著老大呢，那張秀兒就算是親妹妹，跟著摻和這事也很尷尬啊，如今被連累只能說她是活該。

阮老太太在人群中聽得臉色發黑。「這張家真是從骨子裡就爛透了，得虧當初的事黃了。」自從官差說阮香蘭沒死，她就沒打算上前了。若是阮香蘭死了，她說什麼都得讓張家脫掉一層皮，出錢給阮香蘭安葬，也算全了這份血脈親情。但阮香蘭沒死，那就還是阮老太太不認的那個孫女，這種自作自受的事，她可不管。

阮玉嬌四處一掃，看見了幾個書院的書生，似乎都在說有辱斯文之類的話。張耀祖的事鬧得這麼大，人品低劣、道德敗壞，可以預見這輩子是再也別想考功名了。張家什麼本事都沒有，一輩子掙來的錢全供張耀祖讀書，家裡窮得叮噹響，只等張耀祖考取功名，翻身富貴呢，如今恐怕只能做一輩子的夢了。

從前他們在村裡有多高高在上，將來他們就會被村裡人嘲諷得有多厲害，這輩子，張家是再也抬不起頭了。

這時孫婆婆從旁走過來，對阮玉嬌說道：「這些骯髒事怕污了小小姐的眼睛，小小姐還是回去吧。」

「孫婆婆？」阮玉嬌驚訝了一下，隨即看看孫婆婆的裝束，又看看那邊的鬧劇，心裡隱約明白了為什麼張家和前世的發展不一樣。估計是孫婆婆在幫她報仇吧？

她心裡既感動又後怕，可礙於人多也不好說什麼，看那邊鬧騰的人都被帶走了，她便挎著阮老太太和孫婆婆的胳膊往家裡走。到家之後，她找了個跟孫婆婆單獨相處的機會，低聲道：「孫婆婆，謝謝您，但是以後千萬別再做這麼危險的事了，要是被抓住就麻煩了。」

孫婆婆很驚訝被她猜了出來，不過想到孟氏當年就吃虧在天真善良上頭，她也不打算瞞著阮玉嬌，笑著道：「這點小事我要是能被人抓到，早就活不到今日了。別擔心，我心裡有分寸呢，張家那麼對妳，要不是妳自己拚出來一條路，這輩子都給毀了！不讓他們嘗嘗痛苦的滋味，我出不了這口氣！」

阮玉嬌一直無視村裡那些人，一方面是忙著掙錢確實顧不上，一方面也是因為知道他們以後會終日吵鬧，過得很差，所以就不把精力用在他們身上了。不過對於孫婆婆的維護，她從心底裡覺得感動，不禁抱住孫婆婆道：「孫婆婆妳真好！」

孫婆婆笑著摸了摸她的頭髮，似承諾一般地道：「以後有我在，不會讓任何人欺負妳！」

阮玉嬌滿眼笑意地點點頭，又說道：「可我捨不得讓孫婆婆這麼辛苦，以後孫婆婆教我吧，我來保護妳們，妳們只管享福就好。」

孫婆婆笑了笑。「好啊，我就怕妳不喜歡，既然妳想學，我就把我所會的一切都教給妳。妳記住，靠誰都不如靠自己，就算身邊圍了再多有本事的人，也不如自己堅強來得好啊。」

「嗯！我會好好學的！」阮玉嬌鄭重地做出保證。她上輩子跟孫婆婆學了不少東西，但從她知道孫婆婆是孟府大小姐的奶娘之後，她就知道她上輩子學得還遠遠不夠。

可能在前世的時候，孫婆婆覺得她一個打算贖身出府的小丫鬟，不需要學那麼深，但如今不一樣了，她知道了自己的真正身分，不管未來會怎麼樣，她都要做好打算，多瞭解一些大宅裡的手段總是不虧。她要武裝好自己，然後去保護她在意的所有人！

那件事之後，張耀祖的名聲是徹底臭了，直接被書院除名打發回家，且再也無法參加科舉。他從前的所作所為全都被翻出來，包括讓阮香蘭未婚先孕，甚至忘恩負義地退了阮玉嬌的親事。總之，如此道德敗壞的人渣，是無論如何都不配考取功名的，他此後一輩子都要背著身上的污點。

而他們張家也成了整個臨溪村的恥辱。從前因為張家父子皆為童生，一副很有學問的樣子，村裡人對他們還比較客氣，遇到不愉快的事都頗為容忍。如今他們讓臨溪村都跟著丟臉，讓外頭的人再一次議論起阮春蘭殺死爹娘的醜事，哪還有人再慣著他們？

就連里正都氣得放下狠話——再有一次失德之事，張家全家都滾出臨溪村！

里正的態度就是個風向標，所有人都對張家無比的唾棄，一直高高在上的張家，從此只能夾著尾巴做人了。而更麻煩的是，阮香蘭小產傷了身子，卻以此為由，當著里正的面，逼迫張耀祖寫下不得休棄的保證書，誓死賴在他們家，日夜折騰、報復他們。

他們這才是徹底開始了雞飛狗跳的日子，這輩子都別想消停了。張母頭一次哭得上氣不接下氣，後悔得搧了自己十幾個耳光，恨自己當初為什麼非把阮玉嬌換成了阮香蘭？這都是報應啊！

張家的下場都是里正的女兒蓮花跟阮玉嬌說的。她在錦繡坊幹得不錯，但尚未成親，拋頭露面的很是不妥，阮玉嬌便留她當了女工，隔幾日把做好的衣裳送到鋪子裡就行。這算是一份輕省又體面的活計，就算以後嫁人了，也能一直做，比下地幹活舒坦多了。因此，蓮花和里正一家都對阮玉嬌很感激，待她也更加親切了。

蓮花提起張家的時候一臉鄙夷，搖頭道：「我爹說他們遲早還要鬧起來，到時候就把他們趕出去，不能讓這種人一直敗壞村子的名聲。」

阮玉嬌聽過一笑，心想這就是孫婆婆說的「斬草除根」了。斷了張家的根基，讓他們連希望都沒有，將來自然是怎麼掙扎都過不上好日子的，根本不用再費心關注。想到跟自家相關的人，她隨口問了句。「阮家和許家怎麼樣了？最近一直挺平靜的。」

蓮花聞言，露出了疑惑的表情。「他們啊，他們怪怪的。自從張家倒楣之後，他們就有點閉門不出的意思。除非必須出來幹活才露面，那也是低著頭，基本不和別人說話。我有一次好像聽阮二嬸跟大柱說什麼『張家倒楣肯定是遭報復了』，不知道她什麼意思？誰會報復張家？」

阮玉嬌心中一動，笑著道：「可能是張耀祖在鎮上得罪的人吧。」

其實她隱約猜到了，陳氏說的就是她。阮家和許家被嚇到了，可能是覺得她和許青山開始報復他們了，先是張家，之後說不定就輪到他們，所以乾脆小心做人，生怕被抓住把柄，落得跟張家一個下場。

阮玉嬌勾勾嘴角，覺得這樣最好不過，把人嚇怕了也是擺脫他們的一種辦法。血緣親情雖然無法斬斷，但其實有很多方法跟他們互不往來，就像如今，她再想起他們，已經沒什麼感覺了，因為不足為懼，所以也不值得浪費精力。

在張耀祖鬧出的滿城風雨淡下去之後，阮玉嬌給員外府女眷所設計的新衣服也都做好了。因為員外府給的價錢很高，算是特訂的衣服，所以每一件都是阮玉嬌親手縫製的，換做平時，她大多都只是給女工們指導一下罷了。

做好衣服，阮玉嬌再次進了員外府。不過這次她不走運，才剛進大門，就被想要出去的劉傑給撞了個正著。

劉傑貪花好色，一看見阮玉嬌，眼睛就有些直了，當即一伸手，攔住她，自以為溫柔地笑問。「美人，妳是哪個院的？叫什麼名字？」

阮玉嬌皺起眉頭，往後退了一步。帶路的丫鬟忙解釋道：「少爺，這是錦繡坊的二掌櫃，不是咱們府裡的。」

「哦？二掌櫃？」劉傑眼珠子滴溜溜地在阮玉嬌身上打轉，笑道：「如此身分，足以入府做個貴妾了，美人以為如何？」

阮玉嬌只覺得噁心，冷冰冰地回道：「劉少爺請自重，我是來見老夫人的，還請劉少爺讓路。」

劉傑甩開手中的扇子，自以為瀟灑地搧了搧，笑道：「我就不讓，妳能怎麼樣？嘖嘖，美人生氣都這麼好看，要是高興起來，不是要美過天仙？美人……」

「看來今日是見不到老夫人了。衣服留下，有問題請老夫人派人到錦繡坊說一聲即可，告辭。」如今的阮玉嬌可不是被捏著賣身契的小丫鬟。身為錦繡坊的二掌櫃，就算需要員外府照顧生意，也不可能任由員外府的少爺調戲。於是她撂下話轉身便走，心裡卻已經在盤算如何對付劉少爺？

劉傑在她身後喊了兩聲，得不到應答立即就沈了臉，怒瞪著下人們斥道：「沒眼力勁的東西！她要走，你們不會攔著她嗎？不過就是個什麼二掌櫃，難不成還能反抗本少爺不成？去！查查她家在哪兒，不管是給錢也好、威脅也好，就算抓了她爹娘也得把人給我弄回來！」

下人們戰戰兢兢地應下。雖然有知道阮玉嬌情況的，但沒一個敢觸他的霉頭，生怕一句不對就被處理了。不過阮玉嬌是許青山的未婚妻，許青山跟知縣大人似乎關係不錯，他們可不敢真的去強搶民女。等劉少爺走了，他們轉頭就把這事報給老夫人和大夫人了。

老夫人她們本來就聚在老夫人的院子裡等著阮玉嬌呢，畢竟已經約好要看新衣服。上次阮玉嬌描述得那麼好，她們可是都等不及想看看她能不能做出那麼多好看的衣裳了。結果沒想到，她們只等到衣服和自家獨苗苗看上阮玉嬌的消息。

二小姐聽後冷哼一聲，嗤笑道：「什麼呀，哥哥看上她是她的福氣，貴妾還埋沒她了不成？居然甩臉子走了，當自己是誰啊？」

秦姨娘搖著團扇笑道：「二小姐此言差矣，聽說那阮掌櫃已經跟青山鏢局的總鏢頭訂了親，自然是不會願意被強迫做妾的。夫人還是多管管少爺，不然老爺知道了又要生氣。」

大夫人沈著臉，淡淡地瞥了秦姨娘一眼，說道：「慎言。進我們府的姑娘都是自願的，何來強迫一說？秦姨娘有空操心我兒的事，倒不如好好養養身子，為劉家開枝散葉。」

員外府如今只有大老爺和劉傑兩個男丁，二夫人守寡，劉傑更是只有姐妹，沒有兄弟，若非如此，府裡也不會任由他貪花好色。只可惜，迄今為止還是沒能讓家裡多添個男丁。

老夫人半合著眼聽她們在下頭打機鋒，斟酌片刻方開口說道：「阮掌櫃有些弱不禁風，不像是好生養的樣子，且她有婚約在身，又與知縣有些牽扯，最好不要動她。老大媳婦，傑兒那裡妳去說說，女子那麼多，家裡不拘著他，但要找好生養的。」

大夫人猶豫了一下，問道：「那若是傑兒就喜歡她呢？您也知道，阮掌櫃容貌上佳，就算在京城也是出挑的，傑兒看上她又得不到，恐怕會鬧騰個沒完。」

老夫人聞言也有些頭痛，嘆了口氣，搖頭道：「實在不行，妳便找人去跟阮掌櫃說和說和吧。她原本只是一介農女，若進了咱們家的門，給個貴妾的身分已經很抬舉了，總比她在錦繡坊拋頭露面得好。再給她家裡多一些銀錢，總有法子的能讓她心甘情願的，莫要鬧出事來。」

「是，娘放心，我會處理好的。」

這時幾位小姐們已經展開新衣服比過好幾次了，都是滿臉的欣喜之色，二小姐笑道：「阮掌櫃果然手藝極好，做出來的衣服比她說得還好看。等她成了哥哥的妾，叫她天天給咱們做衣服！」

老夫人聽了她的話，只是笑著搖搖頭，沒當回事，或者說她是沒把阮玉嬌當回事，所以也不管孫女的話妥不妥當。拿過屬於自己的兩件衣服，老夫人看得也很是滿意，對這次的衣服並沒有什麼要改的地方，當即命人把銀子給錦繡坊送去，還多加了五十兩賞錢。

阮玉嬌得到賞銀並沒有高興，喬掌櫃看出不妥，私底下問她。「是不是出了什麼事？在員外府受委屈了？」

阮玉嬌沒有瞞她，把劉傑那番輕浮的言行告知於她，然後問道：「喬姐遇到這種事會怎麼處理？」

喬掌櫃說道：「女子做生意確實不易，容易被人看輕，也容易被人說三道四。我若遇到不如我的，便背地裡教訓一頓，打到他怕；若遇到比我強的，便去找個比他厲害的靠山，讓他不敢動我。」

阮玉嬌若有所思，點頭道：「確實該先鎮住他再說其他，靠山可不就有個現成的嗎？倒是我給忽略了！謝謝妳，喬姐。」

「這有什麼好謝的？要不是我讓妳接了員外府的單子，妳也不會受這種委屈。」喬掌櫃安慰道：「別怕，他們是在京裡落難才來這裡的，不敢為所欲為，妳如今可是鎮上出了名的人，誰也不能強搶了妳去！」

雖然喬掌櫃和阮玉嬌都知道員外府不能把她強搶過去，但大宅院裡的陰私手段多了去了，真想算計什麼人，哪裡用在表面上強迫？更何況他們從京城裡來的，心思更要複雜難猜得多，實在是不得不防。

喬掌櫃樣貌偏清秀，又是個帶著孩子的寡婦，並沒有遇到過太難應付的覬覦者。但在鎮上這麼多年，員外府那位劉少爺是什麼德行，她還是知曉一二的，也正因為如此，才覺得這次棘手了。她沒什麼好辦法，只能承諾之後都不讓阮玉嬌去員外府，老夫人那裡真要找人說衣服的事，大不了她親自去。

然而這也不是解決的辦法，想了又想，她想到京裡的一層關係，說道：「那次妳幫忙補的那件衣服，貴人很滿意，我跟她身邊的魏嬤嬤也能多說上幾句話了。我看我試著聯繫一下，看能不能再接個貴人的單子？只要扯上這層關係，員外府看在貴人的面子上，也不會動妳。」

阮玉嬌感動道：「謝謝喬姐。」

喬掌櫃笑說：「我和妳投緣，而且妳幫我把生意做得越來越好，收益都比去年翻了一倍，妳可是我的大福星，我幫妳這點小忙不算什麼。」

有了喬掌櫃說的辦法，阮玉嬌也更放心了些。至少她如今有很多路可以走，只要走通其中一條，就可以擺脫劉傑的魔爪！

中午的時候，阮玉嬌在鋪子裡前廳和女紅坊都視察了一圈，見一切都井井有條，便打算回家吃飯了。一出店門，她就看見許青山提了一盒點心等在那裡，立時笑了起來。

「表哥？什麼時候來的？等很久了嗎？怎麼不進去找我？」

許青山接過她手裡的小布包，笑道：「才剛來，想著妳快要出來了就沒進去，畢竟是妳做事的地方，我總來找妳也不太好。我買了妳喜歡吃的糖酥糕，是城東一家新開的鋪子，妳嚐嚐味道好不好？」

「嗯，多謝表哥。」
這時喬掌櫃也出門回家，看見他們笑著招呼道：「許鏢頭來接嬌嬌回家啊？越來越體貼了！」
許青山拱了拱手。「讓喬掌櫃見笑了。」
喬掌櫃擺擺手笑道：「不見笑、不見笑，你對嬌嬌越好啊，我才越高興呢，什麼時候辦喜事可得提前說啊！我得幫著忙活忙活呢。」
阮玉嬌臉都紅了，低聲道：「喬姐妳說什麼呢？叫人聽見還當我多著急呢。不跟妳說了，我們走了！」
「嬌嬌這就害羞啦？哈哈。」喬掌櫃聲音也不高，當然有注意不讓別人聽到。
不過阮玉嬌可不想聽她打趣了，揪著許青山的衣袖扭頭就走。許青山低頭看看她微紅的臉頰，輕笑道：「都訂親這麼久了怎麼還害羞？外婆和奶奶選好日子了嗎？」
阮玉嬌瞪他一眼。「我沒跟她們說。」
「怎麼沒說？」許青山想了下，一拍額頭，懊惱道：「是我犯蠢了，這種事當然得我來說。妳等著，待會兒我就跟外婆她們說。」
「說什麼呀，不許說！」阮玉嬌覺得有些太快，好像作夢一樣。離開了那個家，找到了救命恩人，然後就要成親了。怎麼感覺那麼虛無縹緲呢？她心裡沒有真實感。
許青山接到第一鏢去京城的時候，就想讓老太太算日子了，如今當然更著急，他正想再說點什麼，突然從旁邊過來幾個人，攔住了他們的去路。許青山立時沈下了臉，將阮玉嬌擋在身後，冷聲道：「你們這是什麼意思？」

劉傑搧著摺扇，自以為風流瀟灑地走上前來，上下打量許青山一眼，對阮玉嬌道：「妳就是為了他拒絕我？眼光不怎麼樣啊，不過是個山野村夫，妳跟他能吃飽飯嗎？」他看著阮玉嬌溫柔地道：「跟著我，保證妳一輩子綾羅綢緞、僕役成群。妳見過我們府裡的秦姨娘了吧？我保證妳過得比她還要好。」

第五十章

許青山雙眼一眯，突然閃電般地出手，掐住劉傑的脖子就將他提了起來，聲音中透著股狠戾。「什麼東西，竟敢當街犯渾，我看你是找打！」

「少爺！」

「表哥！」

所有人，包括阮玉嬌都嚇了一跳。劉傑腳挨不著地面更是嚇白了臉，不停地掙扎亂叫。許青山也沒下多重的手，一甩手就將他丟出了老遠。劉傑的幾個手下連忙衝過去把他扶起來，怒道：「你敢對我們少爺動手？知道我們少爺是誰嗎？」

許青山冷冷地道：「不管是誰，這裡是知縣大人管轄的地方，容不得你們胡作非為！」

說完他根本不給他們說話的機會，拉著阮玉嬌就走。阮玉嬌回頭看了一眼，劉傑面色脹紅，正拚命地咳嗽，其他人也顧不上追他們，都圍著劉傑關心。她有些驚疑地問道：「表哥你怎麼打他啊？還是當著這麼多人的面。」

許青山輕哼一聲。「就是要當著大家的面，才能叫人知道是員外府在仗勢欺人。而且他剛剛可沒說自己是誰，我當然不認識他。面對一個覬覦我未婚妻的人，我認為我打他那一下還是輕的。」

阮玉嬌想了想，笑著認同。「表哥你膽子真大。這樣也好，把本來要在私底下糾纏的事搬到了明面上。不管他們是追究還是不追究，都不適合，雖說他們也不在乎別人的看法，但表面那層遮羞布還是要的，太過分了恐怕會激起民憤，那就不好收場了。」

「妳不怪我衝動就好。我聽說妳在員外府的事了，那人渣居然肖想妳，也不看看自己什麼德行。」許青山眼中劃過一抹寒意。他的人，他自當護好，就算直接把人打殘了，他也有辦法善後。但為了日子安穩，他只能選擇迂迴一點的手段，否則，剛剛他就廢了劉傑那雙眼！

回家之後，阮玉嬌顯得很開心。她雖然也有點擔心員外府會出招，但她對許青山有一種莫名的信任。尤其是再次面對劉傑時，許青山再次毫不猶豫地擋在她身前，讓她有了莫大的安全感。所以就算她還不知道以後會怎麼樣，但只要有許青山在，她就覺得安心不已，什麼擔心煩惱都拋到九霄雲外了。

阮玉嬌不想讓兩位奶奶擔心，所以沒跟她們說這件事，只說在員外府得了五十兩賞銀，這個喬掌櫃說了是單獨給她的，又有一筆大進項了，要好好慶祝一番。只有許青山覺得，她是因為他打了那個劉傑才這麼高興，不禁覺得有點好笑。她怎麼這麼容易就滿足了？

這麼一想，許青山就心疼了。他的小姑娘到底從前經歷過多少失望，才一有人護著就高興成這樣？他只不過是做了一個男人該做的事，小姑娘卻彷彿從未得到過這樣的保護。想到過去阮家大房的人對阮玉嬌做的那些事，許青山心裡就泛起了密密麻麻的疼。

「快吃啊！」阮玉嬌笑著給他挾了一筷子菜。「怎麼發呆？不好吃嗎？」

「好吃！」許青山扒了一大口飯，誇讚道：「表妹手藝越來越好了。」

「那你就多吃點。」阮玉嬌想著灶房裡的湯已經好了，便起身去給大家盛湯。

莊婆婆乘機道：「山子，你愛吃嬌嬌做的菜就得趕緊把人娶回家啊，到時候一起住家裡，天天熱熱鬧鬧的，多好！」

阮老太太也笑看著他，很是贊同地點點頭。「鏢局雖說有地方，但哪有家裡舒服？你們兩個如今也算在鎮上安穩下來了，往後慢慢發展便是，也是時候把終身大事辦一辦了。」

許青山笑道：「外婆、奶奶，妳們說得是，我正想跟妳們說呢。我一個粗人也不懂這些，妳們看著選個最好的日子。不過不著急，別選太近的日子，我還想再掙點錢，多準備準備，讓嬌嬌風光大嫁呢。」

阮老太太見他這麼重視自家孫女，頓時笑眯了眼，口中卻道：「你這孩子，哪用什麼風光大嫁，咱們一家人不說兩家話，自個兒過得好就行了。」

許青山搖搖頭。「嬌嬌過去沒少被人笑，嫁人是一輩子的大事，總得叫人看看她沒嫁錯人。」

阮老太太滿意地點點頭，說道：「也好，我也能多點時間給嬌嬌備嫁妝。」

說定了這事，許青山就起身道：「我去幫嬌嬌，早點吃完飯休息一下，待會兒還要去鋪子裡。」

兩位老太太看他們感情這麼好，自然是什麼也不擔心的，高高興興地商量著要好好研究黃曆，挑個最好的日子。

許青山走到灶房門口，看著低頭攪拌著湯的阮玉嬌，覺得她特別溫柔。家有賢妻，大概就是這種感覺吧？能讓一個男人心甘情願地為她付出一切。其實他恨不得立刻把嬌嬌娶回來，可之前碰到劉傑的事，讓他多了一重心思。

劉家一日不解決，對他們來說，就好像有一層淡淡的陰影籠罩在上空。他珍惜阮玉嬌，想讓她滿心歡喜地嫁給他，而不是在這種情況下，說不定會被搗亂、會被算計的情況下操辦親事。有危機在，就意味著不平穩，不平穩，自然就給幸福蒙上一層陰影，他不允許。

劉家作惡多端，不管是為了幫劉松報仇還是為了保護阮玉嬌，他都要把劉家剷除，而且是連根拔起！

許青山回過神，見阮玉嬌已經開始盛湯了，忙上前接過湯勺，叮囑道：「我來吧，妳用托盤先端兩碗進去，小心燙。」

阮玉嬌點點頭。「嗯，你也小心。」

這樣的照顧已經形成習慣，兩人相視一笑，默契地進行著手上的動作，空氣中流動著脈脈溫情，讓他們即使身處危機之中，也仍舊能感覺到溫暖。

員外府家的獨苗苗被人打了，這一消息傳回府，整個員外府都炸了！

老夫人急得親自前往孫兒的院子，在床邊拉著劉傑的手不停地問。「還有哪兒不舒服？疼不疼啊？」

劉傑也很不要臉地誇張大喊。「祖母我好疼啊！您給我報仇！弄死那個王八蛋！您快派人去給我報仇，我要叫人打斷他的四肢、扭斷他的脖子，再剁碎了丟去餵狗！」

老夫人連連點頭，口中安撫著。「好好好，誰欺負了我們傑兒，祖母定叫他付出代價！傑兒別急啊，好好養傷。大夫說你被人掐傷了脖頸，恐會傷到喉嚨，你乖乖的少說話啊，教訓人的事有祖母和你母親在呢。」

大夫人也在旁邊急道：「是啊，傑兒聽你祖母的話，別操心這些閒事了，都交給我們就好，你快閉眼休息一會兒吧。」

劉傑表情陰狠地道：「不光要教訓那個許青山，我還要阮玉嬌給我做妾！她不是不願意嗎？我把她納回來，玩夠了再狠狠的糟踐她，最後再把她送人，我看她還有什麼高傲可言！竟敢看不起我？哼！」

「許青山、阮玉嬌？」老夫人怔了怔，和大夫人對視一眼，問道：「打你的人是許青山？那個青山鏢局的總鏢頭？」

劉傑不耐煩地道：「什麼總鏢頭，不就是一個退伍回來的小兵嗎，有什麼能耐？開個小鏢局還真當自己是個人物了？我不管，這口氣我一定要出！還有那個女人也一定要納進來！」

老夫人一看他急了，忙連聲應下。「好好好，乖孫別急，這麼一個小小的縣城能有誰大過我們去？祖母替你出氣，你呀，乖乖睡一覺，等醒來就看見他們了。」

「這可是您說的啊祖母，可別叫我空歡喜一場。」劉傑不放心地看著她。

「不會不會，祖母什麼時候說過空話？」老夫人自從搬到這凌南鎮就順風順水慣了，還真沒把鎮上的人當回事。既然傷到了她孫子，那不管是誰，都得付出代價才行！

等劉傑在眾人的安撫中睡下，老夫人和大夫人才沈著臉跟護衛詢問前因後果。聽說是許青山不知道劉傑的身分才敢出手傷人，老夫人頓時冷哼一聲。「果然是山村野夫，一言不合就動手，無禮至極！」

大夫人也咬著牙道：「他用哪隻手傷的我兒？去把他的手給我廢掉！」

她們可不管誰對誰錯，傷到了她們的寶貝疙瘩，她們就要找對方算帳！

保護劉傑的護衛也不是酒囊飯袋，先前只是擔心劉傑的情況才沒來得及出手，如今有了命令自然是立即應下，氣勢洶洶地尋許青山麻煩去了。

許青山自然是要教訓，那阮玉嬌當時在場看著劉傑被打，也逃脫不了關係。大夫人抿著唇，臉色發黑地道：「那阮掌櫃長了一張狐狸精似的臉，怪不得能把傑兒迷住。可她害傑兒受傷就是罪過。母親，依我看，這阮掌櫃是個禍水，不如除去。」

老夫人手中轉著念珠，思索後搖了下頭。「不妥，傑兒正是興頭上，他的性子妳還不知？若得不到手，說不定要惦記多久呢，還得跟妳鬧騰。左右只是個農女，就算是個人才，在鎮上也沒有根基，這樣一個女子出了什麼事，也是沒人給她出頭的。妳去安排吧，先禮後兵，務必要儘快將人送到傑兒跟前，莫要讓我的乖孫生氣。」

「是，我這就安排。」老夫人寵的是自家兒子，大夫人對這些要求自然一點異議都沒有，回頭就吩咐身邊的劉嬤嬤帶人去提親。

說是提親，實際上就是買個妾。劉嬤嬤帶著兩個婆子、兩個小丫鬟一同登門，只帶了幾樣簡單的首飾外加二百兩銀票。當時阮玉嬌和許青山都出去做事了，家裡就只有兩位老太太在，兩位老太太一看這架勢就有點懵了。

阮老太太遲疑道：「妳們是不是找錯門了？我不認得妳們啊。」

劉嬤嬤表情高傲，輕視的眼神從她面上掃過，隨口道：「沒錯，這是阮掌櫃的家吧？我們是來給阮掌櫃提親的。」

「提親？」阮老太太眉頭一下就皺了起來，語氣也冷淡了許多。「那更錯了，我們家孫女早就訂了親了。這不是妳們找消遣的地方，沒事趕緊走。」

劉嬤嬤見她說完就要關門，立時臉一冷，命那兩個婆子將門推開，邁步就走了進去，似笑非笑地打量著乾淨整潔的宅院。「我話都沒說完，這麼快趕我走怕是不適合吧？」她在院子裡找了個凳子坐，好整以暇地道：「我是員外府大夫人身邊的，此次是來替我們少爺納阮掌櫃為妾的。」

「什麼？納妾？」阮老太太和莊婆婆同時驚呼出聲，看向對方，都有些吃驚。阮老太太急道：「我說過了，我孫女早就訂了親，妳們這是幹啥啊，強搶不成？」

劉嬤嬤將二百兩銀票和幾樣金銀玉飾拍在了桌子上。「這些買妳們的孫女，這個價已經很高了，夠妳們花一輩子。要知道，妳們孫女正常嫁娶的話可是沒法照顧妳們一輩子的，咱們老夫人心善，不單給妳們這些，往後還允許妳們跟阮掌櫃繼續來往。有員外府的照拂，妳們的日子能好上多少，就不用我說了吧？」

「呸！誰稀罕妳的臭錢？」阮老太太氣壞了，大步上前將銀票、飾品抓起來就塞到劉嬤嬤懷裡，扯著她往外推攘。「走！妳們趕緊走！什麼納妾求娶的我不同意，我也不賣孫女，走！」

劉嬤嬤惱怒道：「老太太別太過分了，敬酒不吃吃罰酒，當心折了壽數！」

「妳要折了誰的壽？」

一道冰冷的聲音傳來，劉嬤嬤抬頭就見阮玉嬌從門口走了進來。對這見過幾面的阮掌櫃，她自覺是瞭解一二的，料定對方不敢隨意得罪員外府，便皮笑肉不笑地道：「阮掌櫃回來了？正好，我們可以坐下好好商量商量了。妳家這兩位老太太怎麼說也說不通，恐怕不能代表阮掌櫃真正的心意。」

莊婆婆急忙拉住阮玉嬌的手，焦慮道：「妳咋回來了？不是說鋪子裡有事？」

阮玉嬌輕聲安撫。「祥子說看見有人往咱家來了，我回來看看。沒事的，別擔心。」

阮老太太看她不慌不忙的，心裡就安定了一些，再次表態。「不管說多少次、跟誰說，我家嬌嬌都不做妾。再說我孫女訂親了，過不了多久就要成親，妳們就不要來搗亂了。」

阮玉嬌抬頭看著劉嬤嬤，正色道：「我奶奶說的就是我想說的。承蒙錯愛，我與貴府無緣，怕是不能應了妳的要求，劉嬤嬤請回。」

劉嬤嬤抖了抖手中的銀票，又加了一百兩，嘲諷道：「小小農戶，三百兩銀子可是幾輩子都見不著的天價，且阮掌櫃進了我們員外府也是享受榮華富貴，這可是天上掉餡餅的事，不知多少人求都求不來呢，妳們可得考慮清楚。」

莊婆婆憤恨道：「不用再說了！我家不歡迎妳們，妳們趕緊走，再不走別怪我不客氣，拿掃帚趕妳們了！」

劉嬤嬤身側的小丫鬟嗤笑道：「真是給臉不要臉，也不看看妳們是什麼身分，被我家少爺看中還矯情什麼？這個價還嫌低，也太貪得無厭了！」

另一個小丫鬟也點頭。「就是，真當自己是天仙下凡了？我們少爺想要的東西就沒有得不到的，這會兒跟妳們商量，是看得起妳們、給妳們幾分顏面，若妳們不要這顏面，那妳們可別後悔，別最後倒了大楣再求爺爺告奶奶的。」

阮玉嬌神情一凜，擋在兩位老太太身前道：「妳們這是威脅我？難道劉員外是想做凌南鎮的土皇帝，無視律法？」

「住口！妳胡說什麼？」劉嬤嬤臉色微變，盯著她道：「伶牙俐齒，妳倒是會攀扯。既然妳非要大動干戈，那就別怪我不留情面了。今日妳眼睜睜看著那許青山傷了我家少爺，夫人還沒同妳算帳，妳倒好，不見半點悔意不說，居然還給臉不要臉，妳真以為當個什麼二掌櫃就成了人上人了？商戶在我們這樣的人家眼裡，什麼都不算！」

「那又如何？因我出身低，就該任由妳們欺辱，不能反抗？這是什麼道理？」阮玉嬌冷聲道：「妳帶著人強闖我家，威脅的話說了一籮筐，我也有一句話回敬妳，多行不義必自斃，妳好自為之！」

「妳！妳真是不怕死啊妳！」劉嬤嬤沒想到阮玉嬌是這種硬骨頭，想到此行沒辦成事，不由的心浮氣躁，臉色也難看起來。

「我不是不怕死，我是不畏強權！」阮玉嬌敞開大門往外一指。「出去！沒什麼好說的，我家不歡迎你們！凌南鎮有知縣大人在、有律法在，光天化日之下，我就不信妳員外府還敢強搶民女了，真當自己是土皇帝了不成？」

阮玉嬌一口一個「土皇帝」把劉嬤嬤氣得不輕，可員外府就是犯了錯，才從京城遷過來的，她是真怕繼續說下去，被阮玉嬌扣上什麼大帽子摘不下去。她也算明白了，阮玉嬌一家都不是那種嚇一嚇就能束手就擒的人，跟普通的小門小戶人家很是不一樣，自然買人的手段就用不成了，只得撂下狠話打道回府。

「妳可不要後悔！」

劉嬤嬤得的吩咐是先禮後兵，禮就是明面上把人心甘情願的弄回去，既然不成她也不多說，回府就開始商量如何使些下作手段把人給弄過來？

等她們走後，阮玉嬌把大門關好落鎖，鬆開眉頭對兩位老太太安慰道：「沒事了，日後再有這種人，直接趕出去就行，沒得聽她胡說八道氣壞了自己。」

阮老太太點點頭，又擔心得不行。「嬌嬌，到底咋回事啊？這咋擔心啥來啥呢？才說那劉少爺貪花好色呢，這一扭頭他就想納妳為妾，這事可咋辦啊？」

莊婆婆也擔憂的皺起眉頭。「剛才他們說山子傷了那個劉少爺又是咋回事？你們還打起來了？妳說，你們倆孩子咋啥也不跟家裡說呢？」

阮玉嬌拉著她們倆坐下，笑道：「這不是怕妳們擔心嗎？這件事我跟表哥已經在想法子解決了，總歸不會就這麼任由他們欺負的。他們今兒個敢來耀武揚威，也就是因為咱們剛從村裡出來，沒什麼根基，被欺負了也沒人管。只要我們找到靠山，到時候兵來將擋，水來土掩，什麼事都不會有。表哥也就是推了那個混蛋一把，沒把他怎麼樣，他到哪兒都說不出理去。」

雖然阮玉嬌表現得很輕鬆，但兩位老太太還是放心不下，可她們倆一輩子就在村子裡待著，讓她們想辦法，她們也是想不出來的，最後糾結了半天，還是只能嘆氣，叮囑阮玉嬌小心一點。

阮玉嬌跟她們連連保證，尋了個藉口出門。走到門外她就沈下臉，立即跑向青山鏢局。既然員外府的人動作這麼快，都找到她家裡來了，就說明那個人渣劉傑在府裡頭鬧騰呢，許青山那邊必然也會有人找麻煩。她心裡突突直跳，生怕看到許青山被打的畫面，一路上跑得飛快。

許青山此時確實被員外府的護院找上了門，但他可不是單打獨鬥，鏢局裡這幾天回來的兄弟加起來足足有六個，個個都是從戰場上廝殺回來的，哪是普通的護院能比的？就算是員外府裡較厲害的也不行。從前劉松是一個人瘸著腿打不過他們，這次有怨報怨、有仇報仇，許青山招呼一聲，兄弟們直接在鏢局門口就動起手來。

護院一共八個，許青山一個打倆還遊刃有餘，那些護院這才知道，之前許青山掐劉傑那一下有多手下留情。要真用上力，脖子都能擰斷了，哪裡是僅留個瘀痕那麼簡單？

阮玉嬌跑來時，正看到他們打了起來，她喘著氣緊緊盯著許青山，看到許青山一直占上風才放下心來，接著，她便被許青山的英姿給吸引了。她第一次看見許青山動手，也是第一次知道男人打架居然還有這麼賞心悅目的，那一拳一腳，每一個招式都好似蘊含著無盡的力量，帶給敵人極大的威脅，卻給了她極大的安全感。

阮玉嬌看著許青山像耍人玩似的一下又一下打著對手，眼中滿是欣賞與崇拜。表哥哪方面都比別人厲害，好像比從前更喜歡他了！

那邊的護院頭頭狠狠挨了幾下，有些受不住，厲聲喝道：「你敢還手？我們是劉員外府裡的！」

許青山沈聲問。「劉員外府的護院就可以仗勢欺人，無緣無故到我的鏢局搗亂？」

這話沒人敢應，護院頭頭只能說：「是你打我家少爺在先。」

「我只打了個登徒子，可不知道那是你家少爺。更何況我已經手下留情，既然你們要上門找打，那我就成全你們！」許青山說話的同時出手毫不留情，冷聲道：「你們若是有理便去衙門告我，我許青山等著！」

話音落下，許青山一腳踹在護院頭頭的膝彎處，將他壓制在地，對劉松說：「交給你了。」說罷便又踢向另一個護院，與其打在一處。

劉松眼中閃過陰狠的光芒，接過護院頭頭就快速出手，連連打在護院頭頭身上最疼的地方，打得他慘叫連連，再也說不出什麼話來。劉松緊緊咬著牙，直到嘴裡嘗到鐵銹味才回過神來，報仇的同時還不忘審問。「你們來鏢局的目的到底是什麼？說！」

幾次按下痛穴的折磨，護衛頭頭終於忍不住說道：「大夫人下令廢掉許青山的手！」

因為在鏢局門口就打了起來，護衛頭頭喊出這句話時，許多圍觀的人都聽到了，頓時譁然一片。這時官差也趕了過來，聞言立刻揮手喝道：「把他們都抓起來，帶回去審問！」

許青山率先停手，對四周拱拱手，歉意地道：「驚擾大家了，對不住。」

眾人紛紛擺手。「沒事沒事，你也是無辜的啊，太倒楣了。」

「就是，惹到那個煞星，得自求多福了。」

「剛剛他們說來廢掉你的手，你可得小心點啊。」

許青山淡笑著感謝大家。自他開了鏢局，附近的治安就好了許多，又一直與人為善，此時這份好人緣就體現出來了。旁人紛紛作證，是那八個護院先跑來找茬，許青山他們為了自保才勉強還手的。

雖然大家都不想得罪員外府，但法不責眾，他們這麼多人一起說話，自然就不怕被員外府報復了。因此，官差瞭解到的情況就是員外府仗勢欺人，在青山鏢局找茬，結果技不如人反被這些鏢師給揍了一頓。

牽扯到員外府，肯定有些棘手，但官差們還記得青山鏢局開張的時候，婁大人是親自來道賀的。所以官差完全沒有一點偏袒的意思，就打算按眾人說的這般，把人帶到婁大人面前解決了。

第五十一章

阮玉嬌跟上許青山，關心地看著他問。「有沒有受傷？」

「嬌嬌？」許青山驚訝了一瞬，面色微變，忙問。「妳怎麼來了？剛剛沒嚇到吧？我也是自保反擊，平日裡是不愛打架的。」

阮玉嬌有些奇怪他為什麼一副小心翼翼的樣子，隨口回道：「我沒嚇到啊，你又沒吃虧，這有什麼好怕的？剛才打得真是痛快，狠狠地教訓了那些狗腿子！」

許青山輕咳一聲，瞄著阮玉嬌的表情試探地問。「妳是這麼想的啊？不會覺得男人打架很討厭嗎？」

這下阮玉嬌終於明白他在擔心什麼了，好笑道：「你瞎想什麼呢？那種無緣無故瞎混鬥毆的當然招人討厭了，可是你不一樣啊，你又不是那種沒正事的人，你是為了保護我，我心裡很高興。」

許青山這才露出笑容。他不大會哄小姑娘，也不懂小姑娘的心思，雖然跟阮玉嬌訂親了，但阮玉嬌在他心裡真的千好萬好，他總怕自己做得不好，讓阮玉嬌不滿意。

村裡之前因為劉松的事一直對當兵的有偏見，說他們都是殺過人、見過血的，心理有病，一受刺激就會瘋起來打打殺殺。他不知道阮玉嬌聽沒聽過那些議論，但其實他還挺擔心阮玉嬌會因為他打殺過人而害怕自己。如今看到阮玉嬌隱隱透著崇拜的眼神，他終於放下心，同時又自豪地想，果然自家表妹是最好的，想法都跟別人不一樣。

他們兩個又說了幾句，都知道員外府這是拿他們當螞蟻捏呢，尤其是驚擾到兩位老太太，讓他們二人尤其反感，便跟著官差一同去了衙門見婁大人。

大夫人派出的劉嬤嬤鎩羽而歸，很快又收到護衛被官差抓走的消息，氣得一把掃落桌上的茶盞，「嘩啦」一聲，嚇得一屋子下人瞬間跪地，噤若寒蟬。

大夫人咬牙切齒地說：「婁國安這個狗東西！當個縣令還真以為能管到我們頭上了！他算個什麼東西，居然敢扣押我們的人？去，帶上侯爺的名帖，把人給我要回來，我就不信他敢不給！」

「夠了！妳還要把事情鬧得更大嗎？」老夫人被翠鶯攙扶著從門外走進來，一臉嚴肅，走到上位坐下，沈聲道：「妳還當這是我們在京城的時候？縣令的官再小，他也是管著我們的人。從前那個老油條敬著我們，不代表新調來這個婁國安也一樣識趣。妳貿然弄了這麼一齣已經很丟人了，還要繼續丟人下去嗎？我兄長的名帖可不是這麼用的！」

大夫人有些憋氣，也有些委屈。「母親，這、這不是您讓我派人去的嗎？」

老夫人一拍桌子。「我把事情交給妳安排，是讓妳查都不查就犯蠢嗎？妳連人家性情、底細都不查清楚就上門找打，丟了這麼大的醜能怪誰？」她冷哼了一聲，臉色鐵青。「原以為是小小布衣農戶，誰知倒是倆硬茬子，說鬧就鬧，一點都不顧忌。妳警醒些，不要再輕舉妄動，務必將他們的底細查清楚了才能動手，莫要在這不知所謂的人身上栽了跟頭！」

明明之前下命令的時候，老夫人也在場，出了岔子卻都怪在她頭上。可他們家實際上是依靠老夫人那做侯爺的兄長，所以她只得低頭認錯。「母親教訓得是，兒媳知錯，下次定會小心行事。」

「嗯。」老夫人皺著眉點點頭。「他們如此直白的撕破臉，就是對員外府的挑釁，若不把他們處理掉，日後我們員外府在凌南鎮的威信將不復存在，再也別想過從前那樣的好日子，更何況，這還關係到婁國安對我們的態度。一旦他認為我們是可欺的，我們想再壓他一頭就不可能了，如此沒用可是要被兄長厭棄的。所以這一次，我們絕不能輸。」

思索了一陣，老夫人瞇起眼，淡淡道：「現在，先把人領回來吧，就說是誤會，婁國安還不至於不給員外府這個面子。」

「是，他就算扣著人也頂多罰他們鬧事，什麼用也沒有，還憑白得罪咱們，他沒那麼蠢。」大夫人腦子一轉也明白過來了，只是前些年一直被上一任知縣捧著，如今讓她低頭，她還是有些不甘心。

她們婆媳商議之後，便各自休息，等人去仔細調查許青山和阮玉嬌，府裡總算平靜下來。

此時，孫婆婆從大夫人的院子裡出來，跟來送她的小丫鬟笑道：「快回去吧，不用送我。」又低聲道：「妳給家裡帶的東西，等我明兒個出去就幫妳送到。」

小丫鬟高興地直道謝。「還是孫婆婆妳心好，以前那個老貨幫我們帶點東西還要剋扣兩成呢，管事嬤嬤調妳幫著採買，實在是太好了。」

「一點小事，我也是順便。」孫婆婆又同她寒暄兩句便大步離開，待走得遠了，臉色才漸漸沈了下去。她剛剛混進院子那麼久就是想聽到點消息，她是不能直接偷聽，幸好大夫人身邊的下人也沒什麼好東西，遇著這種事沒少私底下議論，就被她給聽了個正著。這些丫鬟根本沒人同情許青山和阮玉嬌，還玩笑般地猜著他們會有什麼下場，真是有什麼樣的主子就養什麼樣的下人。

員外府要對付許青山和阮玉嬌，孫婆婆乾脆借著對府裡地形的熟悉，悄悄給幾個主院吃食下了一大把巴豆！員外府下人管得鬆散，特別是廚房，時有偷懶、偷吃的，很容易被人鑽空子，孫婆婆在廚房幹了好多年的活，自然對她們什麼時候偷懶摸得一清二楚。要不是她手頭弄不到毒藥，不然就乾脆毒死那幾個作惡多端的傢伙！

想著拉肚子能讓他們消停幾日了，孫婆婆便去同人聊天說笑，製造不在場證據，心裡頭卻盤算著要加急搜集員外府的罪證。她剛剛在大夫人院子裡隱約聽人提到了侯爺名帖，他們小小一個員外府能在凌南鎮當土霸王，靠山便是老夫人的兄長武安侯。

這武安侯年輕時戰功不少，如今退下來也仍在朝中占有一席之地，因武安侯一家與孟家都在軍中，又有些不對盤，所以孫婆婆還算了解一二。武安侯初時只是五品小官之子，投身軍中，靠自己一步步爬到了侯爺之位，確實有真本事。但為人實在陰損又自私，野心極大，當初沒少對孟家父子出手，只是都被孟家父子擋了回去。

十幾年過去，她一直渾渾噩噩的度日，也不知京中有沒有什麼變故，如今的武安侯與孟家又如何了？但，武安侯不是好人是鐵定沒錯的，而被武安侯庇蔭的劉家，想必這些年沒少用武安侯的名帖討人情、掩蓋惡事。就老夫人和大夫人那種眼界，她可不信她們會把尾巴都掃乾淨，一定有什麼證據留下來，她就要幫助許青山找到這些證據！

阮玉嬌和許青山也到了縣衙。自然是沒有升堂審理，兩人被客客氣氣地請到後院見到了知縣婁大人，行禮之後，婁大人便苦笑道：「方才員外府已經先一步來人解釋過了，表明是誤會，是下人自作主張，願賠償你們的損失。再將人扣押下去也就是打幾板子關幾天，無濟於事，本官便讓他們把人領回去了，你們沒意見吧？」

許青山拱拱手，恭敬地道：「婁大人做事自有道理，草民與表妹沒有意見。」

阮玉嬌也跟著點點頭，只是擔憂道：「這次他們失了顏面，恐怕不會善罷甘休。民女家中還有兩位老人，怕是……」

婁大人對婁夫人使了個眼色，她便笑道：「此事妹妹不必擔心，我這兒有兩個聰慧伶俐的丫頭，待會兒妳帶回去，保管沒人敢把兩位老太太怎麼樣。」

那是，縣令夫人親自送的丫鬟，代表的就是縣令夫人的面子，但凡員外府不想和縣令撕破臉，都不可能大剌剌硬闖，對兩位老太太做什麼。如此阮玉嬌就放心多了，面上也露出了笑容。「那民女就多謝大人和夫人了。」

「別民女、民女的了，我見妳便覺著投緣，可惜竟沒早些認識，妳我就當姐妹一般相處吧。走，我們去花園裡轉轉，讓他們男人說話。」婁夫人話裡透著親近的意思，拉起阮玉嬌便往外走。

阮玉嬌自然知道她不可能真把自己當姐妹，但婁夫人既然說了這個話，那就是想同他們交好，或者說是婁大人想用許青山做事了，這時候不接下橄欖枝可就是傻了。阮玉嬌笑了笑，便同婁夫人一起去了花園，聊起別的事來。

她對衣著打扮這些有著超越當前的眼光，所以婁夫人雖然是從京城來的，她們竟也能聊得起來，半點沒冷場。而阮玉嬌落落大方的表現也讓婁夫人刮目相看，打破了對鄉村農女的固有印象。待婁國安那邊談完了事，派人來請阮玉嬌的時候，婁夫人才驚覺她們居然不知不覺地聊了好半天了，和阮玉嬌相處得太舒服，居然讓她忘記了時間。

婁夫人笑了笑，看阮玉嬌的眼神多了兩分喜愛，叫來送她的丫鬟道：「這兩人各方面都是出挑的，往後她們就是妳的人了，希望能幫上妳的忙，讓妳輕省一些。」

阮玉嬌沒想到婁夫人連兩個丫鬟的賣身契都給她了，心裡有些驚訝，面上真誠地道：「夫人考慮周全，我實在不知該如何謝您。不如我為您做一身衣裳聊表謝意可好？您知道，我也就這一門手藝拿得出手了。」

婁夫人欣然點頭。「如今這凌南鎮誰不知道錦繡坊二掌櫃的手藝是一等一的？妹妹給我做衣裳，我可是高興得很呢。」

「我會儘快做好的。那我就先告辭了，夫人留步。」阮玉嬌掌握著客氣又不疏遠的距離，有禮地辭別了婁夫人，帶著兩個丫鬟離開了縣衙。

許青山已經在門口等了，看見阮玉嬌，他安撫地說了一句。「放心，沒事的。」這意思就是婁大人會保他們了！阮玉嬌揚起笑容，柔聲道：「那我們回去吧。出來這麼久，兩位奶奶該著急了，還要去錦繡坊和鏢局說一聲，免得大家擔心。」

她身後的兩個丫鬟上前道：「小姐，讓我們去吧，這種小事吩咐我們去辦就行了，一定給您辦得妥妥當當。」

阮玉嬌想了下，沒多猶豫，告訴她們家裡的住址後，便讓她們一個去錦繡坊、一個去青山鏢局了。

許青山陪她一起往家裡走，小聲說道：「妳若不喜歡她們，我找個藉口把她們打發了，家裡需要丫鬟可以再請人。」他知道阮玉嬌其實一向不喜歡別人插手家裡的事，婁夫人送的丫鬟雖然能幫到他們，但到底感覺像在安插釘子。

不過阮玉嬌卻搖搖頭，笑著說：「不用，先看一段日子。要是她們人好，就用她們吧，家裡又沒什麼機密怕人打探，無所謂的。她們給人做丫鬟也不容易，等以後風平浪靜了，如果她們想回去或是嫁人、離開，我就讓她們走。」

許青山看了看阮玉嬌的表情，見她確實沒有絲毫勉強，便將此事略過不提。

兩人快速回到家中，兩位老太太就在院子裡走來走去的等著呢。一見他們回來，莊婆婆忙問。「我聽他們說在鏢局門口打起來，還要廢了你的手？山子，你沒事吧？」

許青山大步上前，將莊婆婆扶進堂屋的椅子上坐下，握了握拳頭，笑說：「你外孫這麼壯實，來一個打一個，來兩個打一雙，還有鏢局裡那麼多兄弟在呢，哪能有事。」

莊婆婆拉著他的胳膊上下打量半天，才鬆了口氣。「沒事就好、沒事就好啊。」

阮老太太又擔心起另外的事。「員外府的管家把那些人領回去了，知縣大人是不是不管這件事？也對，員外府是什麼人家，咱們又是什麼人家，知縣大人咋會管這種閒事呢。」

阮玉嬌笑著解釋。「知縣大人管的，只不過他也有他的難處，跟員外府對上總得有證據才好辦事，不然員外府背後的靠山也要不樂意的。奶奶您就放心吧，我跟表哥會處理好的，知縣夫人怕再有人來驚擾妳們，特地送了兩個丫鬟過來，以後妳們有事就吩咐丫鬟去做；若員外府的人來，自然也有丫鬟擋著，咱們安生過自己的日子就行了。」

「丫鬟？」

正好這時兩個丫鬟報信回來了，跟阮玉嬌回話完之後，就行禮喊人。「見過兩位老夫人。」

阮老太太和莊婆婆都睜大了眼，連連擺手。「啥老夫人，可別這麼喊……」她們活了大半輩子，可沒想過有生之年能有丫鬟伺候。

阮玉嬌坐直了身子，淡笑道：「老夫人就算了，往後就喊老太太吧，在村子裡的時候也有晚輩這麼喊的，我兩位奶奶能習慣些。」

兩位老太太連忙點頭。「對對對，叫老太太就成，也不用總是行禮，妳們好好幫忙幹活，來了壞人幫著擋回去就行了。」

「是。」兩個丫鬟很是聽話地應了下來，沒有任何異議。

阮玉嬌打量著她們的面頰、耳根、指甲等處，從她們不抹粉看出她們不是那種輕浮不老實之人；從她們的耳根脖頸看出她們很愛乾淨；從她們的指尖、指甲看出她們是常常幹活的，雖不是重活，但也應當是勤快之人。

還有一些其他的細節，都讓阮玉嬌很是滿意。她最討厭強買強賣的事，但從兩個丫鬟的態度來看，她們都是自願的，到了她家的小院也沒露出半點嫌棄，這就讓她對她們多了不少好感。

當然這都是從表面觀察，具體怎麼樣還要等相處了之後才能知道。那倒不急，總歸他們如今是親近知縣夫妻的，他們送來的丫鬟也沒理由做什麼壞事。阮玉嬌問了兩個丫鬟的名字，她們一個叫映紅、一個叫宛綠，她也沒給二人改名字，直接帶她們去後院一個廂房安頓了下來。

在兩人打掃房間的時候，阮玉嬌說道：「我們只是尋常人家，在這裡肯定是比不了知縣大人的府裡舒服，不過只要妳們照顧好我兩位奶奶，我給妳們的月例銀子和妳們在知縣府的時候一樣。若哪日妳們不願留在這裡，直接同我說，切記不能私底下搞小動作，被我抓到什麼不好的事，我可不會心慈手軟。」

兩人同時行了一禮。「姑娘放心，我們來之前就知道這裡的情況，妻夫人也是問過我們意願的，我們二人並沒有不甘不願。今日到了姑娘家裡，我們就是姑娘的丫鬟，日後定當聽命於姑娘，照顧好兩位老太太，絕不會有絲毫懈怠。」

「如此那就最好了。」阮玉嬌看了看她們的眼睛，基本相信了她們的話，心也安了下來。她給人做過丫鬟，自然知道做丫鬟的好處與難處，日後也會多多寬待她們，甚至在她們想走的時候放她們走。但若是她們壞了心思，她肯定是不會忍氣吞聲的。只為幹活掙錢的話，她相信她們給她幹活，絕對比在別人那兒輕鬆許多，若要再貪心可就不行了。

當晚，映紅和宛綠也沒用人吩咐，一到時間就很有眼色地生火做飯。她們在知縣府上是二等丫鬟，但也是從小丫頭升上去的，這些日常的活全都會做，手腳麻利，很快就做好了四菜一湯。

飯菜的味道還不錯，兩個丫鬟想在旁邊伺候著，但兩個老太太不習慣，阮玉嬌也覺得沒必要，便讓她們回房吃飯去了。阮玉嬌沒讓她們分開做飯菜，說好了以後家裡吃的都是一樣的，好壞都一起吃，但到底要分清丫鬟和主人的區別，所以她攔住了老太太想讓她們同桌吃飯的打算。

許青山本來怕家裡突然多出兩個下人會讓她們不習慣，沒想到不習慣的只有兩個老太太，阮玉嬌卻從頭到尾都做得很好，把善良和主僕之間的度拿捏得很好。如此一來，只要那兩個丫鬟沒歪心思，必定能讓大家相處得都和樂舒心，阮玉嬌的處理方法讓許青山很是驚訝。

飯後有丫鬟收拾桌子，許青山自然要跟阮玉嬌說說話，隨口也問了一句丫鬟的事。阮玉嬌笑說：「我都是跟孫婆婆學的。孫婆婆懂得不少東西，我想著，將來還不知道會發生什麼事，不管能不能用到，先學著總是好的。你看，這不就用上了嗎？要不然我要是太軟和，恐怕就要讓她們生出不該有的心思了。」

「對，能一直保持本心的人少有，主子軟弱很容易養出心大的下人，到時就麻煩纏身了，妳做得很好。」許青山笑笑，轉而說起了婁大人留他談的那些話。「婁知縣今天跟我透露了一點消息，他之所以來這裡，就是因為察覺到凌南鎮範圍之內有點不對勁。我根據他的話推測了一番，我猜，他應該是九皇子的人。」

阮玉嬌心中一驚。沒想到小小一個縣城的縣令居然能和皇子扯上關係，更重要的是，她記得她前世死前，九皇子才剛剛登基！

許青山以為她被嚇到了，忙說：「這也是我猜的，還不知道對不對？而且就算他真是九皇子的人，我也覺得挺好的，九皇子身上有一股正氣，是真正的心懷天下之人。我幫婁知縣做事也不是想求什麼富貴，只是上頭有九皇子，我就不必那麼擔心了。」

幫九皇子做事，就算只是下面一個小小的人物，是九皇子根本不知道的人物，那也是站隊。不管做大事、小事，都有可能會和對手對上，很危險的。就像下棋一樣，棄卒保車是常用的手法，重要的棋子在後頭布陣，前頭衝鋒的小卒永遠是最容易被放棄的。

但機遇與危機並存，有多大的危險，就有多大的機遇，若能牢牢抓住，將來待九皇子登基之後，必定不會虧待這些替他做事之人，到那時能得到的好處，可能是他們奮鬥一輩子都掙不回來的。

阮玉嬌猶豫道：「上船容易下船難。表哥，我不圖榮華富貴，只要你平平安安。」

許青山輕輕摸了摸她的頭髮，臉上露出溫柔的笑意。「妳還記得當初我問妳為什麼這麼拚命，妳是怎麼回答的嗎？妳說，妳不想任人肆意欺辱。我們從村裡搬到了鎮上，村裡曾經欺辱過我們的人，都已經如同過眼雲煙，遠離了我們的生活，可現在又出現了員外府，更加囂張、更加狠毒，若我們不擁有更多的力量，可能今日過後，我們全家都要慘死於員外府之手。我也想安然度日，但既然已經沒了這個機會，那倒不如抓住機遇，爬得更高，讓那些臭蟲不敢再對我們伸手！」

阮玉嬌重生回來，早已不懼怕任何事，聞言表情就堅毅起來。「表哥想怎麼做就怎麼做，我支持你！也許等我們爬得更高會遇到更大的麻煩、更難纏的對手，但至少我們努力過。不管結局如何，盡了力便不會後悔，最起碼，我們不會敗於一些臭蟲之手。」

「嗯，放心吧，沒有妳想的那麼危險，我會小心的。」許青山其實很擅長陰謀詭計，所以他根本沒有茫然和畏懼，只有躍躍欲試的興奮。

之前他拒絕了孟將軍的提攜，退伍回家，只是為了陪外婆安度晚年。這是他當時唯一的親人，他不能為了自己的事不管外婆。當初為了讓幾個和他有競爭的小官相信他不再從軍，他還在村子裡當了好一陣子的「廢物」，許久後才開了個鏢局，為自己和兄弟們掙錢養家。但如今既然惹上事，過不了安生日子，他自然要找個路子跟敵人鬥下去。

而且他這次往上爬也不是在軍中，所以不會被那幾人忌憚、下絆子。沒人阻攔，他幫婁國安做事就是幫九皇子做事，借著這股勢力，他便能保護嬌嬌、外婆和奶奶，還能帶更多的兄弟過上好日子，一舉數得，背後那點危險完全可以忽略不計，他相信他能比過去做臥底的時候做得更好。

具體都要做些什麼，許青山就沒跟阮玉嬌細說了。阮玉嬌心裡也下了決定，劉傑只是個人渣，目前看來早晚不會有好下場，她沒必要非得親自報仇。既然她的仇恨沒辦法說出來，乾脆也不要胡亂插手，免得不小心壞了許青山的事。只要最後的結果在那兒，她是不是親自動手的其實根本無所謂。

不過既然提到了九皇子，阮玉嬌晚上就沒能睡著。她躺在床上拚命地回想前世的事，把大大小小所有知道的事都給捋順了，還重點記下了幾件。雖然她現在還不知道這些對許青山有沒有幫助，但萬一有用呢？她記熟一點，說不定什麼時候能用上，她就可以想辦法透露給他了。

而同一時間的員外府裡，可謂是燈火通明、雞飛狗跳。老夫人、老爺、大夫人、少爺，一齊腹瀉個沒完，一趟又一趟地折騰，連老爺和少爺兩個男人都腿軟地站不住了，更別提老夫人和大夫人了。個個都面無人色、有氣無力，尤其是老夫人，簡直是隨時都要暈死過去的狀態。

鎮上好幾個郎中都被請來，只說他們是吃了不乾淨的東西。孫婆婆做事很小心，已經趁亂把尾巴清理乾淨了，硬是誰也查不出來哪兒出的問題。幾位主子沒精神管，腹痛得只恨不得自殺了事，下人們就更是亂成一鍋粥，生怕是有人下了毒，人心惶惶的一點章法都沒有。

許多事若是不能及時調查，那事後再查可就什麼也別想再查出來了。孫婆婆早有計劃，不知不覺間就讓自己置身事外，讓這件事變成了一樁懸案，不了了之。

第五十二章

第二天婁大人和許青山、阮玉嬌還等著員外府的動靜，卻發現裡頭幾個主子全都病倒，連個能主事的都沒了，自然把許青山和阮玉嬌給忘到九霄雲外。可能他們病好之後會再想起來再做點什麼，但至少近半個月是不可能的，他們全躺床上養病呢。

孫婆婆製造這場混亂是為了報復他們，給阮玉嬌拖時間，同時她也是為了讓府裡亂起來。畢竟亂起來才有更多的空子可鑽，甚至因為忙亂，下人們容易出錯漏，更容易被主子罵，很多人都會找身邊的人幫忙。這樣一來，孫婆婆就有更多的機會出入主要房間，去找、去聽，獲得更多的線索。

她倒沒覺得劉家敢幹啥大事，她只是猜劉家這些年用武安侯的名帖，遮掩過幾次強搶民女的事，或者偷偷放印子錢，用利息逼死欠債之人，又或者強占了誰家的生意、莊子、土地等等瑣事。這些事在不少人家都有，她是想找出白紙黑字的證據，或者尋摸幾個心有不甘的下人當個人證，到時候把這些交給許青山，也算把事情辦得漂漂亮亮，跟在小小姐身邊也不會覺得自己沒用。

不過這次她趁夜探查，卻發現了點不同尋常的東西，顯示著員外府的當家主人劉員外一直在做一件事，花費巨大且與孩童有關，甚至府裡曾有幾個失蹤的下人，似乎也不是死了，而是被劉員外弄走，不知送去哪裡？員外府時常買賣下人，畢竟府裡幾個主子沒一個和善的，大家也都見怪不怪，若不是這次察覺蹊蹺，孫婆婆也不會當一回事。

孫婆婆直覺這裡頭有不可告人的骯髒事，等得了採買的機會，急忙就去跟許青山說了這件事。許青山沈吟片刻，皺起了眉頭。「孩童？我聽妻大人說，這十里八村確實買賣孩童的現象比較嚴重，只是沒想到還和員外府有關。也許劉家張揚跋扈只是個表象，實際上卻遮遮掩掩的在做什麼大事。」

孫婆婆想了想這麼多年的經歷，肯定地道：「其他人我敢說，他們是真的蠢，雖說後宅手段不少，陰私骯髒事也沒少幹，但都不夠高明，眼界也很是狹窄，沒有遠見。若說遮掩，我看唯有劉員外一人可能在隱藏什麼。還有，武安侯那邊不知和員外府的關係到底有多親密，務必謹慎一些才好。」

許青山點點頭。「我知道了，我會再從其他方面入手仔細調查。孫婆婆，嬌嬌很惦記妳，員外府的蹊蹺也探得差不多了，妳還是早些贖身回家裡來吧，過過安生日子。」

孫婆婆想起阮玉嬌，就露出了慈愛的笑容。「不急，再等一陣吧。他們居然敢打小小姐的主意，這件事不過去，我是不會放心離府的。我待在府裡，至少還能為小小姐做點事，不會看著乾著急。」

許青山心中一動，了然地看著她。「劉家病倒那幾人是妳做的？下了料？」

「嗯，一點巴豆罷了，讓他們老實幾日，別閒著沒事給小小姐添堵。」

能讓劉家幾人虛脫地癱在床上，那恐怕不是一點巴豆而已。許青山笑了笑，沒有說破，又同孫婆婆商量好更穩妥的見面方式，便送孫婆婆從後門離開。等人走後，他到桌前攤開一張白紙，在上面將鎮上主要人物、事件都寫出來，然後畫好其中的關聯，慢慢梳理思緒。

雖然有很多疑問還待查探，但總算是有了一點頭緒，知道大概的調查方向了。之後他又拿出凌南鎮的地圖，這地圖很簡易，只能看出大概的山林及城鎮分布。他沈下心來，開始一點一點的往上添加，讓地圖慢慢詳細起來。

這不是一朝一夕能完成的，他還要多去周圍轉轉，瞭解清楚，才能準確的畫出地圖。說不定把這附近的十里八村都走遍了，也就發現了凌南鎮哪裡不對勁。

許青山有鏢局要管，還要暗中幫妻大人做事，一下子就忙了起來，成天起早貪黑的。但他無論多忙每天都堅持去阮玉嬌家裡吃飯，他始終記得親人是最重要的，他回來的目的就是要好好陪伴外婆。所以不管什麼時候，遇到了什麼事，他都不會把煩惱帶到家中，家中始終都是和樂溫馨的樣子。

這樣看上去他在家裡好像沒什麼改變，但阮玉嬌就是看出他變得不一樣了，說不出具體變在哪裡，但就是看上去特別神采奕奕，好像眼睛都在發光，比從前更吸引人了。

許青山覺得，總愛害羞的小姑娘近來好像膽子變大了一點，打趣地問。「妳總偷看我幹麼？是不是想我了？」

阮玉嬌臉一紅，轉過頭道：「誰偷看了？我就是看看你瘦沒瘦？」

「哦，那小表妹看出來了沒有？這幾日我忙著做事，不能陪伴表妹，心中甚是思念，肯定瘦了一大圈，妳看。」許青山大手搭在她肩膀上把她轉過來，笑嘻嘻地逗她。這段日子是挺忙，但他可一點都不想冷落了小表妹。

莊婆婆正好出來，看到這一幕好笑地咳了咳，許青山立刻把手放開，討好地叫了一聲。「外婆……」

莊婆婆板著臉道：「你可不許欺負嬌嬌啊，我跟你阮奶奶商量了一下，把日子選在半年後了，你可得抓緊攢聘禮，有閒工夫就回鏢局忙活去。」

許青山聽到日子定好了，眼睛一亮，心裡算了算時間，立即點頭道：「外婆放心，我知道的。」

「嗯，時候不早了，沒啥事趕緊都去歇著吧。」說完莊婆婆就添了壺水回屋去了。

阮玉嬌輕捶了許青山一下，羞惱道：「叫你鬧！被莊奶奶看見了。」

「這有什麼，我又沒真的欺負妳，外婆她不會誤會的。」許青山知道該走了，又捨不得就這麼走，在月光下看著阮玉嬌姣好的面容，總想多留一會兒，多逗她一會兒。

「妳還沒說，總看我幹麼？」

阮玉嬌紅著臉別開眼，順了順耳邊的髮絲，低聲道：「我就是覺得你這幾天好像很高興……也不是高興吧，就是、就是特別有朝氣。我也不知道怎麼形容，但是我覺得這樣很好，我喜歡你這樣。」

許青山一愣，想了想，不確定地道：「你是說我有幹勁了？」

「嗯。」阮玉嬌點點頭，看著他認真地道：「從前你說想陪著我們過安逸的日子，我一直覺得挺好。可這幾天我看到你的變化，才明白把猛獸困在籠子裡是不對的，即使好吃好喝、有人照顧，也會漸漸消磨掉牠的志氣。也許不會有什麼危機、悲傷，但也沒有了痛快和真正的開心。好男兒志在四方，理應眼界開闊，將目光放長遠一點，去奮鬥、去打拚，我們只會在你背後支持你，而不是成為你的束縛。青山，你想做什麼就放手去做，只有這樣，你才能成為最好的你。」

許青山動了動手指，很想將她緊緊抱住。能得到這樣一個女子的真心，他何其有幸？他此刻只想將世間最好的一切都送到她面前，更想給予她所有的尊重。他未來的妻子，值得他用盡全力去珍惜。

「好姑娘，什麼都讓妳看透了。妳這麼賢慧明理，我若不變得更好一些，都怕配不上妳了！嬌嬌，等我，到了日子，我定剷除一切阻礙，讓妳風風光光地出嫁！」

許青山終歸還是沒有抱住阮玉嬌，他只是承諾會做好一切，然後就用最快的速度逃了。月色太美，人更美，又聽了那番觸動人心的話，他怕他再留下去會忍不住做點什麼，而他不能那樣唐突他的小姑娘，就只能逃了。

阮玉嬌又不傻，自然看懂了他眼中的火光，趕緊摀著發燙的雙頰跑回了房間。當晚，她又害羞又好笑地在床上翻來覆去了半宿才漸漸入睡，夢中她穿上了自己親手繡成的嫁衣，被許青山牽著拜了天地，好多人都在祝福，她卻只看得到許青山幸福的笑容，兩人在新房裡結下髮絲定終身，她終於成了他的新娘……

員外府的人暫時不找麻煩了，阮玉嬌就放鬆下來，一邊幫喬掌櫃打理鋪子，一邊用心為婁夫人縫製衣裳。她根據婁夫人的性格、喜好設計樣式，而且是比較超前的、還沒出現過的樣式，無論用料和手藝都是上乘，她相信婁夫人一定會喜歡。

喬掌櫃也已經跟京城的朋友聯繫上，那位管事嬤嬤答應會幫忙在夫人面前美言幾句，說不定還會有機會搭上線，再找阮玉嬌做衣服，那樣的話，她的籌碼就更多了，至少能讓員外府有所忌諱，不再動輒強迫，肆無忌憚。

一切好像都在往好的方向走，讓阮玉嬌心情很不錯，就連兩位老太太也不再那麼擔心，每天商量著給阮玉嬌準備什麼嫁妝、去哪裡打家具之類的事，高興得不得了。

只是，許青山和他那幫兄弟們都變得更忙，每天除了吃飯的時間，都見不到他的人影，神神秘秘的不知道在做些什麼，連偷閒和阮玉嬌說話的工夫都沒了。

五日後，阮玉嬌把給婁夫人的衣服做好了，再一次拜訪了她。婁夫人有些意外，看著丫鬟接過來的衣服驚訝道：「妳真的給我做了一件衣服？這麼快？」

阮玉嬌笑說：「上次說過的，當然要儘快做好了，您看看喜不喜歡？」

丫鬟會意地將衣服展開，婁夫人更加吃驚了，情不自禁地站起身，撫摸衣服上的刺繡和獨特的設計。「這……這是妳親手做的？在京城也很少有這麼好看的衣裳，這樣式我從來沒見過。」她拿過衣服在自己身上比了兩下，笑道：「跟我很配呢！」

阮玉嬌站在她身側，笑著說：「這樣式是我特地給夫人設計的，看來還不錯。」

「豈止是不錯，簡直是太好了！」婁夫人又看了看衣服，才不捨的將衣服交給丫鬟收起來，拉著阮玉嬌的手落坐。「好妹妹，怪不得都說妳是鎮上第一巧手呢！妳做的衣服真是獨一無二。其實，京城有很多人做衣服的手藝都很好，但最難得的就是衣服的樣式，想買到適合自己的樣式很難，妳送我的這件衣服我很喜歡，多謝妳。」

「夫人客氣了，您幫了我這麼大的忙，我都不知道怎麼感謝您，只有做的衣服還拿得出手，您喜歡就好了。」

「慚愧、慚愧，我都沒做什麼，哪裡幫了你什麼忙？」婁夫人之前還只是看婁大人的意思應付一二，如今卻是真心有幾分喜歡阮玉嬌，她想了一下，說道：「我打算過幾日辦個賞花宴，邀請一些夫人、小姐過來吃席，到時候妳也來。」

阮玉嬌驚訝道：「我也來？這……適合嗎？」

婁夫人笑道：「有什麼不適合的？我跟妳投緣，我辦的宴席妳當然要來。就這麼說定了，到時候我叫人給妳送帖子，妳記得好好打扮，這麼好看的模樣，可別被人比下去啊。」

阮玉嬌知道婁夫人這才是真正幫她，讓所有人知道她有婁夫人撐腰，不禁心生感激。「謝謝夫人，我會好好準備的，一定不會給您丟臉。」

「嗯，這才對，不要這麼客氣。來，我們去亭子裡喝茶，嚐嚐廚子做的糕點。」

阮玉嬌點點頭，跟在婁夫人身後往後院走去。她抬起頭看著婁夫人的側臉，不禁露出微笑。雖然生活中有很多不幸，但她其實還是遇到了很多好人，願意真心的幫助她，這已經很幸運了。

阮玉嬌回家把被婁夫人邀請的事跟兩位老太太一說，兩位老太太頓時高興得像撿了金子一樣，樂得合不攏嘴。阮老太太雙手合十，口中唸唸有詞。「多謝老天爺保佑，咱們嬌嬌真是出息了，居然被知縣夫人請去參加賞花宴，真是光宗耀祖啊。不行，我得去廟裡拜拜，捐點香油錢。」

莊婆婆點頭笑道：「是該去，我腿腳也好得差不多了，咱倆一塊兒去。如今山子入了知縣大人的眼，嬌嬌也被知縣夫人喜歡，簡直就是祖墳冒青煙啊！在咱們全鎮都是頭一份，必須得捐香油錢拜神才行。明天咱們就去，再求菩薩保佑兩個孩子順順當當，無病無災。」

映紅端了茶點過來，聞言笑說：「我跟兩位老太太一起去，幫妳們提東西。」

阮玉嬌點頭道：「我們都一起去吧，家裡不用留人。映紅、宛綠，妳們記得在外面一定要照顧好兩位奶奶。」她坐在兩位老太太中間，一左一右挽住她們的手臂。「聽說東郊那家寺廟裡的齋菜很好吃，明天咱們拜完菩薩，可以順道嚐嚐那裡的齋菜，然後休息一下再回來，這樣就不會累了。」

阮老太太連連點頭。「都聽妳的，妳要一起去，就交給妳安排吧。」

「好啊，映紅明天早起做兩樣糕點，我們路上吃；宛綠妳去租一輛馬車，莊奶奶的腿剛好，不能走太遠的路。」阮玉嬌一邊想，一邊吩咐。「對了，去買兩樣新鮮的水果，茶就準備冰糖菊花茶吧。再準備兩件披風、幾個軟枕，把馬車鋪佈置得舒服一點。」

宛綠笑道：「姑娘放心吧，這些我都懂的，一定準備得妥妥當當，不讓兩位老太太勞累。」

「那就好，快去辦吧。」

宛綠應下，想了想又說：「姑娘，之前我們在知縣府中的時候，知縣夫人也辦過幾次宴席，要不要我們跟您說一些知縣夫人的喜好，和各位夫人、小姐的情況？」

阮玉嬌意外地看向她們，高興道：「妳們知道就太好了！那妳們晚上吃過飯後，仔細跟我說說。我第一次見那麼多人，至少要知道個大概情況，免得到時候出醜就不好了。」

映紅笑道：「姑娘放心，以姑娘的性情，肯定不會出醜的。」

阮玉嬌點點頭，看出她們兩人是真心為這個家好，心裡也高興了起來。晚上許青山來吃飯的時候，知道她們要去寺廟，立即說要親自駕馬車陪她們去。
阮玉嬌給他挾了個雞腿，問道：「會不會耽誤你的正事？」
許青山笑說：「陪妳們出去、保護妳們就是正事，明天早上我過來接妳們。」
「那也好，這幾天你太忙了，都瘦了。就當明天休息一天吧，出去放鬆一下，順便也嚐嚐廟裡的齋菜。」
「嗯。」許青山看向莊婆婆道：「外婆，您的腿雖然好了，但是三個月內還是不能太過用力、走太多路，明天您要是累了一定要跟我說，我揹您就好。」
莊婆婆笑著擺擺手。「知道了，囉嗦。我啊，肯定會好好保重身體，我還等著給你們帶孩子呢，當然得好好養著了。」
阮玉嬌臉一紅，低頭道：「什麼孩子啊，莊奶奶您也開始打趣我了。」
莊婆婆樂呵呵地。「早晚的事，還不許我先想想？好好好，不說了，明天我跟妳奶奶去給你們求個姻緣籤，肯定是上上籤，最好能請大師幫忙保佑保佑。」
阮老太太也笑了。「對，等你們兩個成親之後，咱們再去拜拜送子觀音。往後咱們這個家就會越來越熱鬧了，日子也會越來越紅火。」
阮玉嬌聽她們越說越沒邊了，急忙轉移話題。「去廟裡也是難得出去走走，不如明天給小壯請一天假，帶他一起去吧？他書讀得好，一天也不會耽誤什麼的。」
「好啊，小壯讀書那麼用功，帶他出去玩玩。」阮老太太嘆了口氣，一臉感慨。

「這孩子小時候皮得厲害，管都管不住，但是自從他爹娘出了事，他真是一下子就長大了、懂事了。你們姐弟倆倒是很像，小小年紀就不用大人操心，就是這樣才更讓我們心疼呢。」

「奶奶別這麼擔心，您看我現在不是很好嗎？每天高高興興、安安穩穩的過日子，小壯以後有我們看著，也會開心起來的。」阮玉嬌念頭一轉，對許青山道：「表哥，去寺廟的路上有沒有樹林能打獵、野炊的？」

許青山想了一下，點點頭。「有啊，那邊野雞、兔子都有，還有條河。妳想回來的時候在林子裡野炊？」

「是啊，奶奶、莊奶奶，妳們覺得怎麼樣？小壯就是整天讀書沒有人陪他玩，才弄得老氣橫秋的，乾脆明天好好玩一次，讓他高興高興。」

兩位老太太對視一眼，都有興趣極了。「這主意好，就這麼定了。」

阮玉嬌忙讓映紅和宛綠再多準備一些東西。雖然是在野外玩，圖個高興，但還是要儘量乾淨一點，調料什麼的也得帶齊全了。映紅、宛綠從前可沒這樣出去玩的機會，一聽也樂壞了，兩人幾乎是迫不及待地去準備。

飯後，許青山陪阮玉嬌一起去書院給小壯請了假，把小壯領回家。小壯得知要出去玩一天，終於露出幾分孩子氣來，樂得直問未來姐夫要打什麼獵物來吃？許青山對他這個「未來姐夫」的稱呼可是喜歡得緊，一路上抱著小壯也不怕沈，說了好多打獵的趣事，把小壯樂得前仰後合。

阮玉嬌無奈地看著像個大孩子似的許青山。「你剛回來那會兒，好多人看見你都害怕呢，沒想到你居然還會哄孩子。」

許青山掂了掂胖墩小壯，笑道：「哄孩子有什麼難的？逗他高興就行了，妳看小壯多開心。奶奶她們不用擔心那麼多了，一個大小夥子哪需要操心，對不對，小壯？」

「對！我長大也要像姐夫這麼厲害，什麼都會、什麼都能做好，然後好好保護奶奶和大姐！」小壯拉住阮玉嬌的手，明亮的眼睛中透著堅定。「大姐對我好，我一定會對大姐更好！」

阮玉嬌抬起頭，就看見許青山和小壯相似的表情，這一大一小兩個男人都會在她身邊保護她，她突然就感到一種很幸福的感覺，不自覺地笑了起來。「好啊，那在你長大之前，就先讓大姐保護你，將來大姐就等著享你的福了。」

「嗯！一言為定！」

阮玉嬌和許青山相視一笑。這個時候，阮玉嬌心裡想到的是——如果她和表哥有了孩子，會是什麼樣的呢？會像以前的小壯那樣頑劣，還是會像如今的小壯這樣懂事呢？晚上阮玉嬌又做了個夢，這次是夢到白白嫩嫩的寶寶在叫她娘親，寶寶可愛的樣子讓她恨不得把天下最好的一切都捧到他面前。

雖然還有麻煩沒有解決，但連續的好夢讓阮玉嬌感覺到，她對前世的仇恨真的越來越淡，那些事已經完全影響不了她的生活。如今，她心裡只有對未來無限的期待，而且都是美好的期待。

第二天，他們一家人一大早就吃完早飯，乘馬車出發了。馬車不小，除了許青山要趕車，其他人都坐在馬車裡。映紅和宛綠在馬車裡鋪了厚厚的褥子和毛墊，車壁還擺了一圈軟枕，坐在上面十分舒服。馬車中間還有個小木桌，擺著幾盤糕點、水果還有茶。

出了小鎮，阮玉嬌就把車簾都卷起來，叫大家一起看外面的風景，笑道：「咱們以後有時間可以經常出來玩，就算隨便在林子裡走走，也比待在家裡強多了。」

兩位老太太聽得直點頭。「鎮上什麼都好，就是一出門全是人，看不見地、看不見多少樹啊、河啊，心裡就空落落的。」

「對啊對啊，鎮上都沒地方跑，以前在村子裡的時候，我漫山遍野的跑呢！」小壯趴在車窗上，臉上滿是喜悅。

阮玉嬌笑說：「那咱們從廟裡回來的時候就好好玩玩，不過小壯，這裡不是咱們村子，你記住可不能亂跑啊，萬一跑丟了或者被壞人抓去可就麻煩了，記住沒？」

「記住了，誰能抓住我啊！」小壯看到遠處的河，眼珠轉了轉，笑得高興不已。他都好久沒撈過魚了，待會兒未來姐夫打獵，他可以去撈魚啊，他也是很能幹的！

去的時候沒打算玩，所以他們很快就到了寺廟。下車時，阮玉嬌又拉著小壯叮囑了一番。「廟裡人多，千萬要緊跟我們，不然會走丟的知道嗎？」

「知道了，大姐。」小壯拍拍自己的小胸膛。「妳放心，我不會被人騙走，也不會走丟的！」

阮玉嬌笑笑，一手拉著小壯，一手扶著莊婆婆，同他們一起上臺階，走進了寺廟。

小壯是第一次來寺廟，看什麼都覺得新奇，一直東張西望的。走了沒多遠，他一抬頭，正巧對上一個和尚的視線，莫名感覺毛毛的，不過那個和尚轉身就走了，他自己嘀咕了一句也就沒再理，搖搖阮玉嬌的手好奇道：「大姐，我也要跟著拜菩薩嗎？我什麼都不會啊。」

「沒事，大姐教你。」

「好。」

阮玉嬌跪在蒲團上，慢慢閉上眼睛，在心中真誠祈禱：感激上天給信女重活一次的機會，信女真心祈求，願信女的家人、朋友無病無災，平安長壽。

寺廟不算大，佛像也只有三座，阮玉嬌等人一路虔誠地拜過去，一共也沒花費多少時間。之後便是求籤了，兩位老太太興沖沖地為阮玉嬌求了一支姻緣籤，又為小壯求了一支問前程的，看到籤上寫的「上上籤」三個字，立即樂開了花，忙不迭地到大師面前解籤。

阮老太太期盼地問：「大師，怎麼樣？我孫子、孫女的籤是不是都極好？」

被稱作「大師」的老年和尚抬手掐算片刻，面露笑容，點了點頭。「許久沒人求到這麼好的籤了，未來之事乃是天機，知曉太多並無益處。施主只需知道今日所求必能圓滿，萬事順遂，無災無難即可。」

阮老太太和莊婆婆對視一眼，立即雙手合十不停地朝大師鞠躬。「多謝多謝！多謝大師解惑，對了，這是我們準備的香油錢，您看看夠不夠？」

阮老太太從荷包裡取出二兩銀子遞了出去，大師請她將銀子放入旁邊的匣子中，微笑點頭。「只要心意夠便已足夠，多謝施主。」

「誒，好好，我們也多謝大師，今日叨擾了。」

第五十三章

得了好籤，兩位老太太顯然對此行已經滿意得不得了，連不太明白的小壯都跟著高興。

阮玉嬌在旁邊笑道：「奶奶，妳們這下放心了吧？咱們在廟裡逛逛，準備吃齋菜吧。」

「好，妳們剛剛都聽到了吧，萬事順遂，無災無難，真是太好了，我什麼心都放下了！」阮老太太經歷了家中幾次巨變，如今是真是只有這一點期盼了。只要這兩個孫子、孫女好，她就什麼都不求了。

許青山雖然從不信求神拜佛的事，但看大家高興，也樂得用這種方式來讓她們安心。二兩銀子換全家心底踏實，再划算不過了，反正有他和兄弟們護著，將來一定會事事順遂。

小壯沒出來過，對什麼都好奇得很，阮玉嬌不放心，便親自帶著他到處去逛，許青山自然也陪著他們。而兩位老太太一路過來又拜佛磕頭，已經有些累了，便由丫鬟服侍去客房休息。

阮玉嬌他們走到後山的時候，小壯又碰見了進門時看見的那個和尚，不由得皺了皺眉，等人走後，小聲對阮玉嬌道：「大姐，不是說和尚都慈眉善目的嗎，我怎麼覺得剛剛那個和尚有點討厭？」

阮玉嬌並未注意到那個和尚，聞言一愣，回頭看了看也沒找到人。「有和尚看著討厭嗎？我沒發現啊，按理說應該不會吧？」

「那可能我看錯了吧。」小壯被眼前的假山吸引了視線，興奮道：「大姐、大姐，妳快看，這座假山跟真的好像啊，好好看，還好大啊。」

「對啊，沒想到寺廟裡有一座這麼大的假山。其實院子還真不算大，可能有什麼寓意吧。」阮玉嬌也覺得這假山樣子不錯，只不過跟院子大小不太匹配，稍微有些突兀了。

許青山看著兩人喜歡的樣子，笑說：「等我們下次搬家就換個大點的院子，到時候也在後院弄一座假山，你們就可以在家看了。」

小壯歡呼一聲。「未來姐夫最好了！新家還要有涼亭、有池塘，池塘裡可以種滿荷花，還養魚！哇！到時候我想吃魚就可以在家撈了。」

阮玉嬌被他逗得直笑。「池塘裡養錦鯉好看，可不是用來吃的。你個小傢伙以前也不怎麼愛吃魚啊，你不是嫌刺多嗎，怎麼還想著撈魚呢？」

「因為那是大姐教我的啊，以前大姐帶著我在村子裡到處玩，還給我講故事，是我最開心的日子了！」小壯抬起頭看著阮玉嬌，臉上露出依戀的神色。

阮玉嬌微微一怔，有些心疼地攬住小壯，笑說：「如今你忙著讀書，姐姐忙著鋪子裡的事，是不能常常出來玩了，不過大姐還可以給你講故事啊。你已經識字了，等大姐有空就把故事寫下來，給你帶去書院看好不好？」

「好，大姐對我最好了！不過大姐千萬不要太累，不然我就不看了。」

「嗯，放心吧，小管家公！」

雖然同父異母，且阮玉嬌與小壯的至親還有著諸多仇怨，但他們姐弟的感情卻與日俱增，從未被那些煩心事影響過。這其實很難得，只能說阮玉嬌始終心存善念，而小壯也是一片赤子之心。阮玉嬌微笑著拍了拍小壯的頭，對這個小小年紀就經歷家中巨變的弟弟十分心疼，只希望將來小壯能一直像今天這樣開心快樂。

他們三人幾乎逛遍整個寺院，累了才跑回去跟兩位老太太一起吃齋。這裡的齋菜果然很好吃，比起鎮上的大酒樓也毫不遜色，而且還很特別，素排骨、素雞這些看上去居然跟肉沒什麼兩樣，吃起來也很有肉味，但其實全都是用豆腐做的！

阮玉嬌有些驚喜。「這裡的齋菜真的很好吃啊。」

莊婆婆笑著給她挾了好幾筷子。「愛吃就多吃點，這裡齋菜很有名，不然哪能吸引那麼多香客前來呢？附近除了凌南鎮，就是十里八鄉的村子了，富裕的沒幾家，可大夥兒都愛來這裡進香，就是因為齋菜好吃又便宜，求的籤也靈驗。」

「這麼好啊？以前我都沒注意過，這還是第一次來，真是可惜。」

「以前妳身子弱，家裡又租不起馬車、牛車到這麼遠的地方，當然沒帶妳來過了，我們都是來過的。」

許青山聞言對阮玉嬌道：「妳喜歡的話，以後我們常來。」

「不用啦，我研究研究這菜怎麼做的，在家做著吃也行啊。」阮玉嬌笑了笑，專心研究起桌上的齋菜。雖然很感激神佛讓她重生，但到底死過一次，她總覺得在這裡有點不舒服。

許青山倒是只把這裡當成個遊玩的地方，喜歡就來，不喜歡就不來，他什麼意見都沒有。幾人吃過菜回房間休息了半個時辰，然後便跟大師告辭，離開了寺廟。回程的時候大家更開心，因為他們準備去林子裡打獵野炊，想想都覺得很有意思。

不過剛吃完齋菜沒多久，大家都不餓，也就不著急做吃的。小壯吵著要看許青山打獵，阮玉嬌不放心兩位老太太，就讓他們倆去打獵，自己則留下陪兩位老太太聊天，順便讓丫鬟鋪好床單、軟墊，讓兩位老太太坐得舒服一點。

小壯跟著許青山，心裡充滿了激動與好奇。他屏住呼吸看著許青山像神射手一樣，百發百中，沒一會兒就獵到了兩隻野雞、兩隻野兔，還有好幾隻小鳥。他只吃過一次烤小鳥，可好吃了，比雞肉好吃得多，沒想到今天一下子就有了七、八隻，讓他看著都忍不住流口水。

他用衣襟兜著一窩鳥蛋，崇拜地看著許青山。「未來姐夫，你太厲害了，你教我打獵好不好？你射箭的時候好威風啊！」

許青山好笑地揉揉他的腦袋。「你讀書那麼辛苦，還有精力學打獵？不過隨便練練，強身健體倒是不錯，等回去我教你一些基本功，你有空的時候就練練，放假了我再教你騎射，咱們不用精通，至少不能當個弱雞。」

小壯連連點頭。「一言為定，我一定會努力學的，姐夫你真好！」

許青山被他這聲「姐夫」叫得十分熨帖，又大顯身手獵了不少獵物，不過這回就只是傷到，不是斃命了。自從搬到鎮上就沒吃過幾次野味，這次正好多獵一點帶回家養著慢慢吃。但每次要傷得恰到好處比直接令獵物斃命更難，這也讓小壯更加崇拜未來姐夫，同時心裡也暗暗想著自己不能全都被比下去，否則顯得很沒用似的。

他琢磨了一會兒，更堅定方才想去撈魚的心。姐夫獵這麼多獵物就是沒撈魚啊！這個剛好他會，還很熟練呢，待會兒他就去撈幾條回來，弄個烤魚和魚湯，配這些獵物正好。

打定了注意，他也沒跟別人說，準備給大家一個驚喜。等他和許青山打完獵回去之後，他就催著阮玉嬌跟許青山去玩。「大姐妳在這兒坐半天了，多悶啊，今天不是出來玩的嗎？妳快跟未來姐夫去散步轉一轉，待在這裡有什麼意思，我們這麼多人還怕有事嗎？」

不等阮玉嬌說話，兩位老太太也勸道：「你們去玩吧，我們倆老的走不動了，就在這歇歇，有映紅和宛綠在，沒事的。」

阮玉嬌確實有些不放心，不過也覺得自己太過緊張了，只得笑道：「那好吧，我們就去玩一會兒，順便看看有沒有什麼好吃的果子、野菜之類，等會兒回來給你們做好吃的。」

「好，快去吧！」

阮玉嬌和許青山也很久沒單獨這樣散散心了，出了小鎮，走在林間，還真有一種別樣的愜意，把連日來的疲憊全都驅散了。許青山牽住阮玉嬌的手，笑問：「嬌嬌想不想騎馬？我們去前面跑一圈？」

阮玉嬌睜大雙眼，看向不遠處的馬車。「可以騎嗎？」

「放心，有我在，沒問題的。」

阮玉嬌眼睛頓時就亮了。「好啊，我還沒騎過馬呢！」

許青山將馬車前的一匹馬卸下來，摸了摸牠的鬃毛，那匹馬居然真的就舔舔許青山的手心，沒有反抗。阮玉嬌有些驚奇地看著這一幕，百思不得其解。許青山笑道：「都趕了牠一路了，相處這麼久要是還跟我尥蹶子，那我也太沒用了。」

話音一落，他便將阮玉嬌抱上了馬背，接著自己也翻身而上，環住阮玉嬌，便輕夾馬肚跑了起來，只留下一串愉悅的笑聲。

待他們的身影消失後，小壯從旁邊找來長長的草和嫩樹枝開始編，笑嘻嘻地道：

「奶奶，姐夫說要把這些活的獵物帶回家，我編個簡單的背簍來裝吧！」

「好，乖，累了就歇歇啊，剛才都跑那麼半天了。」

小壯點點頭，又指向幾隻小鳥、野雞和野兔，說道：「映紅、宛綠，妳們去把這些收拾一下吧，待會兒大姐他們回來，咱們就可以烤了。對了，再多撿點柴，這些還不夠呢。」

映紅遲疑了一下。「可是……姑娘讓我們陪著老太太……」

小壯不在意地擺擺手。「欸，奶奶們又不走，妳們一會兒不就回來了嗎？」

「是啊，妳們去吧，咱們把東西先準備好，待會兒也能早點吃，早點回，要是天黑了就不方便了。」兩位老太太也沒多想，直接就讓丫鬟去處理獵物了。

之後小壯就在旁邊專心編背簍，一會兒草和嫩樹枝不夠用了，他就跑到不遠處，弄點回來繼續編，如此來回幾次，兩位老太太也不總盯著他看了，湊在一起，聊起廟裡的齋菜和籤文。小壯見時機大好，在又一次跑去折樹枝的時候，直接從她們背後悄悄跑走了，手裡還提著編得差不多的背簍。

他編背簍就是為了撈魚的，特意編得比較細，打算當魚簍。他一路朝河邊跑去，還特地挑了離映紅她們很遠的方向，打算待會兒撈一簍子魚，給她們一個大大的驚喜！

正當他看到河流，興高采烈地準備過去時，樹後突然躥出一道身影，一把摀住他的口鼻，將他往草叢裡拖。他驚駭地瞪大了眼，奮力掙扎，卻發現眼前漸漸模糊，身體也漸漸失去了力氣，最終只能絕望地陷入一片黑暗。

聊了一段落，阮老太太樂呵呵地一轉頭，沒看見小壯的身影，頓時就急了，起身四下張望著喊道：「小壯！小壯！你在哪兒呢？小壯！」

她本以為孩子是跑去折樹枝了，可喊了半天都無人回應，她心裡就慌了。「這孩子，跑哪兒去了？」

莊婆婆也起身跟著找人，握了握她的手蹙眉道：「別著急，小壯懂事著呢，不會瞎跑的，我們去找找。」

「嗯！」

兩人分開往兩個方向找，一邊走一邊喊，映紅和宛綠沒一會兒就聽見了，拎著水淋淋的野雞就跑了回來。「怎麼了、怎麼了？老太太，小少爺怎麼了？」

莊婆婆有些氣喘地說：「小壯不見了！妳們倆別管這些東西了，趕快去找，看見山子和嬌嬌也叫他們趕緊找。小壯第一次來這邊，不熟悉路，別是給迷路了吧。對了，還得去河邊看著，別被水給沖走了。」

「好好，我們這就去，老太太您別著急，慢著點。」

映紅、宛綠白了臉，丟下野雞趕緊就跑去找人了。這要是小少爺走丟了，她們兩個也難辭其咎，畢竟阮玉嬌給她們的命令就是陪著老太太和小少爺啊！

幾人到處找、到處喊，但許青山和阮玉嬌騎馬跑得遠了，卻沒聽見她們的喊聲，過了兩刻鐘才返回，而這時阮老太太已經喊啞了嗓子，有些跑不動了，正在河邊抱著一絲希望尋人。

「小壯！小壯啊，你在哪兒呢？」她沿著河流走了大半天，突然看見兩塊大石中間卡著一個背簍，正是小壯隨手編的那個，頓時如遭雷擊，驚慌失措地趴到河邊抓住那個背簍，哭喊出聲。「小壯——」

阮玉嬌聽到聲音心裡一驚。「表哥！是不是奶奶的喊聲？小壯怎麼了？」

「別急，這就過去。」許青山加快了騎馬的速度，路過他們準備野炊的地方，發現空無一人，立刻又朝著阮老太太哭喊的方向奔去，其他人也都聽到聲音跑過來了。

阮玉嬌下馬衝到阮老太太身邊，吃驚地看著她渾身濕透的樣子，一把扶住她。「奶奶！出什麼事了？」

阮老太太緊緊抓住阮玉嬌的手，淚流滿面。「嬌嬌！小壯他……他不見了！」

「什麼？」

「你看，我剛在石頭那邊找到小壯的背簍。嬌嬌，你說他、他會不會、會不會掉下河了？」阮老太太哭得上氣不接下氣。找了這麼久都沒找到，卻偏偏在河中找到了小壯的背簍，她再怎麼樂觀都忍不住絕望了，這明顯是不小心掉下河被沖走了啊！

阮玉嬌臉色發白，望向人影都沒有的廣闊河流，雙手都顫抖起來。「掉……下河？」

許青山沈聲道：「奶奶、嬌嬌，我去下游找，妳們別落單、別走遠，小心一點。」說完他就翻身上馬，迅速消失在大家的視線中。

他才剛回來，還不清楚情況，只是聽了阮老太太的話，覺得小壯是掉下河了，自然也是沿著河流一路找過去。可找了好遠，甚至還找了兩個岔流，都沒看見人影，不光沒人，也沒發現刮破的衣服和撞傷的血跡，若不是那個背簍，他真懷疑小壯到底是不是掉進河裡了？可這種事沒法確定，萬一發生什麼意外沈下去了呢？

許青山眉頭緊鎖，拳頭握得緊緊的。小壯那個孩子雖然偶爾會調皮，但一直很懂事、很上進，連他這個沒相處多久的未來姐夫都喜歡得緊，更何況阮老太太和阮玉嬌。若小壯真的出事，她們怎麼辦？太悲痛了！

許青山在河邊找不到人，又騎著快馬衝去林子裡找了一圈，怕小壯是貪打獵好玩，被野獸叼了去。可是沒有，到處都沒有，連點遺留的線索都找不到！許青山又回到河邊，在河中不停潛伏著尋找了半個時辰。

阮老太太一直在哭，失神地念叨著。「都怪我，都怪我不好，光在那兒說話，也沒留意他去哪兒了。要是我看好他，他就不會掉進河裡了，都怪我，明知道他貪玩還不好好看著他。」

阮玉嬌抹掉眼淚，哽咽著抱住阮老太太。「奶奶，不怪您，是我不好，非要帶小壯出來玩。」

莊婆婆骨折初癒，找人走動那麼久，此時已經腳踝疼痛，不得不坐下休息了。聽了她們祖孫自責的話語，忍不住紅著眼眶安慰。「小壯吉人自有天相，一定沒事，一定沒事的！」

許青山在水裡那麼久，漸漸沒什麼力氣了，游回岸邊，抹了把臉道：「這樣下去不行，馬上要天黑，妳們也都累了。我先送妳們回家，然後帶著兄弟們過來找，再請婁大人幫忙，一定能找到小壯！」

「青山！青山你去找他們幫忙，我不回家，我就在這等小壯，我不能走，我要帶小壯一起回去！」阮老太太失魂落魄地緊緊抱著背簍。這個孫子從前最不讓人省心，也不討喜，可自從被阮玉嬌掰回了性子之後，他們祖孫真的是越來越親密，她承受不了失去孫子的悲痛啊！

阮玉嬌抬起頭，看著許青山疲憊的樣子，知道她們留在這也只是幫倒忙，還不如讓許青山那幫兄弟來找，當即同意了，扶起阮老太太勸道：「奶奶，表哥和他的兄弟們都當過兵，說不定有別的辦法呢。咱們留在這幫不上忙，還打擾他們找人，先回去吧，您的衣服都濕透了，萬一您再病倒了可怎麼辦啊！」

阮老太太又忍不住掉下淚來，可她不是胡攪蠻纏的人，心裡知道輕重，點點頭就站起身來。「好，咱們回家。」她顫抖著手，緊緊握住許青山的雙手。「山子，你一定要把小壯找回來啊，活要見人，死……要見屍！」

「好，奶奶您先別傷心，也不見得就出事了，我會把小壯找到的。」

許青山動作麻利的把馬車弄好，將幾人都扶上馬車，快速回返，到家之後又立刻前去鏢局召集兄弟。

兄弟們正在後院比試，看到他狼狽的樣子頓時一驚，劉松嚴肅道：「出什麼事了？被暗算了？」

許青山搖搖頭。「小壯丟了，懷疑是掉進河裡被沖走了，可我在河裡找了半天什麼都沒找到，大家跟我一起再去找找。」

「什麼？小壯丟了？」

「那咱們趕緊去！」

「青山，我也一起去吧，興許能幫上忙。」

許青山剛才一邊說話，一邊換濕衣服，沒注意院裡多了個人，此時聽到聲音立刻抬頭去看，驚喜道：「裘叔？你怎麼來了？」

被稱作裘叔的中年男人捋了捋鬍子，笑說：「兄弟們押鏢走南闖北，不少人都知道你帶著兄弟開鏢局了。我一個人無牽無掛，便來投奔你，看能不能在鏢局討口飯吃？只是，我腿腳不好，不知道能不能幫上忙？」

許青山大步上前拍了拍裘叔的胳膊，高興道：「什麼討飯吃？你能來，我高興還來不及。正好，追蹤是裘叔你的強項，這次一定要幫我把人找到！」

鎖了鏢局，十幾個兄弟一起出動。許青山讓他們先走，他一個人去縣衙報案，請婁大人幫幫忙，希望能有官差跟著一起找。

婁大人一聽就吃驚地說：「掉進河裡了？這般大的孩子，這麼巧！」

許青山皺起眉頭。「大人指的是什麼巧？」

婁大人從書架上拿出一本冊子，翻開指給許青山看。「我說過凌南鎮的管轄範圍之內孩童買賣嚴重，大部分都是和小壯差不多年齡左右的孩子，男孩、女孩都有，男孩還要更多一些。除此之外，這三年被拐走丟的男孩也高達百人。你確定小壯是掉進河裡，而不是被拐走了？總覺得太巧合了。」

許青山之前知道要查關於孩子的事，卻不知道這裡頭詳細的情況，一看冊子的紀錄，他心裡也是一驚。「我奶奶在河裡找到小壯的背簍，其他地方又沒有人影，才懷疑小壯是掉進河裡。若是被拐走，在那裡我雖然沒看見其他人，但也不排除這個可能。」

婁大人皺著眉，思索片刻。「意外或者被拐都有可能，不能掉以輕心，我這就派人過去，如果跟案子有關，能找到線索就更好。順便也跟附近村子的里正通知一下，讓他們留意有沒有被河水沖過去的孩子？」

「多謝大人！」

許青山知道，要不是有那些孩童的案子，婁大人是肯定不會派這麼多人去找人的，不過婁大人願意幫忙，他心中感激不盡。想到三年內不知有多少孩子丟失被賣，也不知那麼多孩子都被帶去做什麼了，他心裡就燃起一股怒火。若小壯真被那些人抓去了，他絕對要讓他們悔不當初！

之前野炊準備的東西都留在原地沒有動，鏢局的兄弟們先一步趕到，就從那裡開始查找。裘叔在軍中很擅長追蹤，跟劉松一樣，也是腿瘸了才退伍回家，回家之後他這項技能自然沒了用武之地，生活得也不是很好。這次來投奔許青山，一來就趕上這麼件事，不用人說，他就打起了十二分的精神，不放過任何蛛絲馬跡。

劉松帶著兩個兄弟去林子裡打獵的地方找，另外有幾個兄弟則是順著河流一路尋找。裘叔發現了小壯來回折樹枝編背簍的足跡，很快又發現了小壯跑向河邊的痕跡。等許青山帶著官差趕來時，先將這些跟許青山報告，並建議派一部分人去河流下游的村子找找。

許青山點點頭，打量著可能拐人、藏人的地方，說道：「之前我也是發現小壯跑向河邊的痕跡，才相信他或許真掉到河裡，而且他的背簍也是在河裡找到的。但是剛剛我見了知縣大人，猜測他還有可能是被人拐走的。村子那邊婁大人派人去通知了，河裡也有官差撈人，我們現在重點查他被拐走這條線。」

「是！」裘叔立刻換了個調查方向，繼續去找線索。

許青山站在原地掃視著周圍的環境，吩咐兄弟們去所有容易藏人的地方查找，一點一點開始回想這一天發生的事，以及遇到的人。但他們去寺廟進香，遇到的人著實不少，想找出其中的疑點，確實很不容易。

大家搜查了半個時辰，裘叔終於在遠處發現了一點痕跡。「這裡似乎有人故意清掃過，應該是有人不想讓別人知道他往這邊走。」

這裡已經離野炊的地方有點遠了，可是痕跡還算新，若假設小壯是被人拐走的話，那些人走的時候，掃清痕跡也很合理，算是很有用的一條線索了！眾人被這條線索鼓舞了士氣，夜裡打著火把，再接再厲，繼續找人。同時去村子裡的官差也回來了，說下游的三個村子都沒找到人。

這讓大家更偏向於小壯被拐走了。因為村子裡的河邊是經常有人的，若小壯真被沖了過去，沒人看到的機率很小，這邊又撈不到人，除了背簍，已經沒什麼能證明小壯是掉進河裡了。許青山立即命大家按照拐人的線索找下去，一行人散開呈扇形尋找，只留下十人繼續沿著河邊找。

第五十四章

裘叔在發現了一點線索之後，沿著那條路又慢慢有了新發現。如今把對方當成嫌疑人之後，就覺得對方很小心，特別不想留下痕跡，真的是用心清掃過了。要不是裘叔在這方面十分擅長，恐怕也不能把這幾個線索串聯在一起，察覺到其中的不對勁。

而許青山則更擅長分析陰謀。孩子被抓走，不管幹麼都需要有個藏匿的地方。尤其是孫婆婆發現員外府的劉員外似乎跟這件事有關，每個月都有一大筆開銷不知去向，就更有可能是他們把孩子都關在一處養了起來，所以才需要那麼多銀錢。

那什麼地方最適合藏匿呢？之前只有他帶著兄弟們暗中調查，怕打草驚蛇，但這一次假借妻大人幫他找小壯的名頭，不正適合大肆調查嗎？

許青山立即有了決定，留下足夠人手尋找小壯之後，就分派其他官差去附近所有村子裡找人。就說看小壯有沒有被沖到村子裡，順便在各個村子裡走動一番，看有沒有能藏很多人的地方？

此外，再找找各個山林裡有沒有秘密基地、有沒有不同尋常的地方？總之就是任何看著異常的地方都不能錯過。雖然這次也不能直接搜查，只是到各個可疑的地方觀察而已，算是趁亂查探吧。

在大半人都被分派離開之後，裘叔終於又找到了新線索，對許青山道：「若找的不錯，人應該是往這條路走的。」

許青山抬頭看去，驚訝了一瞬。「這是上山去寺廟的路。」

雖然這個方向是最不可能的，但許青山相信裘叔的判斷。他沈吟片刻後，說道：「往前找，不要讓廟裡的人發現，找到寺廟附近若是沒出錯，就所有人原地待命，我跟裘叔先去探探。」

寺廟是很神聖之處，且這麼多年，這座寺廟是附近所有人都讚不絕口的一個地方，若說有蹊蹺，按理不可能這麼多年都沒人發現。但許青山做過臥底，見過的事也多，他幾乎第一時間就懷疑寺廟怕是個賊窩。

因為他不信神明，他們當兵的在戰場上與敵人廝殺的時候，沒有神明會保護他們。他做臥底九死一生的時候，也沒有神明會保護他，就連他外婆求神拜佛那麼多年，在他看來都沒得到任何保佑，他自然是不會信的。

如今這個最不可能的地方有了嫌疑，他就開始回憶在寺廟裡所經歷的一切。他突然想到，在假山那裡，小壯好像說過有個和尚看著很討厭；而且他說以後能常去寺廟的時候，嬌嬌也說研究菜色就好，不想總去。他記得他第一次看到嬌嬌的時候，只是多看了嬌嬌幾眼，嬌嬌就感覺到了，這說明嬌嬌對於一些事極其敏感。

如此一來，是不是說明嬌嬌在寺廟裡感覺不舒服？因為那個寺廟不對勁？

許青山一邊看著裘叔查找線索，一邊冷靜的分析，雖然這些仔細說來，都是沒有根據的疑點。但疑點就是疑點，這些已經讓他直覺寺廟是賊窩的可能性很大了，而這種直覺曾經救過他好幾次的命！

從決定上山到寺廟查探的地方開始，一行人悄悄前行，很快就走了一半的路，寺廟的輪廓已經能清楚的看到，而在這裡裘叔又找到了新的線索。這條線似乎已經很明朗，就算那人不是抓了小壯，肯定也有什麼秘密要掩藏，而這麼巧合，很難讓人相信那人和小壯的失蹤沒有關係。

行軍打仗有些機會是稍縱即逝的，查找線索就是很重要的依據。跟著裘叔一路找來，又聽了許青山的分析，兄弟們越發覺得那寺廟有問題。倒是那些官差不大相信，直說寺廟在這裡都超過五十年了，香火鼎盛，不可能是什麼賊窩。

那麼多官差被下令聽命於許青山一個退伍的軍人，自然不服。之前沒鬧出亂子已經算訓練有素了，此時聽許青山他們無憑無據的居然懷疑寺廟是賊窩，頓時覺得他們都是虛有其表的廢柴。何況驚擾寺廟可大可小，官差裡有不少人還是拜過佛的，堅定地認為這是對神明不敬，另有些人則認為，毫無根據懷疑寺廟的事若被百姓們知道了，肯定不好交代。

兄弟們一向以許青山馬首是瞻，見許青山被那些官差這般輕視，立即沈了臉，做出隨時打鬥的樣子。許青山忙安撫住他們，也不和那些官差爭辯，只說：「大家不願意驚擾寺廟沒問題，但我奉婁大人之命，若小壯真是被人拐走，務必要將那人抓到。此時沒有其他線索，倒不如去寺廟探一探，你們留在這裡，只有我和裘叔去，自然不會驚擾到誰。」

劉松沈聲道：「山哥，我們跟你一起去！」

許青山抬起手阻止了他。「人多無用，此番只是查探。若小壯真在寺廟裡，我會想辦法把他救出來，人多會打草驚蛇；若小壯不在，是我們找錯了方向，那去的人多了更是不妥。」

可以休息了，那些官差自然也不攔著他，各自散開到旁邊的林子裡休息，聊天的時候還不忘貶低許青山幾句，氣得鏢局那些兄弟臉色黑如鍋底，轉而去了和他們相反的方向待命。

許青山見他們氣悶，笑道：「何必跟他們一般見識？咱們在戰場上廝殺，保家衛國的時候，他們還不知道在幹麼呢。這些人無須理會，大家若不高興，把說閒話的人記下來，以後我們鏢局不做他們生意。等以後我們鏢局越做越大，他們全都在鏢局的拒絕往來名單上。」

兄弟們知道，許青山是在逗他們，卻也笑了，不再生那閒氣，並對許青山和裘叔關切道：「若寺廟是賊窩，此行就有危險了，你們一定要小心。遇險就發信號，兄弟們馬上趕到！」

許青山點點頭。「大家放心吧，忙了老半天，好好休息，我跟裘叔快去快回。」

裘叔一條腿有點跛，但傷處癒合好多年了，不是陰雨天不會疼。雖然走得慢點，倒也沒拖許青山後腿，兩人很快就趕到了山上，從寺廟一側的牆壁翻了進去，以布巾蒙面，開始查探。

夜晚廟裡的僧人都已經回房休息，院子裡很安靜，也沒什麼光亮。兩人行軍打仗習慣了，在夜裡也能視物，許青山還帶了一顆指甲大的小夜明珠，在裘叔覺得不太對的地方拿出來照照。裘叔就這樣在寺廟裡開始了地毯式的搜索，而許青山則是悄悄前往各個房間尋找小壯，順便查找有沒有可疑之處？

兩人找得很仔細，不放過任何線索，半個時辰之後，許青山發現有幾個僧人頭上的戒疤是假的，有兩個和尚在屋子裡喝酒吃肉，還有一個和尚居然在和一個少女行房?!他們做這些事一點小心翼翼的樣子都沒有，這讓他更加確定了心裡的想法。這不可能是一個普通的寺院！

但他聽了幾個房間的和尚說話，仍沒得到任何線索，裘叔那裡也一無所獲。他們只能知道這家寺院不對勁，但這裡確實沒什麼地方能藏下那麼多孩子，小壯也不在這裡。

為了不打草驚蛇，他們又查了一個時辰之後便原路返回。劉松看到兩人的身影立即站了起來。「怎麼樣?找到沒？」

許青山搖了搖頭，皺著眉頭還在想寺廟不對勁的地方。那些官差卻有不少都笑了起來，嘲笑地說：「剛才不是信誓旦旦說寺廟是賊窩嗎，怎麼這會兒灰溜溜地跑回來了？」

「就是啊，還說什麼在軍中多厲害呢，這叫什麼來著？貽笑大方吧？」

「就是給大夥兒添樂呢，哈哈哈！」

裘叔張口想說那寺廟肯定是賊窩，許青山拉住他，衝他使了個眼色，淡淡地道：「看來今日是沒有其他線索了，只是各位回去恐怕不好跟婁大人交差，還是想想怎麼跟婁大人稟報吧。」

官差們的笑聲戛然而止，有的還想跟許青山吵，但被其他人攔住了。他們嘲笑許青山還有什麼意義？出師不利，什麼都沒查到有什麼好高興的？如果寺廟是賊窩，說不定他們還能立大功，但這會兒什麼問題都沒有，他們就是無功而返。雖然婁大人讓他們聽許青山派遣，但許青山沒有命令的時候，他們還是該自己查找的，如今什麼都沒找到，只代表他們無能。

許青山說完話就帶著兄弟們跟他們分道揚鑣，再沒管他們。走遠之後，裘叔皺眉道：「青山，剛才怎麼不讓我說？你怕走漏了風聲？」

許青山點點頭，神色凝重地道：「雖然沒查到，但我直覺這件事跟寺廟脫不了關係。那些官差的態度你也看見了，此事我會自己稟報給婁大人，但他們就算了。」

「對，用不著告訴那幫王八蛋！這麼說，寺廟真的是賊窩？山哥，你們發現什麼了？」

「寺廟裡至少有一半假和尚，喝酒、吃肉、玩女人，這麼多年他們都沒露餡，背後肯定有人做靠山，恐怕偶然發現的人都已經遭遇不測，才能保守秘密這麼久。」許青山望向寺廟的方向，沈聲道：「石頭、大松，你們留下來監視寺廟裡的僧人；裘叔，你帶四個人去寺廟附近再找找有沒有能藏住大批人的地方？其他人去各個村子套話，儘量弄清楚他們賣了多少孩子、丟了多少孩子，還有為什麼會有那麼多人賣男孩？這邊重男輕女，賣男孩是很蹊蹺的一件事。」

「是，山哥！」

眾人聽令行事，知道那些官差裡可靠的沒多少，大部分都不服許青山，不會認真辦事，所以他們調查的結果也大打折扣。此事事關重大，還牽扯到許青山的未來妻弟，兄弟們全都打起精神，立刻散開辦事。不管寺廟背後是什麼人，他們都不會放過！

許青山等兄弟們走後，立即返回鎮上，到家裡安撫了幾句，讓她們放心，然後便去跟婁大人稟報查到的線索。若能在婁大人這裡知道更具體的案子，找到小壯、破獲大案的機會就更大了；還有孫婆婆那邊，如果能從劉老爺身上下手，說不定也能有意外的收穫。

為了不打草驚蛇，婁大人這個初來乍到的知縣對於孩子的事是保密的，畢竟前一任縣令從未上報過這項案子，根本不重視孩子丟失與買賣過多之事，他若輕舉妄動，很容易什麼都查不到。

但他很欣賞許青山，也把人拉攏了過來，由許青山帶著一幫兄弟暗中調查，這件事就多了很多種可能，只是關係是需要一步步走近的，之前他並沒把這麼秘密的事對許青山和盤托出，只是說了個大概而已。讓他驚訝的是，許青山居然真的找到了不少線索，這次更是直接查出了寺廟就是個賊窩，這是他至今所查到的、最有可能跟那些孩子有關的線索了。

因此這一次婁大人不再隱瞞，在許青山稟報了情況之後，他就拿出卷宗給許青山看，上面是他親手記錄關於這件案子的一切疑點。許青山也拿出多日來繪製的地圖，排除了查過的幾個地方之後，以寺廟為中心，仔細查看周圍有什麼可以隱藏秘密的地方？

婁大人看到他繪製的地圖，十分驚訝，上前仔細看時，眼中的驚喜更盛。「這圖是你畫的？」

許青山點點頭。「咱們鎮上的地圖太不清晰，只好自己畫了一個，方便探查。」

地圖對行軍打仗有多重要，沒有人不知道，而能在短時間內將地圖畫得如此清晰易懂，就更是一種本事。要知道，這可和畫畫不一樣，也和普通地圖不一樣，這得突出了很多細節，讓人一眼就能看懂哪裡易攻、哪裡易守、哪裡有食物、哪裡能藏人的地圖，是很難得的！

在許青山對著卷宗和地圖認真分析的時候，婁大人看著他讚賞地點點頭。他之前幾次套話都失敗了，不知道以前許青山在軍中具體做些什麼？但直覺許青山應有幾分本事，才招攬過來。如今他發現，許青山比他想像中還要有本事得多，他也許可以跟九皇子引薦一下。如今多事之秋，九皇子手下能多一個得用之人，便能多一分上位的機會。難得發現人才，萬萬不能錯過。

正好這個月給九皇子彙報情況的信還沒送出去，婁大人走到另一個桌案前，將許青山的事寫下來，放入了那封信中，只待天亮將信送出。

許青山最終定下了兩處可疑的地方，都在寺廟附近的山裡，便立即前往，一個人先去探路。他從前就是獵人，在深山老林中來去自如，用了半天時間把他懷疑的地方找了個遍，可山裡什麼都沒有。

這時去各個村子裡套話的兄弟回來了，許青山將他們套到的情況統計了一下，賣男孩的原因幾乎都是窮得活不下去了。有的是欠了賭債還不上，有的是酒鬼無所事事、沒有錢，有的是被人騙光了財產，有的是女人跟人跑了便家不成家。總之，這些事在村子裡不算稀奇，可所有村子加起來有這麼多類似的事就顯得很蹊蹺了。

假設有人就是想故意讓他們走投無路賣孩子的話，那麼這根本就是一場騙局！

許青山分析他們打探的消息，快速列出了幾個調查方向：經常出現的牙婆、賭坊、酒館、貨郎，如果是騙局，那這些人自然會有不對勁的地方，藏得再深也難保不會露出破綻。兄弟們得了命令，又各自分開，去暗中調查這些人。

晚上的時候，裘叔也帶著兄弟回來了，他們辛苦一整天，找了附近所有可疑的、不可疑的地方，都沒有收穫，根本沒有什麼秘密基地藏著一大幫孩子；而前一晚那些去各個村子、山林調查的官差也說毫無所獲。劉松監視了僧人們一整天也沒看到他們有什麼異常，線索又一次斷了。

一天半的時間過去了，小壯還沒有找到。如果掉進河裡沒被人救起，肯定就沒命了；而如果被人抓走去了別的地方，肯定也找不回來了，只有是被這個團夥藏了起來，才有可能再次找到。但這些人抓孩子不知道是為了什麼，情況依然不容樂觀，唯一慶幸的是，這些僧人沒有把小壯怎麼樣。

事到如今，竟然只能希望是僧人把小壯關了起來，暫時沒有處置了！

晚上許青山不得不回家，跟兩位老太太和阮玉嬌說查找的結果。他的壓力最大，面對家中三個女人的眼淚，他無言以對，過去這麼久沒找到人，他連安撫的話都說不出口了。所有人都知道，小壯不是被賣了，就是凶多吉少，還好端端被關著的可能性其實很小。

阮玉嬌很快止住眼淚，輕聲安撫兩位老太太，直到她們哭累了就扶她們上床休息。

其實誰也睡不著，但哭得久了，她們連坐著都覺得累，只能躺在床上怔怔發呆，期盼還能再見到小壯。

阮玉嬌吩咐兩個丫鬟好好看著老太太之後，就去廚房端了飯菜給許青山吃，嗓音沙啞地說：「你別自責，不怪你。大家都知道這次是意外，是誰都無法預料的，你已經盡力了，忙了這麼久，吃點飯休息一下吧。」

許青山看著她蒼白的臉和紅腫的雙眼，感覺心都揪在了一起，握住她的手輕聲道：「妳只知道說我，卻把自己折磨成這副模樣。」他將阮玉嬌抱進懷裡，嘆了口氣。「小壯的失蹤是意外，嬌嬌，這不怪妳，該怪的是把小壯拐走的人。沒有人想發生這種事，別再自責了，想哭就哭，看妳這樣我心裡難受。」

阮玉嬌的眼淚瞬間掉了下來，緊緊抓住他胸前的衣服，哭道：「要是小壯找不回來，我真的沒辦法原諒自己。我好害怕、好著急！好恨自己這麼一副破身子，連親自去找小壯都做不到！我怎麼這麼沒用？小壯是我弟弟，我從來沒想過會和兄弟姐妹有什麼感情，可是小壯不一樣，明明我和他爹娘、姐姐的仇怨那麼深，可他一直都把我當成最親最親的人，還因為我說的話而改變了自己。在寺廟裡你聽到他說的話了嗎？他明明不喜歡吃魚，只是因為我教了他撈魚，他就一直對撈魚念念不忘，他還說長大要保護我、要對我更好。」

「我知道、我知道，嬌嬌，小壯會沒事的，我保證把他找回來。」許青山輕輕拍著她的後背，眼眶微紅。「鏢局的兄弟走南闖北，不管他在哪兒，我都會把他找回來。」

阮玉嬌在兩位老太太面前尚且能強撐著，可在許青山的安慰下，她真的忍不住，把最脆弱的一面完完全全地展現了出來，在這個最溫暖堅實的懷抱裡，她幾乎哭得喘不上氣。「是我，是我教了他撈魚，不然他不會去河邊，你說他會不會……會不會……」

「不會！」許青山雙臂用力，像是要給阮玉嬌力量一般，堅定地說：「小壯沒有掉進河裡，我找了很多遍，沒有一點他掉進河裡的痕跡，他肯定是被人拐走的，所以別急著傷心，我會把他找回來的！」

這個時候許青山已經下定決心，半日後再沒有線索，他就將那些假和尚抓出來一個個審問，即使濫用私刑，也要把小壯的下落逼問出來！裘叔只找到寺廟這一個線索，他相信小壯絕對是被哪個僧人抓走的，一定能找到人！

阮玉嬌失態了片刻，很快就恢復過來。她把眼淚擦乾，給許青山挾了菜又倒了水，平復情緒之後才說：「表哥，我很想找到小壯，作夢都想，但是你要記住，你也是這個家的人，你還有莊奶奶要孝順，無論如何你都不能出事。」

她握住許青山的手，認真地道：「我只有在你面前才能這樣哭、這樣說心裡話，可我不是想讓你傾盡所有去幫我找人。不管最後找得到還是找不到，表哥，你答應我，要平平安安的。」

許青山所有的疲憊都被她這一句話抹掉了，重重地點了點頭。「放心，我不會丟下妳們亂來的。」

他直接推翻了剛剛心裡的決定。他雖是為妻大人做事，也不能濫用私刑，根本無法交代。就算他真把人找回來，如果他出了事，家裡兩位老人、一個孩子，如果再引來那些僧人的報復，讓嬌嬌怎麼辦？

他從來沒有像這一刻這麼深刻地感受到，她們已經把他當做了依靠，他們是一家人，沒有誰希望別人為自己去犧牲，大家唯一的心願就是平平安安，簡單而又純粹，這才是一個家。而他要一直守護他們，要足夠強大、要往高處走，讓他們過上安穩而又舒心的日子。

如果出行的時候，丫鬟、侍衛環伺一旁，還會這麼容易出事嗎？為什麼眾多孩子失蹤，這件蹊蹺的事發生在這裡而不是京城？做人想要平平淡淡沒有錯，但若太過平凡，反倒更容易遇到無能為力的事。為了這個家，他也要謹慎而努力的打拚下去！

許青山吃完飯之後，換身衣服，立刻就又出門了。小壯沒有消息，失蹤的時間越長就越危險。那麼多孩子被抓的用途有很多種可能，但沒有一種是好的，他如今只能盡可能快點尋找，希望能找到小壯，也希望小壯能少受點罪。

他沒有直接去寺廟那邊，而是潛入了員外府跟孫婆婆接頭。

「孫婆婆，有沒有查到什麼？」

孫婆婆小聲說道：「今天劉員外撐著身體不適也去了書房，見了一個人，然後給了那個人不少銀票。」

「那人是誰？」

「不知道，不過我出去偷偷跟了他一段路，他進了鎮上最大的那家賭坊，不知道他是去賭錢還是有別的事？」

「四方賭坊？」許青山微微皺起了眉頭，回想兄弟們說的那些欠賭債賣兒子的人，似乎也有提到四方賭坊的名字。「行，我知道了。這幾天鏢局不開門，妳若有要緊的事就去跟嬌嬌說。一定要萬事小心，安危重要。」

「我知道了，你放心吧，你也要小心，別讓小小姐擔心。」孫婆婆白天去看了阮玉嬌，見到阮玉嬌那麼痛苦的樣子，簡直心疼壞了，所以調查起來也特別賣力，否則怎麼可能知道這麼多？能調查到這些而不露痕跡還是很難的。

許青山又問了問關於員外府幾個人的事，才趁著夜色離開，前往賭坊查探。之後他跟婁大人要了幾個能信得過的官差。婁大人雖然才來不久，但也有自己收服、信任的手下，許青山讓他們監視四方賭坊，重點監視賭坊出入的人力，有沒有人拿大筆錢去買什麼東西？

各個調查方向都派了人盯著，許青山卻沒有絲毫鬆懈，又一次潛入了寺廟。這次他發現那個跟和尚行房的少女不見了！本來他是沒關注那個少女的，因為那個少女看起來是自願，並不是被那和尚強迫。但寺廟的前後門及四周如今都有兄弟們盯著，那個少女沒有出去，卻不見了，這說明寺廟裡有藏人的地方！

一個少女很好藏，卻也不好藏，若被貿然闖入的香客發現，難道不怕出事？更離奇的是，許青山用了整整兩個時辰來搜查寺廟都沒找到那個少女，他立即出去召集兄弟們詢問。「你們有沒有離開？有沒有看到一個十三、四歲的少女？」

他簡單描述了一下少女的長相。臥底做久了，即使是隨意瞥兩眼也能把人的容貌記住，描述得很準確。兄弟們認真想了想，紛紛搖頭。劉松是監視大門的，遲疑道：「會不會是混在香客裡離開的？我沒看到這樣的少女，但來往的香客不少，若是混在裡面，也不容易發現。」

是有這個可能，但許青山直覺不會。「沒人知道我們查到了寺廟有女人，他們沒必要這麼避忌。若要離開，更應該悄悄離開，而且什麼人家的姑娘會時不時上山來跟和尚幽會，然後再回去？」

第五十五章

「那山哥，你是懷疑和尚把姑娘藏在廟裡了？」

「沒錯，寺廟周圍和附近的村子我們都找過了，根本沒有藏人的地方，所謂最危險的地方就是最安全的地方，如果他們把人藏到寺廟裡了呢？」許青山越說越覺得很有可能。附近好幾個村子，村民不少，如果在山裡什麼地方藏那麼多孩子，指不定什麼時候就有打獵的或採藥的村民給發現了。

能瞞這麼久，那個地方一定很隱蔽，十分不容易被人發現，如果……就在寺廟裡面呢？那就是最適合藏人又沒人懷疑的地方，也符合小壯遍尋不見的情況！

裘叔皺眉思索著道：「可是之前去廟裡我仔細看過，沒什麼地方適合藏人啊。」

許青山望著寺廟沈思。「大家再想想，肯定有什麼地方被我們忽略了。如果我們有這麼個寺廟，要藏很多人的話，能藏在哪裡呢？」

幾個兄弟一邊想一邊討論，各自說出自己能猜到的地方，可是都一一被許青山否定了。

忽然有人隨口說道：「這兒也沒有、那兒也沒有，總不會給藏地底下了吧？」

許青山猛地抬頭看向他。「你說什麼？地底下？」

他來回踱步思索片刻，沈聲道：「沒錯！很可能是地底下！寺廟裡幾個地窖我都看過了，裡面是糧食之類的東西，但說不定還有其他能進入地底下的入口，就像密道。裘叔，我們再去探一探。」

「是！」

「如果今天再沒線索，我們就綁一個人出來審問，到時候記得都換了衣服、蒙好面，絕對不能暴露身分！」許青山不想再耽擱下去，家裡人等到幾乎都絕望了。要嚴刑逼供且沒有證據被反咬一口，最好的辦法就是只抓一個人來逼問。若那人幹過喪盡天良的事，不必留手那是更好，他自然還有更多的辦法讓那人再也說不出什麼來。他能從邊關平平安安的回來，早就不是什麼心慈手軟之輩了。

待天色暗了一些，許青山便和裘叔再一次潛入了寺廟。這次他們挨個搜查每一個房間，查找機關、暗門，開始了真正的地毯式搜索。尤其是那個和少女行房的和尚，屋子裡被許青山翻了三遍，所有的地窖也都重新搜查，只是可惜，明明猜到了人藏在地下，卻硬是沒找到入口。

調查越進入死胡同的時候越需要冷靜，許青山安頓好兄弟們就又回到鎮上，詢問了各處監視的情況。官差說，四方賭坊有一個人去了家酒樓，是鎮上第二大的酒樓，之後沒多久，那家酒樓就採買了不少東西回去。

本來大酒樓採買那麼多東西也算不上奇怪，可能人家酒樓就是喜歡多囤點食物，只是因為跟四方賭坊的人好像有了一絲牽扯，才當成疑點報給了許青山，稟報的人自己都有點不好意思，覺得這是個無用的消息。但許青山卻沒有忽略，把這件事連同孫婆婆所說的情報串連起來。

劉員外拿銀票給四方賭坊的人，是因為他們都是一夥的，四方賭坊就是參與下套，養出賭鬼賣兒子的地方，而那家酒樓興許也跟他們是一夥。銀票被傳到酒樓裡，接著酒樓採買，或許，用這個錢買來的東西不是給酒樓用，而是送去寺廟養那些孩子的，否則何必一次性買那麼多東西？在鎮上買什麼不方便？

這個猜測也有些無憑無據，但許青山相信自己多年的經驗和判斷。有時候就是很多不太可能的事情串連在一起，才能將罪案隱藏得那麼好。但這世上沒有那麼多巧合，如今他在調查這個案子，所有沾邊的全都有嫌疑，而他這一次的假設就是他查到的最有可能的事實！

許青山想好之後，立刻派人盯住了那家酒樓和採買的那些東西，連忙趕回寺廟。他在裡面盯著繼續找，讓兄弟們在外頭休息，看好了酒樓會不會把那些東西送過來？

第二天一大早，鎮上的兄弟就著急地跑過來稟報，說酒樓有動靜了，他們真的趁早上人很少的時候把那些東西運出來了，正藏在半路的林子裡。而這個時候許青山找了一晚，也終於被他找到了一個可疑之處。

「我覺得寺廟後院的假山，從房頂上看顯得很怪異，院子沒那麼大，假山卻不小，太不協調了。」許青山面色沈著。雖然他在假山周圍摸索許久都沒發現什麼入口，但憑著一環扣一環的推測，他幾乎已經可以斷定，那些孩子們就藏在假山之下！

兄弟們對許青山是絕對信服的，聽了他的推測之後，便重新制定了監視的方案。由許青山和裘叔研究假山的入口，其他人監視送來的食物和廟裡的僧人。有食物必然會給抓來的人吃，總不可能餓死他們，所以若此次推測不假，只要他們日夜不歇地監視著寺廟，就絕對能夠找出密室的入口！

忙碌這麼久終於看到了曙光，兄弟們的疲憊一掃而光，個個精神抖擻地藏匿起來。一個時辰之後，山上香客漸漸多了，接著那批藏在林子裡的食物就被送了過來，彷彿只是一次再尋常不過的採買，沒有半點違和感。

兩名僧人給他們引路，將貨卸到了灶房和幾個地窖之中，不過兄弟們看得分明，僧人一文錢都沒給，而送貨的人也沒開口要，送到就走，一句多餘的話都沒說。灶房裡終於開始做大鍋飯了，一鍋一鍋的只是最普通的糊糊，最後才做了一鍋稠一點的粥及一鍋餅子。

許青山放輕了呼吸隱藏起來，看到那些假和尚在香客們離開之後，排隊端著吃食走向假山，走在最前頭的那個將假山上的藤蔓掀開，扭轉了其中一塊極不起眼的石頭，接著他面前的假山便慢慢移開足夠一人進出的空隙，這就是假山的入口！

許青山心裡總算鬆了一口氣。機關之術不是行家真的弄不明白，幸好他們的推測沒錯，抓住這一時機，發現了入口的機關。他看著那些和尚魚貫而入，等待片刻之後，悄無聲息地跟了上去。

假山裡是一條向下的通道，兩側牆壁上有火把照明，許青山握著匕首走下樓梯，此舉十分危險，但他必須弄清楚裡面的情況。假山機關聲音不小，他想事後再來根本不可能，跟在那些人身後是最好的時機，只要確認裡面藏了那些孩子，他便可以讓妻大人抓人了！

樓梯不算很長，下面是一個拐角，轉過去之後便豁然開朗，出現了很大的空間。許青山躲在拐角處探頭看過去，只見裡面分成了兩個巨大的籠子，一邊關著幾十個孩子，或哭鬧、或恐懼地擠在一起，而另一邊關著幾個十幾歲的少年少女，都是身形瘦削、容貌清麗之人，他們安安靜靜的，樣子也乾淨整齊得多，見到送飯的都自覺排隊等待。

僧人們將那些糊糊分給了那群孩子，將粥和餅子分給了少年少女。許青山在其中看到了那個同僧人行房的少女，隱約明白了他們如何得到的優待。他心中頓時一寒，急忙尋找小壯的身影，但那群孩子太多，此時又一擁而上搶起了糊糊，讓他完全沒辦法分辨他們誰是誰。

就在這時，一個和尚走到籠子前張望了一下，冷聲道：「那小子怎麼回事？該不會病倒了吧？」

「哪個？你說你新抓回來那個？不是說胖乎乎，挺壯實的嗎？」
「誰知道，真是晦氣！」和尚拿過一個棍子，用力打了幾個鬧得厲害的孩子，斥道：「老實點！別踩到人，傷了還得老子給治，一邊去！」
被打得疼了，差點踩到別人的孩子們都怕得擠到另一邊，不管不顧地喝著糊糊。他們這一讓，令許青山一眼看見了角落裡的小壯。
小壯蜷縮在角落裡，皺著眉頭爬了起來，卻只是看了看那些和尚，就抱膝坐在那裡，不再動彈。
「喂！過來吃飯！」
小壯趴在膝蓋上，小聲哭道：「我不吃……我要回家……」
和尚嗤笑幾聲。「會說話就是沒事。得，白操心了，咱走吧，餓了他自然會吃，誰剛來的時候不是這樣？」
許青山緊握著匕首的手略鬆了鬆，他是隨時準備出手去救小壯的，畢竟已經看到了人，就不能讓任何人再傷害小壯。但若這些人暫時不打算動小壯，那他自然還是不露面為好。何況，他剛剛發現小壯是故意裝哭，這小子一向聰明，估計是怕吃食裡下了料，順便對和尚示弱。
也好，小壯暫時沒事，那他便和妻大人的官差一起救人。許青山又監視了片刻，那些和尚挑了一個少女、一個少年就往外走了，明顯是飽暖思淫欲，打算快活快活。許青山趕在他們發現之前閃身出了假山，快速離開。
事不宜遲，他叮囑劉松等人將寺廟嚴密監視起來，便騎了馬直奔凌南鎮。
找到人了，接下來就讓婁大人名正言順地將賊窩給來個一窩端！
婁大人一得到消息，立即調遣大批官差，並親自率人前往。許青山也是這才發現他騎馬騎得不錯，並不是文弱書生那一類的官。眾人不到半個時辰就趕到寺廟，又是夜裡，那些和尚們根本就沒反應過來，直接被他們來了個甕中捉鱉！
衝進去抓人的時候，有兩個和尚還在按著少年、少女行房，直接就被逮了個正著，連衣服都沒來得及穿，就被捆了起來，如此也更加證明了許青山消息的真實性，眾多官差在驚疑不定之餘，對許青山的偏見也漸漸消失。
之後許青山一馬當先衝到假山前，扭轉機關進入了假山密室。婁大人率人緊隨其後，待看到裡面的情形時，饒是婁大人早有準備，也不由得倒吸一口氣。孩童本該是父母親人的珍寶，如今卻猶如家禽一般被關在籠子裡，那夥人到底破壞了多少家庭？
許青山砍斷籠子上的鎖鏈，孩子們一窩蜂地衝了出來，沒人不知道穿著官服的就是官老爺，他們見了婁大人瞬間哭喊起來，聲音中充滿了委屈和無助，令在場眾人無一不為之動容。
「小壯！」許青山走到驚魂未定的小壯面前，蹲下身按住他的肩膀。「沒事了，別怕。」

「姐夫！」一直堅強冷靜的小壯，在看到許青山那一瞬間立刻哭了出來，撲到他懷裡哽咽道：「我好害怕啊，姐夫！那些和尚真的是壞人，連這裡一起被關著的也有壞人！」

這裡不僅有被拐來的孩子，還有許多被賣掉的孩子，而他們之中又不都是性子好的，也有那麼幾個骨子裡就透著壞，會欺負人、會討好和尚、會為了將來打算。小壯雖然靠著自己的聰明躲過了他們的欺負，但他頭一次接觸這麼黑暗的事，此時想起來都後怕得不得了！

許青山一手把他抱起來，另一手輕輕拍著他的後背安撫。「小壯乖，別怕，姐夫來了，姐夫帶你回家，沒事了，誰都不能傷害你。」

小壯連連點頭，一邊掉眼淚一邊哭道：「我要回家，我想大姐、想奶奶，我們回家……」

「好，我們這就回去。」許青山話音剛落，就發現小壯暈了過去，心裡頓時一驚，叫了小壯幾聲，小壯卻全無反應。他也顧不上寺廟的事了，大步走到婁大人面前，歉意地道：「大人，小壯暈過去了，不知道這幾天經歷了什麼事，我先回去請郎中給他看看。」

婁大人十分理解，忙道：「那快去吧，你這幾日也辛苦了，帶著你那幫兄弟好好休息，後日我再找你細說。」

「好，草民告退。」許青山抱拳一禮，快步出了假山。他的兄弟們都在等他，他抬手一揮，帶領兄弟們立即返回。事情有妻大人接手，他們這些衙門外的人也就可以功成身退了。

劉松轉去請了鎮上最好的郎中，而許青山直接將小壯帶回家裡。阮玉嬌打開門看見小壯的時候，幾乎不敢相信自己的眼睛。「找到了？小壯，小壯怎麼了？」

「找到時看著沒什麼事，剛剛突然暈了，大松已經去請郎中了。」許青山一邊回答，一邊將小壯放到了他的床上。

兩位老太太和兩個丫鬟聽見動靜都急忙走了過來，看見小壯又喜又憂，喜的是原以為凶多吉少的孩子真的給找回來了，憂的是小壯昏迷不醒，不知道是不是出了什麼毛病？直到郎中氣喘吁吁地趕來，給小壯仔細看了看，眾人才放下心來。

原來小壯只是連著餓了幾日，又一直擔驚受怕，身體承受不住睡死過去了。只要好好休息，養上幾日便能恢復。

阮老太太坐在床邊拉著小壯的手止不住地哭，阮玉嬌連忙勸道：「奶奶，您眼睛本來就不好，快別再哭了，小壯已經找了回來，以後一定大吉大利，平安順遂，您就別難受了。」

阮老太太擦著眼淚說道：「我這不是難受，我是高興。」她看向許青山，握住許青山的手認真道：「山子，奶奶謝謝你，謝謝你啊！要不是你，這個孫子就真的凶多吉少了！」

許青山忙道：「奶奶，您這這是哪裡話？咱們都是一家人，小壯也是我弟弟，我怎麼都不會看著他出事的。」

「好，好孩子。」阮老太太見到小壯，終於把提著的一顆心放下，人也冷靜下來，自然知道許青山承受了多大壓力去把小壯給找了回來。能為他們做到這個地步，這個孫女婿真的沒挑錯，以後孫女是真的有人疼了！

阮老太太催促著許青山趕快去休息，又對嬌嬌說：「妳看著點，給山子弄點滋補的東西，這幾天他飯都沒吃好，也得補補。」

「我知道了奶奶，您放心吧。」

「那你們都去歇著吧，我在這兒待會兒，看看小壯，有啥事我再叫你們。」

小壯睡熟了，他們也應該好好休息一下。阮玉嬌應了一聲，和許青山一起扶著莊婆婆各自回房。家裡的劫難算是過去了，幾個人的距離又拉近了許多，感覺彼此之間更親近、更似一個分不開的整體，隨便一個對視都能感覺到家人之間的溫暖，也算是因禍得福了。

許青山他們休息的這一天，婁大人命人嚴厲審問了那些犯人，並將救回來的孩子們分出類別：被拐的歸一類，被賣的歸一類，不願意回家的歸一類。要安頓這麼多人十分麻煩，要尋找他們的家人也不是個輕巧活，那些和尚又不配合審問，婁大人忙得幾乎是腳不沾地。

而寺廟是個賊窩這件事在鎮上掀起了軒然大波，所有人都不願相信，但那麼多孩子是從寺廟搜出來的，又由不得他們有什麼質疑。但幾十年來的信仰突然被推翻，還是給婁大人帶來了很多困擾，甚至還有一些比較愚昧的人，堅持寺廟裡大部分僧人都是無辜的，錯的只有那幾個假和尚，非要弄出個聯名書，求他將人給放了。

衙門的事務一下子多了起來，在這些都有了基本的安排後，婁大人才找了許青山和他的兄弟們到衙門，將他們所知道的、所推測的全說出來。許青山這一次來衙門，發現所有遇到的官差對他的態度都客客氣氣，和從前隱含不屑的樣子大相逕庭。但許青山沒理會。不管在哪兒，都是要靠實力說話的，他證明了自己的本事，自然該得到如此禮遇。至於之前那些不服他、不信他的人，跟他有什麼關係？又有什麼值得他去在意的？

如今最重要的是如何將那些罪犯一網打盡。僧人被抓只是第一步，因為被關押的孩子們就是證據，直接抓人什麼都不必說。但想要順藤摸瓜，把其他有關係的人都抓出來就沒那麼容易，畢竟官府辦事，凡事都是要有證據的。

那些僧人怎麼都不肯招供，堅持說他們只是收留那些被賣的和走丟的孩子，打算慢慢找到他們的父母，送他們回家，這只是在積德行善。至於那兩個破了色戒的和尚，自然只是個人行為，頂多算是沒操守的假和尚，只要不是強迫，也算不得是犯罪。

若是揪不出他們背後的人，這也就是一次棄卒保車而已，根本解決不了問題的根源，也查不到他們的最終目的。許青山思索許久之後，將小壯接到了僑門，又去員外府拜託孫婆婆幫忙查探。

小壯被關在假山下跟那些孩子們相處了幾日，他回想著說：「我進去之後，只見過和尚兩次，都是送飯和大哥哥、大姐姐出去。平時籠子裡一起關著的人會打架，還有人問過我要加入哪一邊什麼的。我聽他們話裡的意思，好像是我們會分成三類，一類是長得好看的，就關到另一個籠子裡好好養著，送給什麼人；一類是平凡蠢笨的，隨便給點吃的，然後送去當太監；還有一類是壯實能打的，會送到什麼地方訓練，當……當什麼衛，聽他們說好像有點見不得人，我也不太清楚。」

婁大人和許青山對視一眼，不約而同地想到了「暗衛」。什麼打手、護衛需要這麼偷偷摸摸的訓練？連人都是騙來、拐來的，除非是隱藏在暗處的暗衛，那自然要用一些極端手段來培養了。而好看的送給別人，普通的去當太監，這就有點不同尋常了。

暗衛還可以理解為某些人想有點自己的勢力自保，但太監？這分明是在安插眼線！就算是平凡普通的太監，宮裡那種地方，誰又能說得準？哪一日或許就能翻身爬上去。何況太監就算一直平平凡凡，只要數量多，就能夠在宮裡展開一片巨大的消息網了，這樣做的人，簡直居心叵測！

婁大人不敢耽擱，立即將小壯點出的幾個單純、膽小一點的孩子，單獨提出來審問，得到的口供和小壯說的八九不離十，只是他們沒有小壯聰明，歸納不出具體的情況，只是懵懂地恐懼無措而已，但這也足以證實小壯分析的沒錯了。婁大人立即將情況寫下來派人快馬加鞭地送往京中，同時派人隱隱包圍了員外府、四方賭場和那間負責採買的酒樓。

找到證據之前，在明面上是不能把他們怎麼樣，但他們之中任何一個人外出都會有人跟蹤監視。要是簡單的進出還沒問題，若是想耍花樣，絕對逃不出官差的抓捕，誰也別想畏罪潛逃！

婁大人和許青山為案子忙碌，阮玉嬌卻是幫不上什麼忙了。在她將家裡幾人身子都養好之後，就接到了婁夫人設宴的請帖。映紅和宛綠已經將許多需要注意的事項告知了阮玉嬌，阮玉嬌心中略帶幾分忐忑，不過並沒有多少害怕之情，精心打扮了一番便帶著宛綠去了知縣府。

她穿著自己精心縫製的衣裳，又是一個新款，而且極其適合她。但不論衣服、配飾還是妝容，都只是顯得她大氣優雅，既不過於豔麗，也不過於平凡，十分符合她的身分，讓人再不會忽略她的同時，也不會看她不順眼。

後宅女人多的地方往往勾心鬥角就多，不過好在阮玉嬌此次是婁夫人親自請來的客人，看在婁夫人的面子上，不管其他人怎麼想，都不會給她冷臉。這次聚會，鎮上許多夫人、小姐都來了，足足有幾十人，知縣府的後花園都快站滿了。

園子裡擺了許多花，也設了幾樣簡單的女子遊戲，眾人三五成群的聚在一起說說笑笑，倒是一點都不無聊。只是她們多少都有些身分，家中必有一男子是做官的，在場唯有阮玉嬌一人是個特例。從農女到第一成衣鋪的二掌櫃，雖說很勵志、很有本事，可在她們眼中，卻感覺婁夫人對這農女的青睞太莫名其妙了。

直到有人問起員外府幾位小姐的衣裳，阮玉嬌的名字才屢次被提了起來。

「妳們幾人的衣服都出自阮掌櫃之手？這都是新做的嗎？」

員外府的二小姐瞥了阮玉嬌一眼，嘴角一翹，說道：「就是阮掌櫃親手做的。阮掌櫃短短幾日為我家做了十幾件衣服，真是辛苦了。不過阮掌櫃這手藝確實好，妳們看看，就連家裡養的那些繡娘都比不上她。」

本來聚集過來打算好好看看衣服的姑娘們，頓時止住了腳步，用看蠢貨的眼神看了劉家二小姐一眼。其實她們這樣的出身看不起一些匠人很正常，但今日阮玉嬌是婁夫人的客人，她這麼說，簡直就是在打婁夫人的臉。心裡想的什麼，用得著說出來嗎？想踩人沒踩成，恐怕反倒會惹得一身騷。

不過員外府幾位小姐的衣服真的好看啊，一看就是根據她們的容貌、性格特地設計的，太適合她們了，以至於就算大家都精心打扮過，她們一來還是讓大家的目光都落在她們身上。

哦，還有另外兩個人也同樣很吸引眾人目光，那就是婁夫人和阮玉嬌。此時眾人再去看她們二人的衣服，竟也是從未見過的新款，頓時有些明白過來，恐怕兩人身上的衣服也都是阮玉嬌特地設計的吧，比員外府那幾位小姐的衣服還好看！

這時正好婁夫人聽見有人在議論衣服什麼的，極其自然地笑了一聲，對身邊的人說：「阮掌櫃確實手巧，我這身衣服也是出自阮掌櫃之手。我收到衣服還頭疼呢！這要是日後隨大人離開，買不到阮掌櫃的衣服可如何是好？我這口味，都被阮掌櫃給養刁了！」

第五十六章

眾人湊趣地跟著笑了起來，紛紛對阮玉嬌誇讚幾句。

阮玉嬌就站在婁夫人身邊，從始至終不管是聽到質疑還是不屑，或是讚美，都不卑不亢地淡淡笑著，倒是意外的贏得了一些人的好感。她這門手藝和一般匠人不同，女人都愛美，發現她的巧手能讓她們變得更美，擁有更好看的衣服，哪裡還會莫名其妙的鄙視她？只要能從她手裡買到好衣服，她的出身低又怎麼樣？

阮玉嬌察覺到她們心態的鬆動，適時的同眾人交談起來，偶爾還會提醒某個人將衣服的何處改動一下會更顯身形等等，漸漸挑起了眾人的興味，身邊聚攏的人越來越多，都與她相談甚歡。等到宴席擺好讓大家入席的時候，阮玉嬌已經說得口乾舌燥，但她心裡只有滿滿的高興。就剛剛那麼一會兒工夫，她已經接了十幾個單子，雖說每單不像員外府那樣一做做十幾件，但也沒少多少，收入極其可觀，足以算是大生意了。

而且，如此結下的人脈都是屬於她的，對她日後的發展大有裨益，能讓她這個二掌櫃的位子也坐得更穩。阮玉嬌一直都覺得，能當上二掌櫃是喬姐在照顧她，她不過就是手藝好罷了，當個第一女工也就是了，哪裡就能當二掌櫃了？過去的玉娘不就一直只是錦繡坊的一個女工嗎？

可有一次她提出疑問之後，喬姐向她解釋，說以她的手藝，在京城的大鋪子裡可能只做個女工是適合的，但對於錦繡坊來說，她已經不僅僅是個簡單的女工了。錦繡坊因為她設計的兩批新款，已經拓寬了商路，收益比去年翻了一倍；又因她的好手藝和一些貴人結下了善緣，給錦繡坊營造了好口碑。

甚至當初有人收買玉娘算計錦繡坊，都是阮玉嬌救的場，避免了錦繡坊的損失。這一樁樁、一件件說下來，阮玉嬌儼然已經成為錦繡坊的功臣，和那些只是悶頭按規定做衣服的女工，是完全不一樣的！而這樣出色的阮玉嬌一心一意待在錦繡坊，她認為也唯有二掌櫃的身分，才能配上阮玉嬌的付出了。所以提升阮玉嬌當二掌櫃，完全就是她應得的回報，也是為了把她培養起來，讓錦繡坊未來有更好的發展，絕不是一次無緣無故的提攜照顧。

聽了喬姐這些話，阮玉嬌心中感動不已，可同時又生出一股緊迫感。她強烈的想要為錦繡坊做點什麼，證明喬姐沒看錯人，總不能她當了二掌櫃，卻還只幹女工的活吧？如今她結識了婁夫人，又通過她結識了眾多夫人、小姐，大大的拓展了自己的人脈，這也將成為錦繡坊的隱形財富，她總算開始慢慢適應自己的身分了。

婁夫人的賞花宴一結束，錦繡坊阮掌櫃的好本事也被傳得人盡皆知。這個鎮上，身分最高的女人就是婁夫人，婁夫人都誇阮玉嬌做的衣服好，其他人自然要立即跟風，擁有一件阮玉嬌設計的衣服，於是富貴人家預約阮玉嬌設計新款的單子，已經排成了長長一串。普通人家不懂那麼多，只知道阮玉嬌做的衣服成了鎮上最搶手的衣服，價格都翻了一倍，自然也紛紛以擁有一件阮玉嬌設計的衣裳為榮。

如此一來，阮玉嬌已經不再是錦繡坊的附屬，而是作為一個獨立的「製衣師傅」被廣為人知。她過去的經歷也很快被傳開，單單一層表面的訊息，已經讓所有人認為她是一個災難頗多，卻自強自立的厲害姑娘，可偏偏她外表又嬌美柔弱，如此外柔內剛的性子，一下子讓許多人對她產生了憐惜、欽佩之情，好感頓增，讓她的名聲都好了起來。從前在村子裡曾經有過的壞名聲，如今就不堪一擊，就算被說出來都沒人信。

阮玉嬌沒想到一次賞花宴能給她帶來這麼大的好處，完全就是意外之喜。為了感激婁夫人，她又親自設計了兩款風格迥異的新衣服，無一例外，都十分好看，讓收到衣服的婁夫人也很是驚喜。兩人一來一往，倒是意外的讓關係更親近了些。

而阮玉嬌接連數日的風頭大盛，將員外府幾位小姐給氣得夠嗆。本來她們穿著新衣服去賞花宴，就想著出出風頭，讓別人羨慕一把。剛開始也確實有不少人圍著她們問這問那的，可誰知阮玉嬌居然也被邀請，還搶走了所有人的關注，直接讓她們當了一回衣架子，給阮玉嬌做了回推廣，真是氣死了！

她們心中不平，回家難免要念叨幾日，這下子又讓腹瀉剛養好的劉傑給聽見了。他本來已經快把阮玉嬌忘了，這回又想起來還有這麼個人沒到手，而且他還被這女人的未婚夫給打了一頓，怎麼想都咽不下這口氣。可這一次不管是老夫人還是大夫人，都不慣著他了，還叫他最近安分一些，千萬不要惹禍。

劉傑問她們出什麼事了？她們也不說，問多了，他居然直接被拘在家裡禁足，還被叫人看著，防止他去找阮玉嬌。劉傑從來沒受過這種委屈，鬧騰個沒完，用了不少手段，結果意外聽到她們說許青山壞了他爹的事。雖然他只聽到部分，但這一點就已經算仇上加仇了。

一個讓他心癢癢的阮玉嬌，一個讓他憤恨的許青山，他不把這兩人收拾一頓，日後還有臉出門說自己是員外府少爺嗎？

劉傑打定主意後就耍了個小聰明，偷跑出府了。孫婆婆近日一直日夜監視府中眾人，每天只休息些許的時間，因此在劉傑跑出去的第一時間，就把消息送給了許青山。這個一直覬覦阮玉嬌的人可是讓她厭惡得很，要不是員外府最近因為寺廟的事，使管理嚴格了許多，她肯定再給劉傑下一把巴豆，最好讓他再也起不來才好呢！

許青山接到消息，再想到馬上就能抓住劉員外了，不由得冷哼一聲，對劉松道：「瞌睡來了就送枕頭。原本劉傑若被關在府裡或進了大牢，咱們也沒辦法找他報仇，可如今他自己撞了上來，那就有怨報怨，有仇報仇了！」

劉松面無表情的臉上閃過一抹刻骨的恨意，握緊拳頭，用陰冷的聲音說道：「這一次，我讓他有來無回！」

許青山和劉松不知道劉傑人在哪兒，但卻知道他一定會對阮玉嬌不利，於是他們便去錦繡坊將此事告知了阮玉嬌，讓阮玉嬌時刻小心，而他們也會在暗中保護她，儘量在劉傑沒到她面前的時候就將人抓住。

阮玉嬌聞言，眼神一閃，當即提出由她做誘餌，引蛇出洞，而且她也要跟著一起看他們怎麼處置劉傑，看看那個人渣最終會落得什麼下場？

許青山自然不願讓阮玉嬌以身犯險，他前來告知阮玉嬌，只不過是怕有意外發生，想讓阮玉嬌提前有個心理準備罷了，沒想到這次阮玉嬌態度堅決，說同為女子，一定要幫那些曾被劉傑迫害的女子們報仇！

許青山勸不動她，只好多叫了幾個兄弟喬裝成路人，不遠不近地跟著，暗中護著阮玉嬌，慢慢走向人少的地方。

阮玉嬌裝作尋找靈感的樣子。她剛接了那麼多單子，不是單純的做衣服，而是要投眾人所好，為每一個人單獨設計衣服，出來尋找靈感再合理不過。然後，她不知不覺就走到了城門邊。看到城門，阮玉嬌好似才回過神來，挑了一條小巷，準備走近路回家。

結果她剛走到小巷中間，後頭就追上來七、八個人，為首的正是員外府獨苗少爺——劉傑。

「小娘子，咱們又見面了，妳說咱們是不是很有緣？這簡直是心有靈犀一點通，有緣千里來相會啊，不如今日妳就從了我，跟我回府去過榮華富貴的日子如何？」

阮玉嬌回頭看見劉傑那副急色得意的嘴臉，沒有半點失措，只是冷冷地道：「劉少爺白日作夢的本事真是令人嘆服，就不知你劉家的列祖列宗看到你這副樣子，會不會氣得從棺材裡爬出來？簡直有辱門楣，令人作嘔！」

劉傑臉色大變，氣急攻心。「妳個賤人，竟敢罵我！你們把她抓起來！等我玩過了就賞給你們玩，玩膩了再將她扔進乞丐窩！」

阮玉嬌瞳孔一縮，彷彿又回到前世被下令丟進乞丐窩的那一幕。當時她若不是被打得皮開肉綻，恐怕也無法清白的離開員外府，這個人渣果然前世今生都是最令人作嘔的存在，不過這一次，她再也不是那個無力反擊的弱女子了！

阮玉嬌不等他們動手就抓起牆邊的竹竿，仗著距離優勢，迅速而凶猛地一竿捅在劉傑下身。雖說她力氣小，但這一竿她是用盡了全力，直接將劉傑捅了個跟頭。

劉傑蜷縮起來捂著下身，大聲慘叫，臉色煞白且瞬間就冒出了冷汗，被他找來的幾個狗腿子都被這驚人的轉折給嚇呆了。與此同時，許青山和保護在四周的兄弟們已經衝了過來，在所有人都沒反應過來之前，一人對付一個，眨眼就將那幾個狗腿子，包括劉傑，都全部劈暈。

許青山上前握住阮玉嬌的肩膀，關切道：「沒事吧？是不是嚇壞了？」

阮玉嬌搖搖頭，丟掉手中的竹竿，看著劉傑道：「對付這種人渣，我只覺得痛快，有什麼怕的？」

兄弟們看了眼阮玉嬌冰冷的神情，又看了眼劉傑似乎廢了的下半身，不由得抖了一抖，心想，惹誰都不能惹這位看來嬌嬌柔柔的大嫂，這種時候只覺得痛快，也算是女中豪傑了。

許青山也怔了怔，之後不由得笑了，摸摸阮玉嬌的頭髮，輕聲道：「既然妳不怕，那就跟我們一起走吧。」說完他回頭叫兄弟們把人帶走，在劉傑那道慘叫聲引來更多人之前，他們迅速離開了小巷。

之後那幾個狗腿子便被扔到了一個夜香桶旁邊，用竹竿將那夜香桶一推翻，狗腿子瞬間沐浴在了夜香之中，那場面看了都叫人渾身難受，兄弟們立刻就捏著鼻子，跑得遠遠的。如今只剩劉傑一人，許青山便讓其他兄弟先回鏢局，他和阮玉嬌則陪著劉松，一起將劉傑帶到了郊外的山洞中。

他們找尋小壯的時候，把附近的地形全摸遍了，自然也知道哪裡最隱蔽、最不容易被人發現。劉松從見到劉傑就一直沈默著，如今到了山洞，終於爆發。他握緊匕首，手起刀落，一刀將劉傑的孽根斬斷！

劉傑「嗷」的一聲慘叫，捂住下身，生生從昏迷中痛醒過來。他看著血流不止的下身，驚恐地抬起頭。「你、你們……」

劉松蹲在他面前，用那帶血的匕首，輕輕劃在他臉上，冷冷地說：「你因這東西害死了不少人，我除掉它，是在幫你減輕罪孽，你該謝我才是。」

劉傑根本不認識他，滿眼恨意地對許青山道：「你這個山野村夫竟敢這麼對我？你等著，我爹不會放過你的！還有你的小嬌娘，就算我不行，我員外府還有近百名下人，再不濟還有骯髒的乞丐，我要叫你眼睜睜看著她被人玩弄，叫你生不如死！」

阮玉嬌被許青山搗住了眼睛，攬在懷裡，什麼也沒看見，但她靠聽也知道發生了什麼事，當即冷笑一聲。「你還是先顧好自己吧，你以為你還能回員外府當大少爺嗎？異想天開！」

劉傑臉色大變，不可置信地看著他們。「什麼意思？你們要殺我？你們敢！」

劉鬆手上一用力，在劉傑又一聲慘叫中，挑斷了他的手筋，冷漠地道：「冤有頭，債有主，你恨錯人了，你的仇人——是我。」

劉傑疼得痛哭流涕，也終於意識到他們是想斷了他一切後路，再也擺不出大少爺的譜。他苦苦哀求道：「你別被他們蠱惑，你殺了我，會被整個員外府追殺，他們就是知道這一點才讓你動手，你被他們利用了！我是員外府的獨苗，你想想，你得罪得起嗎？你放我回去，我保證不追究你，還會叫我祖母給你一大筆銀子，怎麼樣？要是不夠，還、還有姑娘，員外府的姑娘隨你挑，就算你要我親妹妹也給你，你快放我回去！」

劉松匕首一揮，又挑斷了他的腳筋，將刀尖懸在他眼珠上方，充滿恨意地道：「姑娘？我最喜歡的姑娘被你強迫未遂，迫害致死。她只是去你家做丫鬟，可不是去讓你羞辱殘害的，你毀了我最重要的人，還想讓我放過你？將你千刀萬剮都難解我心頭之恨！」

劉傑絕望崩潰地大喊。「我不認識你，更不認識你喜歡的姑娘！」

「對！所以你更加該死，因為你迫害的姑娘已經數不清了！」話音一落，劉松一刀刺穿了他的肩膀，惡狠狠地道：「我這就將你切成一片片去餵狼，讓你體會一下凌遲的感覺！」

「大松！」許青山見劉松雙眼赤紅，儼然已經有些瘋魔的徵兆，擔心的喊了一聲。

劉松頭也不抬地道：「山哥，不看到他痛不欲生，難解我心頭之恨。你帶嫂子先走吧，我解決了這個人渣就回去找你。」

話雖這麼說，可凌遲一個人，要生生將那人身上的肉一片片割去。經歷過這種血肉和慘叫聲的刺激，還如何回歸平靜安和的生活？他們是在戰場上殺過敵人，也曾在軍中用過刑訊，可那不代表凌遲一個人會對心理沒影響。

正當許青山想要勸說劉松的時候，阮玉嬌突然開口道：「讓他就這麼死了有什麼意思？就算他受過了凌遲之苦，那也只是一天而已，過了這一天，他就消失在這世上，甚至可能不到一刻鐘，他就會受不了酷刑而死，那樣你會覺得痛快嗎？」

劉松和許青山都是一怔，不約而同地看向她。阮玉嬌將許青山的手移開，憎惡地看著劉傑道：「他迫害的女子數都數不清，怎麼能讓他這麼輕易就死了？應該讓他親自體會一下那些女子所遭受的痛苦，讓他在絕望中生不如死，讓他在他自己所想的手段中，受盡屈辱折磨，慢慢耗盡所有的生機。你覺得我說得對不對？」

劉傑的手段是什麼？將女子丟給手下玩樂、丟去乞丐窩糟蹋、丟去最下等的暗娼館伺候最變態的客人……這些都是劉傑曾經幹過的事。劉松打量著劉傑略顯俊秀的面容和被養得白嫩的皮膚，冷笑一聲，眼睛漸漸亮了起來。

劉傑卻如墜冰窖，看著阮玉嬌瑟瑟發抖。「妳、妳不是女人，妳是惡鬼！你們不能那麼對我，不能，我爹不會放過你們的，我祖母、我娘，她們也都不會放過你們……放過我、放過我，我再也不敢了，求求你們放過我、放過我……」

劉傑被嚇得有些神志不清，他一手一腳都動不了，只能躺在那裡不住地求饒。但在場三人對他沒有半點同情。那些被他迫害的女子苦苦哀求的時候，可有人放過了她們？阮玉嬌能保持清白之身死後重生，尚且在看到他時憎恨非常，那些真正被凌辱致死的女子，該是如何的恨意滔天？

劉松將匕首在劉傑衣服上擦乾淨收了起來，對著阮玉嬌一揖到底。「多謝嫂子提點，令松感激不盡。待這人渣生機耗盡，松再備厚禮重謝嫂子。」

許青山已經明白，阮玉嬌是想用這種方法讓劉松在復仇中恢復正常。時間能淡化很多東西，若將仇人一次就報復了，也許在復仇之後就失去了生活的目標，茫茫然看不清前路。但若看著仇人一日比一日痛苦，受盡折磨，或許便能漸漸放下這份仇恨，同時過正常的生活。

他知道劉松定是要親眼看著劉傑受苦，便拍了拍劉松的肩膀，叮囑道：「半年後我和你嫂子成親，記得回來。」

「好。」

當日，青山鏢局出了三鏢，都是因鏢局有事而耽擱了幾日的預定單，出了城門後，分別朝三個不同的方向前行，而劉松就在其中的一輛車上。他要押著劉傑去千里之外，讓其受盡折磨，不得歸家之路。

劉松的離開讓許青山頗為感慨，阮玉嬌安慰道：「放心吧，他大仇得報，心滿意足，沒什麼比這件事更讓他開心的了。而且他還要看著那個混蛋遭報應，一定會好好保重自己。」

「嗯，我相信他半年後一定會平安回來。」許青山緊緊握住阮玉嬌的手，柔聲道：「謝謝妳嬌嬌，要不是妳，大松可能會就此頹廢，為了那種人變成這樣，不值得。」

「我也是為了我自己，畢竟這次劉傑打的是我的主意。」不止劉松報了仇，她今天也報了上輩子的仇。員外府只有這一根獨苗，沒了他，曾經欺辱她的大夫人、二小姐等人便再無希望，只能空度餘生。不是她看不起她們，而是她們生來就被教育的依附男人，沒了劉傑，闔府也就沒了未來的希望，這個死結永遠都解不開了。

許青山笑著摸了摸她的頭髮。「我會保護妳，不管遇到什麼事。」

「我知道。」阮玉嬌看著他，眼中滿是信任。不管上一世還是這一世，他都是她的恩人，從未變過。

員外府大少爺丟了，整個員外府都炸了！

儘管劉員外如今膽戰心驚，恨不得夾著尾巴做人，但他早就喪失了生育能力，這輩子除了僅剩的嫡子劉傑，就再不可能有兒子了，什麼事能比這更讓人著急？不找回劉傑，他連覺都睡不著！

當天，員外府所有人都被派出去尋找，大夫人以淚洗面，還要審問下人，劉傑到底是怎麼出去、去了哪裡？姑娘們嚇得躲在閨房，老夫人則直接就驚厥了過去。員外府裡亂成一鍋粥，各處守衛也變得前所未有的鬆懈。

孫婆婆抓住機會，進到劉員外的書房和臥房，將裡面翻了個遍，終於在一處暗格找到了他犯罪的證據。這不僅能證實他多年來一直為那寺廟賊窩供給財物，還能證明他這些事是聽了京城武安侯的命令。

這可是大收穫了！從賊窩到劉員外再到武安侯，其中所牽扯的隱秘是絕對驚人的。孫婆婆好歹是從孟府出來的，驚覺這件事已經超出了她的想像，急忙提著事先收拾好的小包，趁亂出了府。

她到了青山鏢局，立刻將找到的信件、信物交給許青山。許青山既為她的精明感到意外，又為她的大膽感到後怕。孫婆婆可是阮玉嬌在意的人，若是出了什麼事，他真不知該怎麼跟阮玉嬌交代？幸好這些就十分足夠了。許青山親自將孫婆婆安全送回家裡，接著便去衙門將證據悉數交給了婁大人。

婁大人看完所有信件，氣得直拍桌子。「膽大妄為！無法無天！他們這是要幹麼？這是……是造反！」

最後兩個字他說得極輕，起身焦躁地在房裡來回踱步。「不行，這件事必須馬上稟報給九皇子。此事事關重大，那姓劉的丟了信，和武安侯兩個指不定會狗急跳牆，派人攔截。」

他皺著眉頭深感為難，抬頭時看到許青山，突然眼前一亮，拍著額頭道：「看我氣得都糊塗了，你不就是最好的鏢師嗎！」他將證據封起來交到許青山手裡，重重按住他的肩膀道：「青山，這件事交給你，你拿著我的信物親自去見九皇子，將你調查的結果盡數報給九皇子，你能做到嗎？」

「大人放心，絕不會出差錯。」許青山沒猶豫的點了頭，可臨走時卻猶豫道：「大人，我家中與員外府有些恩怨，我走後若他們有什麼舉動，還望大人護我家人。」

「這是自然，你只管放心去辦事，你家裡人由本官護著。本官這就下令將相關之人抓了，員外府剩下一些婦孺，傷不到你家人的。」

許青山又拜託了婁大人給孫婆婆辦下戶籍。這種小事只需要婁大人一句話就行，下面的人自會快速辦好。讓孫婆婆成了自家人，許青山才鬆了口氣，回家將這個好消息告訴阮玉嬌。

阮玉嬌的確十分高興，她最親的奶奶和教了她許多的孫婆婆都無災無難，比上輩子不知好了多少，她又成功報了仇，真覺得此生無憾了。不過得知許青山要去做什麼，她又擔心起來，這事情可真是一件接一件，沒個消停的時候。

許青山不敢耽擱，帶好東西就快馬加鞭地趕往京城；阮玉嬌也靜下心來，每天到錦繡坊專心設計衣服的樣式。她如今有了人脈，也為錦繡坊帶來了發展，光靠她自己設計新樣式當然是不可能的。她畢竟已經升為二掌櫃，將來若非大單，是不必親手做的，所以手下有一批能幹的女工就是最重要的事。

之前錦繡坊在鎮上是最大的，用的女工手藝也好，只是沒有開拓創新，到底有些局限了。如今阮玉嬌接手這方面的訓練，每日都會抽兩個時辰給女工講解設計、縫製的心得。她在這方面天賦極高，又和孫婆婆認真學習過，教這些女工絕對足夠了，也許下一次接單，她就不用再自己動手了。

她和家人關起門來過自己的日子，鎮上卻人人都在議論寺廟和員外府的事。寺廟有地下室關了近百人，不知做什麼勾當？接著劉員外、酒樓東家、賭坊老闆全都被抓，似乎都和這件事有關係。牽扯這麼大，再也沒人敢說寺廟可能本意是幫人這類的話了，畢竟這種大事可不是老百姓能摻和得起的。

員外府繼丟了少爺之後，連老爺也被抓了，可謂是屋漏偏逢連夜雨，著急打點走動還來不及，哪裡還有閒心去找阮玉嬌的麻煩？阮玉嬌的危機就這麼徹底消失，任他們鬧成什麼樣，也都與她無關。

不過之前喬掌櫃為了幫她，聯繫到的京城夫人還是聯繫上了。那位夫人十分滿意上次阮玉嬌為她修補改動的衣服，一聽身邊人提起，立即就說想要見一見她。若阮玉嬌還有好點子的話，她便將府中這一季的衣服都交給阮玉嬌設計，設計好了，再由他們府中繡娘縫製就行。

這是怕錦繡坊再賣出一樣的衣服，讓她跟別人撞衫呢，所以寧願多出一倍的價錢，把設計的樣式都買下來，可想而知，夫人的家裡在京中定也是頗有地位的，能被這樣的人召見對阮玉嬌來說也是一種幸運。若是這次得了那位夫人青眼，錦繡坊想要開到京城的夢想就更有可能實現了！

第五十七章

事關錦繡坊的將來，阮玉嬌不敢輕慢，一邊琢磨當下眾人的喜好，一邊結合上輩子的所見所聞做出新搭配。她在這方面算得上得天獨厚，在進京的時候，已經準備好幾樣腹稿，力求讓那位夫人滿意。

許青山剛進京，阮玉嬌也要進京，雖然這對個普通人家來說是天大的喜事，意味著家裡要發達、要富貴了。可他們兩個發展得太快，還是讓阮老太太和莊婆婆有些不安，幸好家裡有了孫婆婆，能幫她們開解。

這次進京，孫婆婆堅持陪阮玉嬌一起去。畢竟她在京城住了好多年，又做過孟家大小姐的奶娘，對許多官宦人家都有所瞭解。不管那位夫人是哪一家的，她跟著點，都能避免一些不必要的意外。京城是個水深的地方，讓阮玉嬌就這麼去，她還真不放心。

阮玉嬌也是如此。上輩子她會的東西都是孫婆婆教的，她悟性好，能青出於藍，讓這輩子的孫婆婆對她讚賞有加，但她對孫婆婆的依賴卻是絲毫不減的，第一次去京城，第一次去見京城的貴夫人，有孫婆婆在，她心裡踏實得多。

一切都準備好，青山鏢局的裴叔直接安排了四個兄弟充作護衛，送她們進京。裴叔當了很多年的兵，尤其擅長偵查追蹤，之前許青山帶著大家查出那麼大的事，接著就消失了，他就感覺出有幾分不妥。如今阮玉嬌進京，不管是為了什麼，四名護衛是他認為絕對不能再少的人手了。

臨行前，他鄭重地對阮玉嬌說：「此行阮姑娘一定要小心，寺廟的事雖然人都被抓了，但我感覺他們背後應該還有幕後之人。總鏢頭離開，定是與這件事有關吧？我怕有人狗急跳牆，對付不了總鏢頭會轉而來對付妳，這一路上切莫離兄弟們太遠，萬事小心。」

阮玉嬌點點頭，感激道：「裴叔說得是，我會小心的，鏢局和奶奶她們就拜託你了。」

「姑娘放心！」裴叔拱了拱手，退到路邊。

阮玉嬌和孫婆婆乘上馬車，很快便駛離了凌南鎮。要進京了，阮玉嬌除了有第一次進京的興奮，還有對武安侯的防備和對孟府的迴避，心情十分複雜，但看著窗外倒退的景色，她心中還是充滿了濃濃的新奇感。就要去京城了，這次和上輩子完全不沾邊的行程又會給她帶來什麼呢？

孫婆婆在路過一個小鎮的時候，突然想起什麼，去鎮上買了個帷帽。「小小姐，妳的樣貌如今和小姐有七、八分相似，若被什麼相關的人看見，恐怕會招惹麻煩，不如戴上這個，希望能避開他們吧。」

阮玉嬌帶著帷帽進入京城，由孫婆婆指引，找了一家口碑極好又不昂貴的客棧住了進去。休整一晚，她們便與那位夫人身邊的管事嬤嬤見了面。管事嬤嬤夫家姓陳，人稱陳嬤嬤，見了她們就未言先笑。「喬掌櫃跟我誇了多少次，這回總算是見著真人了，我是萬萬沒想到阮掌櫃竟是這般好樣貌，真真叫人見了就喜愛。」

阮玉嬌笑道：「陳嬤嬤客氣了，我初來京城，許多事都不懂，還望陳嬤嬤多多照拂。這是我一點小小的心意，不成敬意，請陳嬤嬤收下。」

喬掌櫃跟陳嬤嬤認識，阮玉嬌打聽了陳嬤嬤的喜好和身材，為她做了一件衣服。身為錦繡坊的二掌櫃，又是因手藝才被那位夫人召見的，阮玉嬌這份禮物可謂是無比適合，陳嬤嬤一收到就眉開眼笑。「我也有啊？多謝阮掌櫃，您才是跟我客氣了。您放心，我們夫人心善人好，還很喜歡您上次補的那件衣服，早就想見見您了，不會為難您的。」

阮玉嬌點點頭，跟孫婆婆對視一眼，都略略放下了心。

兩人坐上陳嬤嬤帶來的馬車，一路行往府裡去見夫人。孫婆婆一邊同陳嬤嬤聊天，一邊留意著車外的情況，回想十幾年前在京城的生活，不由感慨萬分。

可片刻後，她發現馬車駛向一條熟悉的路，臉色就有些變了，再顧不上失不失禮，開口問道：「陳嬤嬤，不知府上是何等人家？我從前也在京城住過，看這方向，好似是去孟家的？」

陳嬤嬤意外了一下，點頭笑道：「沒錯，我家夫人正是孟家如今的主母，孟夫人。」

阮玉嬌心裡咯噔一下，看向孫婆婆，兩人都有些措手不及。她們進京前就想好了如何避開孟府，可她們要拜訪的夫人居然就是孟家主母？明明之前喬掌櫃說陳嬤嬤在京城也就混得還可以，如今看來分明是陳嬤嬤有所保留，不想太過高調，免得多了求上門的朋友。

阮玉嬌攥緊帕子，心裡七上八下，就此返回肯定是不可能的了。她雖然無所謂，但不能因此連累喬掌櫃，喬掌櫃對她有知遇之恩，又幫她良多，她怎麼也不能因為自己的事斷了喬掌櫃進京開鋪子的夢啊！得罪孟家意味著什麼，她不用想都知道有多嚴重。

陳嬤嬤看她們臉色還以為她們害怕，擺手笑道：「妳們別這麼緊張，外頭把孟府傳得如何如何，其實是多有不實，至少我們老爺、夫人心地都是極好的，不會為難妳們。」

阮玉嬌扯出個笑容，強自恢復鎮定，當做什麼事都沒有一樣；孫婆婆低著頭不再說話，摸了下臉，覺得過了十餘年，府裡應該不會有人再認得她了。當年老夫人要將外甥女許給少爺，那這位夫人興許就是老夫人的那個外甥女。她對陳嬤嬤口中的心善人好產生了質疑。以繼室老夫人那種性格，會給少爺挑什麼好的姑娘？那姑娘明明是個面慈心黑的性子，也不知少爺有沒有看穿她的假面？

事已至此，她只希望府裡沒誰能記清小姐的相貌，那樣也許就不會有人發現阮玉嬌跟小姐十分相像。只要進了孟家能順利離開，後續事宜儘量不讓阮玉嬌出面也就是了。

到了孟府，孫婆婆看到熟悉的大門、熟悉的院子，眼圈悄悄紅了。她看著小姐長大，看著小姐從玉雪可愛的小嬰兒到嬌俏含羞的少女，怎麼也沒想到小姐的結局會那樣慘。她甚至不知道小姐到底如何傷透了心，才願意嫁給阮家那個人渣。這一生她已經不能再伺候小姐了，只盼著能守好小小姐幸福美滿。

一行人走到花廳等待了片刻，迎來了端莊貴氣的孟夫人。孫婆婆面上一怔，立刻垂下頭掩飾了過去。她心裡真的十分驚訝，這夫人竟不是老夫人那位外甥女！可當年那姑娘分明和少爺訂了親，是又發生了什麼事才悔親另娶的？

幾人見禮之後，孟夫人果然對著阮玉嬌的臉沒任何異樣，還誇了她幾句模樣俊俏，看來是不認識當年孟家大小姐的。阮玉嬌和孫婆婆都鬆了口氣，應對起來自如了許多。

孟夫人性情如陳嬤嬤說的那般，一點沒讓她們覺得為難，即使提出想要什麼樣式的衣服，也多以詢問為主，而不是以一個外行人命令般的非要某種樣式，讓這次聊天變得非常愉悅。

阮玉嬌發覺，世家貴族的夫人也不都像員外府那般眼高於頂，而孟夫人也發現阮玉嬌的言談舉止根本就不像個村子裡長大的農女，兩人越聊越投契，竟對彼此都多了幾分欣賞和喜愛。

孫婆婆見狀頓感不妙，忙在旁邊悄悄扯了一下阮玉嬌的衣袖。阮玉嬌反應過來，心裡也後怕不已，若跟孟夫人太熟悉，將來三番五次過來孟府，她的身分早晚會被發現的。雖然孟夫人看著為人不錯，但當年她娘既然視孟府為狼窟虎穴，說明這裡有什麼是讓她娘忍受不了的。

她娘不回來，她自然也不想回來。她如今的生活很好，一點也不想打破平靜，讓生活變得複雜起來，還是保持好距離，遠遠避開比較好。

於是在孟夫人開口留她們用膳的時候，阮玉嬌就歉意而禮貌的拒絕了。孟夫人以為她們初到京城想去逛一逛，便叫陳嬤嬤送她們出去，末了還說若阮玉嬌有什麼新想法，或覺得有樣式適合她，可以直接來孟府找她；若是在京城遇到了什麼事不好解決，也可以找到陳嬤嬤幫幫忙。

阮玉嬌一一應下，跟著陳嬤嬤往府外走，出了孟府門口，終於鬆了口氣，笑道：「陳嬤嬤請回吧，今日辛苦您了。」

還沒等陳嬤嬤回話，就聽旁邊突然傳來一道飽含激動和不可置信的聲音。「小婉？」

陳嬤嬤疑惑抬頭，立即恭敬行禮。「老爺您回來了？這是凌南鎮錦繡坊的二掌櫃，夫人請她來設計衣服的。」

「小婉……妳不是小婉？」孟將軍走到近前，看清了阮玉嬌的相貌。才十五、六歲的小姑娘自然不可能是他妹妹，可那太過相似的面容讓他怎麼也無法不在意。他視線微挪，看到了一旁死死低著頭的孫婆婆，瞬間睜大了雙眼。「孫嬤嬤！是不是妳，孫嬤嬤？妳……她到底和小婉是什麼關係？」

阮玉嬌和孫婆婆頓時僵在了原地。

阮玉嬌迅速反應過來，狀似詫異地看了孫婆婆一眼，問道：「孫婆婆，您跟孟將軍認識？」

孫婆婆立即領會其意，感慨地道：「是啊，我從前在孟家當過差。」她上前一步，對孟將軍福了福身，微笑道：「多年不見，沒想到少爺還認得我，此次我是陪我家小姐進京的，沒想到召見小姐的夫人就是貴府夫人，真是巧了。少爺，婉小姐失蹤後我再沒見過她，因緣巧合認識了現在的小姐，她與婉小姐有幾分相像，性情又好，所以我便跟在她身邊希望能幫上點忙。」

孟將軍似是不信，盯著阮玉嬌的面容問道：「真是如此？世上怎會有如此相像卻又毫不相干之人？孫嬤嬤妳莫要瞞我，我知道當年是我沒護好小婉，如今但凡有她一點消息，妳也萬萬不能瞞我啊！」

孫嬤嬤動了動嘴唇，還是低下頭否認了。

孟將軍面上掩飾不住的失望，片刻後方讓開路，命人將她們送回客棧。不過他是不可能只聽孫婆婆一面之詞就相信的。他進府後，立刻派人去查阮玉嬌的身世，又叫人去盯著阮玉嬌。不管她跟孟婉有沒有關係，憑著那張臉，他都想多照看一些。

阮玉嬌回到客棧還覺得心裡直跳，頗有些不安的感覺。她倒了一杯涼茶，一口喝下，對孫婆婆道：「看來這件事瞞不住了，孟將軍那樣的大官，怎麼可能查不到我的身世。」

孫婆婆遲疑了一下，猶豫地道：「小小姐，今日見了孟將軍和孟夫人，我倒覺得妳不用將孟府視為洪水猛獸。當年的夫人乃是小姐的繼母，進門後又生下了一子一女，後宅有些爭鬥。之前我不知孟府情況，又以為孟將軍娶的是其繼母的外甥女，這才沒勸妳認親。但如今孟府的主人是孟將軍與孟夫人，剛剛妳也見了他們，人品、性情當屬上佳，又是妳的嫡親舅舅、舅母，若是認了這門親事，反倒能多一門有權有勢的親戚。」

阮玉嬌摩挲著茶杯低頭不語。她並沒見過她娘，也不知道她娘當年到底發生了什麼事，但寧願留在那個小村子都不願想辦法回家，想來是對家中再無留戀了吧？而且讓她頗為在意的一件事是，上一世阮春蘭為何那麼容易就被孟家認了回去？為何幾年時間都沒人察覺到任何不對？

而阮春蘭上一世用的名字是朱夢婷，又是怎麼回事？既然她的嫡親舅舅連她的真假都弄不清楚，那只能說明他沒用心查，否則堂堂一個大將軍怎麼會被個小農女糊弄住？上一世的事在反覆提醒著孟家根本不在意她們母女，因為這個，她對孟家始終沒有好感，即使剛剛親眼見了他們，心裡也始終有一根刺。

片刻之後，阮玉嬌嘆了口氣，搖頭道：「船到橋頭自然直，既然遇見了，以後的事就不被我們掌控了。若孟將軍真有心查出了實情，到時再考慮如何應對就是了，但說不定……他草草調查，根本查不到什麼呢？畢竟我娘已經去世十幾年了，村裡不一定有什麼人還記得。」

孫婆婆知道她有主意就不再勸，卻想著要在京城走動打聽一番。這些年孟家到底都發生了什麼事，好歹也要心裡有個數。

夜裡阮玉嬌在床上翻來覆去的睡不著，一會兒想到孟府，一會兒又想到前世，最後這些煩心事都紛紛散去，只餘下對許青山的擔憂。許青山進京是為九皇子辦事，屬於機密，誰也不知道他在哪裡，如今她想見他一面都沒辦法，也不知他現在怎麼樣了，有沒有危險？

正想著這些事時，她突然聽到窗外有些響動。因為第一次住客棧，在陌生的地方她一直比較警惕，連忙披上衣服悄悄地起身，從枕頭下摸出許青山給她防身的匕首，盯著窗戶，往門口挪去。剛走到一半，她就看見窗戶縫裡探進一根細管，然後有輕煙被吹了進來。

阮玉嬌心中大駭，急忙摀住口鼻，快速朝門口奔去。外頭的人聽到動靜，捨棄細管，砰地拍開窗戶跳進房間，竟然是四個黑衣人！阮玉嬌顧不得吸入迷煙，衝門外高聲大喊。「救命！救命啊！」

黑衣人眨眼就到近前，對著阮玉嬌伸手去抓。阮玉嬌回身就將匕首劃出去，趁人不備，將那黑衣人劃了一手的血。電光火石之間，又有一人翻窗而入，卻是穿的侍衛服，對上黑衣人，對阮玉嬌大喊。「快跑！」

阮玉嬌不知他們是什麼來路，但有人幫她擋開了黑衣人，她就抓住機會撲到了門外。這時住在隔壁的四個兄弟也聞聲趕來，看她沒受傷，就立刻加入了戰局。他們都是退伍軍人，功夫自然不弱，可對上黑衣人卻絲毫占不到上風，足以說明那些黑衣人不是尋常的宵小之輩。

孫婆婆白著臉將阮玉嬌扶起，關切道：「小小姐，妳怎麼樣？有沒有受傷？」

阮玉嬌搖搖頭，臉色難看地說：「幸虧我沒睡，不然就要神不知鬼不覺的被抓走了。但是剛才喊人的時候我吸了一點迷煙，如今有些頭暈。」

孫婆婆急忙扶她去了另一間房，碰見趕來的掌櫃的要了一壺清水，又請他幫忙找個郎中來。阮玉嬌一個農女，就算爭氣了點也不可能得罪到什麼人，但那員外府已經落魄，應該也伸不了這麼長的手。孫婆婆在心裡把所有跟阮玉嬌有關的人想了又想，終於想出一個人。

「之前鎮上的大案弄垮了員外府，但據我所知，那劉員外卻是為武安侯辦事的。他忍到這時才下手，可能是因為他的勢力都在京城，在這裡抓我們不費吹灰之力。小小姐，我們去孟家求助吧！我怕這次不成還有下次，光靠鏢局的幾位鏢師可不行啊，說不定還會連累他們。」

阮玉嬌將冰涼的布巾按在頭上，又喝了涼水，已然好多了，聞言搖頭道：「我們本不想認親，如今因為此事而去反倒成了利用，不妥。」上一世孟家都沒發現阮春蘭是冒牌貨，可見沒那麼用心，如今又怎麼可能為了她跟武安侯對上？再者，世家博弈從來都是要考慮利益的，其中又牽扯到為九皇子辦事的許青山。這牽扯到了站隊，她真的不能在這時候認親，否則就等同於直接把孟家拉入九皇子陣營了。

那邊幾個黑衣人見無法得手，迅速交換了眼神，且戰且退，翻窗而逃。兄弟們要追，阮玉嬌急忙攔住，擔憂道：「我們在京城一無靠山，二無人脈，貿然追上去只會陷入危機，不管他們是誰，自身的安全最重要。這樣吧，大家收拾東西，從今日起，我們便住到京城最好的客棧去，想必他們不會再如此肆無忌憚的動手。」

她記得前世臨死前不久，九皇子登基為帝，百姓們議論紛紛，其中提到過京城最好的酒樓客棧就是九皇妃名下的財產。她猜測，那裡不僅是九皇妃的產業，恐怕也是九皇子收集情報及斂財之所，所以住在那裡肯定不至於隨隨便便被人擄走，說不定還能透過客棧讓許青山知道消息。

先前第一個救人的那位男子拱手道：「阮掌櫃，不如幾位隨在下到將軍府安頓。阮掌櫃此行是受將軍夫人邀請而來，將軍府斷不會讓阮掌櫃被人所害。」

阮玉嬌抿抿唇，意外地看向他，沒想到他竟是將軍府的人，疑惑道：「你……為何會在此處？」

既然露面了，那人也沒打算隱藏身分，直言道：「孟將軍怕阮掌櫃初來乍到會遇到什麼麻煩，所以派我來照看著點。我想著時候太晚了就沒打擾，打算明日再拜訪阮掌櫃，沒想到今夜竟出了這等事。」

他到底有沒有想明日拜訪沒人知道，但阮玉嬌知道，孟將軍肯定是懷疑她的身分了。她搖搖頭，笑著婉拒了對方的提議，請對方回去覆命，然後便同孫婆婆等人換到了另一家客棧。

黑衣人鎩羽而歸，把武安侯氣了個半死！他妹妹一家落了難，連帶一個窩點被端，抓的那些少年全被放了回去，白費了不少金銀，害得他在三皇子那裡也吃了不少掛落兒。他得知是許青山尋小舅子才陰差陽錯揭了他的底，自然憤恨不已；又聽劉員外說，本該燒毀的書信竟都留在暗格裡，還弄丟了，更是火冒三丈，恨不得抽死他。

可如今最重要的是儘快把那些書信找出來毀掉，否則，一旦被他的對手拿到，那後果不堪設想。可他截獲了好幾次婁國安傳遞的消息都沒找到證據，只得將懷疑的目光落在許青山身上，偏他還莫名失蹤了，更教人無法不懷疑他。

最嚴重的是，近日他已經發現自己的勢力受到了打擊，手下的官員接二連三的出事，頗有一種風雨欲來的感覺，他懷疑就是婁國安背後的人搞的鬼，如今婁國安在凌南鎮，他又找不到許青山，還動不了婁國安護著的老太太，只得對離家外出的阮玉嬌下手。儘管阮玉嬌身邊有五人隨行，到了京城，這種小人物也只能束手就擒。

可他萬萬沒想到，怎麼想怎麼簡單的一件事，居然還真就沒辦成！他大罵了手下一頓，又多疑地琢磨起那個阻攔黑衣人的護衛是誰？那人顯然是京城人，會是誰在背後保護阮玉嬌呢？難道阮玉嬌除了是個農女，還有別的身分？亦或是許青山真的在替某位皇子辦事，所以派了人保護阮玉嬌？

武安侯越想越不安，在書房內來回踱步，許久之後，叫人來命其全天盯著阮玉嬌，一旦找到機會就將她擄來。有這麼個人在手，至少能對許青山有個威脅。如今他在明，對方在暗，他也實在是沒有其他辦法了。

孟府的護衛回去見到孟將軍，立時將阮玉嬌遇襲的事給稟報了。孟將軍神色一凜，皺起了眉頭。「這麼看來，這位阮掌櫃背後也很不簡單，不是我們所以為的那樣。從這方面仔細調查，查清楚是誰要對付她、有什麼目的，再查查她背後隱藏著什麼秘密，以至於剛進京就遇襲。」

「是！」

護衛離開之後，孟將軍靜坐良久，對著燭光沈沈地嘆了口氣，取下書架上方的長條錦盒打開，拿出一卷畫卷。畫卷展開是一位嬌俏少女的畫像，少女穿著明豔的衣裳，笑容明媚，看上去生活得格外開心，正是與阮玉嬌有七分相似的孟婉。

這幅畫是在孟婉十五歲時畫的，與如今的阮玉嬌年齡不相上下，對比看來，阮玉嬌比孟婉的顏色更盛兩分，且更加沈穩，而孟婉身上則有著阮玉嬌所沒有的天真單純。正是因為那時的妹妹單純快樂，他才以為她在家中過得很好，也才以為繼母是真心待她，安心去邊疆征戰。

哪曾想到再回京，只得到妹妹墜崖的噩耗。繼母說，妹妹不滿親事，同人私奔，他總覺得不對，細查之下果然發現端倪，勃然大怒，將繼母軟禁在佛堂，從此與繼母生的子女斷絕往來，將他們趕出府，分家另過，並退了繼母給他定的親事。一年後，繼母重病而死，這孟府就再也沒有礙眼的人了。

可是他無論如何都找不到妹妹，一點可用的線索都沒有。那麼高的懸崖，掉下去哪裡還有活路？而且若妹妹尚在人間，又怎會十幾年都不來找他？

這些年來，孟婉的死一直是他心頭的一根刺，每每想起都懊悔的無以復加。如今忽然見到一個和孟婉如此相像的女子，他心裡生出無盡的期望。說不定妹妹還活著，說不定那姑娘就是妹妹的後人，若真如此，說不定他有生之年還能再見到妹妹，好生補償。

看著妹妹的畫像，孟將軍更加堅定了要查下去的決心。只要有一絲希望，他都不會放棄！書房的門被人敲響，孟夫人端著一盅湯推門而入，見他在看畫像，上前一看，驚訝道：「這是……妹妹的畫像？那阮掌櫃同妹妹還真是十分相像！」

孟將軍嘆了口氣。「若非如此，我怎會那般失禮的糾纏一位姑娘？興許她已經將我當做不知所謂之人了。」

「怎麼會？雖然我今日才第一次見到阮掌櫃，但她性情極好，處事大氣，必不會將此事放在心上。只是，她果真與妹妹有關係嗎？」孟夫人沒見過孟婉，也不瞭解，但她知道孟將軍一向對孟婉深感愧疚，若真能通過阮玉嬌找到孟婉，那他的遺憾也就能了結了，著實是一件好事。

第五十八章

孟將軍搖搖頭，小心地將畫像收起，束之高閣。「如今還不知她的身世背景，我已派人去查，希望會有好消息。」

「凌南鎮離京城不遠，三兩天就能得到消息了。你也不要想太多，你才從戰場上回來不久，還沒休息好呢，就算為了我和孩子，你也得好好保重自己。」

「放心吧，我自有分寸。」孟將軍想起阮玉嬌拒絕來孟府的事，又皺眉道。「若是尋常之人，我們幾次挽留，為何她都不答應來府裡安頓？今晚她還被黑衣人夜襲，不知是誰想要擄走她？如此她都不肯來受我們庇護，難道事情與我們有關？」

孟夫人無奈道：「你這麼想，就是先入為主的把她當妹妹的女兒了，否則她的事怎會與我們有關呢？依我看，也可能是她不想連累我們，怕給我們添麻煩。不管如何，我先叫人照看著她，一切等調查結果出來再說吧。」

「嗯，也只能如此了，辛苦夫人多費心。」

「能為你分憂便好。若她真是妹妹的女兒，那就是我們的親人了。」孟夫人想到阮玉嬌，覺得多個這樣的親人也挺好，一來丈夫能有機會彌補遺憾，二來阮玉嬌的性情上佳，她也喜歡得很，只希望他們的猜想都是真的吧。

兩天後，孟將軍派出去調查阮玉嬌的人回來了。剛開始調查到她的父母是阮金多和劉氏，後來查到阮春蘭害她，才知道她的生母已去世十幾年，正是姓孟的外來人。這讓孟將軍既悲痛又慶幸，悲痛妹妹到底還是不在了，慶幸妹妹還有後人留下。

如此巧合，他是不可能再相信阮玉嬌跟孟婉沒有關係。特別是阮玉嬌如此出色，根本不像個鄉村小農女，就更讓他堅信是因為妹妹的血脈，才讓她與旁人那般不同。再加上孫婆婆竟然願意跟在阮玉嬌身邊，這層身分幾乎就可以確定了。

想到消息裡說阮玉嬌幾次被害都驚險解決，甚至還被生父拋棄，過繼了出去，硬是靠自己闖出一條路來，他就心疼得厲害。她乃堂堂孟將軍的嫡親外甥女，真能如此被人欺凌？

而更讓他吃驚的是，阮玉嬌的未婚夫居然是許青山！許青山在軍中表現極好，他也三番五次想要提攜一番，很是愛惜這個人才，只可惜許青山志不在此，非要回鄉與親人過平凡的生活。他放許青山回鄉時，頗為惋惜軍中失去了一個大才，哪知兜了一圈，這小子竟成了他外甥女婿？

孟將軍朗聲笑了起來，覺得外甥女眼光夠好，在那種小地方一挑就挑了個出類拔萃的，這下又把人才給攬回來了。不過對於許青山，他就沒好氣了。他還沒把外甥女認回來，臭小子居然就把人拐跑了！想抱得美人歸哪那麼容易？怎麼也得刁難刁難他。

還沒認親，孟將軍就一個人想了許多，之後才驚覺阮玉嬌似乎並不想認他這個舅舅。若說阮玉嬌不知情的話也有可能，但孫婆婆難道也不知情？那怎麼可能。看到阮玉嬌那張臉，孫婆婆難道不懷疑、不調查？所以說，只可能是阮玉嬌不想認他，這讓孟將軍的好心情一下子跌入谷底。

他又開始分析許青山的事。之前阮玉嬌的弟弟丟了，許青山帶人大肆尋找，最終破了一起大案。雖然不知內情，但許青山消失多日，顯然是去辦什麼秘密的事了，結合這次阮玉嬌被襲擊，必然跟京中權勢鬥爭有關。

孟將軍從員外府老夫人和武安侯的兄妹關係聯想過來，基本猜到了真相。那些黑衣人定是武安侯派來的，而許青山的消失，可能就是拿到了武安侯的證據要交給誰。再想到近日武安侯的勢力被打壓，他便大膽猜測，許青山已經站隊跟了一位皇子！

如今皇子奪嫡，有的在明處、有的在暗處，還有的好像根本沒那個心。他手握兵權，一向是保皇黨，持中立態度，如今竟一時不確定許青山效忠於誰？他起身在書房中來回踱步，有些心焦。從龍之功這種事風險太大，若成了，那皆大歡喜；若不成，豈不是許青山和阮玉嬌都要遭殃？

孟將軍越想越覺得不能讓孩子們這般胡鬧，急忙讓孟夫人出面將阮玉嬌他們接回府。不管怎麼樣，至少要保證他們安全，不被武安侯所害才是。

孟夫人聽了分析，也覺得不能讓孩子在外頭待著。為怕阮玉嬌再拒絕，乾脆親自帶人去了阮玉嬌所在的客棧。一見阮玉嬌她就上前握住她的手，越看越喜歡，笑說：「孩子，我都聽說了，妳在外頭遇險怎麼不來找我呢？走，跟我回府去住，有將軍府在，誰也別想把妳怎麼樣！」

阮玉嬌看到她親自來就已經很驚訝了，再看她如此親切的態度，頓時有些左右為難。「夫人，這……」

「還叫什麼夫人！」孟夫人打斷她的話，看著她，問道：「妳娘姓孟對不對？十幾年前隨河流到了臨溪村，被妳祖母所救，可惜她在生下妳不久就去世了，是不是？嬌嬌，妳是不是知道自己的身世，知道妳娘就是孟家的人？」

阮玉嬌看了孫婆婆一眼，因著孟夫人的態度，說謊就不適合了，可說實話又更不適合。

孟夫人又道：「別看了，將軍都查清楚了，妳早就知道妳是將軍的外甥女了，對不對？」

阮玉嬌聽她語氣不對，怕她誤會自己前來攀附，忙說：「我進京之前不知道夫人是孟家的夫人，並非有意找上門來。我娘生前沒想要回來，而我是外姓人，自然也沒有這個想法。待此件事了，我們就回凌南鎮，必不會上門打擾的！」

孟夫人聽她果然知道身世，心裡鬆了口氣，問道：「妳娘去的早，恐怕沒機會跟妳說家裡的事，她可有留下什麼？」

孫婆婆知道如今不認是不行的，如此還不如找孟將軍做靠山，起碼不用整晚擔驚受怕。她拿出孟婉的玉珮，說道：「這是小姐當年留下的。小小姐長大之後，阮家老太太就交給了她，並告訴了她小姐當年的事。不過小小姐沒想要認親，就將這枚玉珮轉送給我，讓我留個念想。若我沒記錯，這玉珮和將軍的玉珮是一對的，乃是將軍生母給他們留下的。」

孟夫人對孟將軍的玉珮自然很熟，看到這玉珮，立時就知道是真的。再加上之前孟將軍調查的那些消息和阮玉嬌的樣貌，這姑娘確認是孟婉的女兒無疑了。她這才真正放心地笑開來，對阮玉嬌道：「妳就是我和將軍的外甥女，哪有什麼不想認的？快，叫人收拾好東西，這就跟舅母回去吧。妳舅舅啊，可是在家裡盼著呢，若我沒把妳領回去，他準要怪我，妳也不想看到我們吵架吧？」

阮玉嬌心裡始終對前世存疑，但眼見為實，孟將軍和孟夫人的為人確實沒得挑，她一時間也不知該說什麼，只為難道：「夫人的好意我心領了，可我如今有麻煩纏身，實在不想給你們添亂。若將來沒有什麼事了，我定去拜訪你們。」

「妳說的麻煩可是指武安侯那一樁？」孟夫人擺擺手。「無事，孟家與武安侯早有宿怨，一直都是對立的，不怕這種小麻煩。至於旁的妳就更不用擔心了，不管到什麼時候，你都是孟家的表小姐，不管妳身上發生什麼事，孟家都不會袖手旁觀。」

阮玉嬌聽到最後一句，已經明白他們是什麼都調查清楚了，甚至猜到了許青山已經效忠於某位皇子，參與了奪嫡之事。即便如此，他們還願意接她過去，甚至說出她永遠都是孟府表小姐這樣的話，顯然是要護她到底，這讓阮玉嬌倍感溫暖的同時，也對前世產生了巨大的懷疑。是不是有什麼事被她遺漏了，否則怎麼會出現這麼大的偏差？

最終阮玉嬌還是難抵孟夫人的熱情，隨她回了孟家。鏢局的四位兄弟見到孟將軍都十分激動，孟將軍也將他們誇了又誇，還說等他們休息好了就要考校考校他們。等旁人退下了，孟將軍才看著阮玉嬌露出激動的神色。「嬌嬌，妳……妳能不能叫我一聲舅舅？」

阮玉嬌腦海裡閃過許多東西。前世的疑惑、娘親的絕望、之前的決定等等，可看著孟將軍的眼睛，她無法懷疑這個真誠的人，所以她這次沒有過多猶豫就開了口，同時對孟將軍夫妻福身行禮。「舅舅、舅母。」

「好，好好好！快起快起！」孟將軍虛扶了一把，眼含熱淚，尷尬地用袖口擦了擦。

孟夫人及時解圍道：「快坐吧，孫嬤嬤妳也坐，如今妳已經不是奴籍了，萬萬不要跟我們客氣。」

阮玉嬌坐下後，遲疑了下，還是斟酌著說道：「舅舅、舅母，可否告知當年到底發生了什麼事，才讓我娘寧願留在鄉下也不願回家？」若這個問題不弄清楚，她可能會始終對他們心懷芥蒂，這對他們十分不公平。也許是她不瞭解一些事誤會了呢？甚至連她娘也誤會了家人呢？

提起孟婉，孫婆婆和孟將軍都有些傷感，孫婆婆說：「小姐有一次從繼夫人院子裡回來就有些不對勁，之後幾日都悶悶不樂，我怎麼詢問也問不出來，正想去繼夫人院子裡打探，小姐就病了，然後叫我去廟裡進香，讓我給她求個平安符，誰知我回來時，他們就說小姐沒了。我只查到二小姐愛慕小姐的未婚夫，小姐卻和她看上的一個人私奔了，結果不幸墜崖，屍骨無存。

「當時將軍還在邊疆，繼夫人將小姐的僕人悉數賣掉，我心如死灰，便給二小姐下了絕育藥，去了凌南鎮。我想著，懸崖下頭就離那邊近了，去那邊找一找，若小姐真沒了，我在那兒也算離她近點，陪陪她。」

孫婆婆已是淚流滿面，卻還是哽咽著把話說完。阮玉嬌起身環住她的肩膀，輕輕用帕子給她拭淚。大戶人家的勾心鬥角，她在員外府就有所瞭解了，而孟家顯然爭鬥得更厲害，已經到你死我活的地步。但聽到孫婆婆說給那二小姐下了絕育藥，她心裡真的是痛快！

「好！下得好！」孟將軍咬牙道：「我以為是繼母執意要搶那門親事，只對付她，將她的子女趕出去了事，沒想到連他們也有參與。我沒報的仇，妳替小婉報了，她在九泉之下也能安息了。」

他看向阮玉嬌和孫婆婆，沈痛地說道：「整件事都是他們設的局，那個帶小婉私奔的人也是他們安排的，所以小婉是與他爭執時，意外墜崖的。」

通過孟將軍的講述，阮玉嬌才知道，有些事確實是陰差陽錯。繼夫人當年極會做表面功夫，沒人不誇，吃穿用度更是給他們最好的，所以就連孟將軍和孟婉也沒察覺什麼不對。但實際上，繼夫人在後宅把孟婉養成了一個天真到有些蠢的無能閨秀，反倒把自己的女兒養得極為出色。

那時孟老爺已逝，孟將軍也開始常年征戰，遠在邊疆，孟婉在家悠閒度日，還以為繼母是不想她辛苦，甚至屢次勸繼母對二妹好一些，一家人相處得其樂融融。直到她的婚期快到了，繼母才和二妹故意演了一齣戲，讓她「偷聽」到事實的「真相」，而真相就是她的未婚夫喜歡她二妹，二妹為了她堅決反對，繼母則左右為難，母女痛哭。

孟婉一直把她們當親人，自然不願她們難過，就起了退親的心思。誰知偷偷見了未婚夫提退親時，未婚夫竟然不允，說他們是兩家長輩定下的親事，不能更改。兩人都沒說緣由，所以未婚夫不知她是因為要把他讓給妹妹，還以為她變心了；而孟婉也不知未婚夫心裡是喜歡她的，以為他只是礙於長輩的命令不敢退親。

但繼夫人母女不甘心，見軟的不行就來硬的，露出了真面目，對孟婉說了許多錐心刺骨的話。孟婉大受打擊，不敢相信，又不願意同任何人說，自己一個人越發憋悶。而就在這個時候，繼夫人刻意安排了一個男人在孟婉外出的時候救下她，並一見鍾情，大膽追求，許下許多美好的未來。

孟婉當時正覺得家中讓她透不過氣，不知兄長何時歸來，更不想再看見她曾真心相待的母親和妹妹，於是在承受不住抑鬱而病倒之後，毅然同意跟男人私奔，還把親近的僕人都遣走了。哪知私奔之後不久，那男人就想強行占有她，在她的反抗下，還威脅要把她賣到青樓。她在爭執之中，意外墜崖，沒找到屍體，所有人都當她死了。

孟將軍過了兩年才回京，其間一直都收到妹妹的書信，還以為她過得很好，誰知那根本就是繼夫人偽造的。他回來太晚，能查到這些已經是極限，他也派人去凌南鎮附近找過，可是根本沒找到什麼。如今看來，當年他找過去的時候，孟婉已經難產而亡，阮家又娶了劉氏，自然是沒那麼容易發現線索。

而孟婉之所以那麼絕望，恐怕就是因為接二連三遭遇了太大的打擊。信任的母親、妹妹變得冷血無情，看中了一個男人竟是花言巧語騙她的，最終想在鄉下嫁個老實男人，卻還是所託非人。心灰意冷之下，再無生存的慾望，竟是連胎都沒好好養，讓阮玉嬌生來體弱。

孟家兄妹都沒有什麼錯，只是造化弄人，錯信了人。如今那位繼夫人已逝，孟家的二少爺、二小姐也都被趕了出去，聽說落魄的比尋常百姓還不如。畢竟錦衣玉食慣了，出去之後沒什麼好本事，又得罪了孟將軍，自有從前看他們不順眼的人輪番教訓他們，他們能過得好才怪。

這些讓孟婉痛苦的人不在了，其實孟府也就不再是什麼狼窩虎穴。若當年孟婉自強一點、堅持一下，等孟將軍回來，她就能夠在孟將軍的庇護下，不再痛苦了。只可惜一步錯，步步錯。她的性格本就被繼夫人養得天真不知事，行事多少有些任性愚蠢，最終悲劇下場大概也算是必然的結果。

弄清楚當年的事，幾人都唏噓不已。但仇已經報了，如今提起也只不過是時過境遷，該是放下的時候了。不過知曉孟婉在孟家過得那麼不如意，孟將軍說什麼都要將孟婉的墳遷回孟家祖墳。孟家家大業大，不怕無人供奉，怎麼也比在阮家好吧？

阮玉嬌對此沒什麼意見，不過她覺得事關阮家，還是要先和阮老太太商量過才行。幾人說了許久的話，又哭過幾場，身心都有些疲憊。孟夫人適時地提出讓大家休息，並把該安排的都安排好了。

雖然知曉了當年的事，卻仍沒解開對於前世的疑問，但阮玉嬌覺得，人應該活在當下。不管前世是因為什麼，她確實能感覺到孟將軍對孟婉的那份在意和對她的關懷親近，她也應當以同樣的感情回饋。至於阮春蘭，前世阮春蘭被認回的時候不是叫朱夢婷嗎？也許這就是阮春蘭能蒙混過關的關鍵，等有機會查查朱夢婷這個名字代表什麼再說吧。

從前她以為那名字是孟家給改的，沒當回事，如今卻發現其中大有文章。若能查出來，也算給前世的自己和娘親一個交代。況且，以阮春蘭那樣狠毒的性格，她可不相信孟將軍和孟夫人會真心喜愛阮春蘭，時日久了，阮春蘭定然還會再鬧出事來。

有心計是好事，免得太過糊塗被人算計，但處處耍心機，太過自私、歹毒就不妥了，早晚會聰明反被聰明誤。阮春蘭就是這樣一個人，所以在瞭解孟家之後，她就知道前世阮春蘭絕不會有什麼好下場，因此她對前世也就沒什麼遺憾了。如今他們接觸的事越來越多，理應把當下過好才是。

孟將軍找回外甥女，壓根兒沒打算藏著、掖著，第二日就叫孟夫人大派請帖，在府中大宴賓客，將阮玉嬌的身分公之於眾。雖然當年孟婉是私奔，繼夫人怕影響自己女兒的名聲，把那件事壓下來了，後來孟將軍對他們的打擊、報復，也讓少數知情人知曉一切都是他們害的，孟婉縱使有些不對也情有可原。

而且阮玉嬌是孟婉光明正大的嫁人所生，沒什麼見不得光的，孟將軍又兵權在握，硬氣得很，竟沒人非議什麼，紛紛恭喜孟將軍與外甥女相認。

當天孟家熱鬧極了，阮玉嬌雖然第一次親自參加這種場面，但也許是經歷過死亡，又經歷過多番危機，她竟一點緊張也無，表現得落落大方。再加上她勝過眾人的樣貌，恰到好處的微笑，讓人見之心喜，除了少數心中嫉妒的人外，大部分賓客都欣然接受了孟家橫空出世的這位表小姐。

當晚賓客盡散以後，許青山從後門用軍中暗號入府見到了孟將軍。他先是去看了阮玉嬌的情況，才對孟將軍說：「將軍，本來我是不想將您牽扯進來的，但今日您大張旗鼓地認了嬌嬌，洩漏了這層關係，我只得奉命前來詢問您的一些意見了。」
孟將軍蹙了下眉，審視著許青山道：「你奉誰的命來的？」
許青山笑笑，執壺給他倒了杯茶，慢慢說道：「此事先不提。我與將軍許久未見，不如先聊聊將軍對當今局勢的看法？」
孟將軍搖頭一笑。「你小子，不見耗子不撒鷹啊。依我看，這些都不急，你且先說說你與嬌嬌的親事是如何定的？」
這下輪到許青山語塞了。孟將軍認了阮玉嬌，那就是他的未來舅舅，所謂娘舅親如爹，儘管過去許多年孟將軍並未出現在阮玉嬌的生命中，但孟將軍對他來說，也是一位慈善的長輩，如今既有了這層關係，自然是該更加親近才是。
許青山起身面對著孟將軍一揖到底，誠摯地道：「將軍明鑒，我待嬌嬌如珠如寶，此生得此佳妻，定然一心一意，不負於她。」
無需誓言、無需贅述，只他這一句話，孟將軍就相信他絕對能做到。
孟將軍捋著鬍子朗聲而笑，起身親手將許青山扶起，重重地拍著他的肩膀道：「好小子！什麼時候眼光都這麼好，一下子就挑中了我們孟家的掌上明珠。你可得記得你今日的話，若將來你敢待她不好，我定饒不了你！」
孟將軍象徵性地威脅了一句，轉身背著手走到窗邊，淡淡地道：「說說吧，你看好哪位了？認識你這麼久，還沒見你失手過，也沒見你看錯過人，這一次想必也是斟酌良久的吧？」

「沒錯，我本想平凡度日，沒想到受人欺壓，差點遭禍。為了保護家人，我也不得不找一條捷徑走了，但這條捷徑是我觀察許久才下定決心挑選的，我有九成把握。最重要的是，此人胸懷天下，若能上位，乃百姓之福。」許青山確認周圍沒有人，才對孟將軍和盤托出。「此人便是聖上的九皇子，他表面安於現狀，不爭不搶，實際上他已積蓄了足夠的力量，幾年之後定能成事。」

孟將軍微微瞇起眼，沈吟片刻，點了點頭。「不錯，九皇子早年表現出的才能確實是皇子中的佼佼者，只不過後來……看來他後來是開始藏拙了。」他轉過身看著許青山問。「他此番叫你前來，是想招攬我為他辦事？我一向只忠於皇上，即便他勝算再大，我也不會站隊。」

許青山忙道：「將軍不必為難，九皇子對此早有預料，言說並不會借這層關係要求將軍做什麼，只希望將軍能在關鍵時刻予以方便或保持中立，不要幫助別人與他為敵就好。」

孟將軍捋捋鬍鬚，點頭道：「如此我便應下了。青山，參與奪嫡之事，比當初在邊疆做臥底還要凶險。做臥底失敗只危及你一人；奪嫡若失敗，那危及的便是你一家人。無論如何，萬萬要小心謹慎，不可行差踏錯。」

許青山拱了拱手。「謹遵將軍教誨。」

談完了正事，孟將軍擺手笑笑。「行了，別跟我個老頭子嘮叨了，去看看嬌嬌吧。你小子不要久留啊，若不是知道嬌嬌擔心你，哪裡能讓你小子說見就見。如今她已是我將軍府的表小姐，不知有多少人盯著她，往後你既要護著她，也該好好維護她的名聲。」

「是，晚輩明白。」許青山同他說話的神色中都透著親近，也只有真正疼愛他們的人才會如此處處為他們考慮，甚至連他參與奪嫡之事都沒有多加詢問，這等信任比什麼都重要。

許青山跟孟將軍告辭之後，就避開人，悄悄去了阮玉嬌的小院，見面時還有孫婆婆在旁。阮玉嬌一看見他就紅了眼圈，心疼地道：「怎麼幾日不見你就瘦了一大圈？是不是做的事特別辛勞？」

許青山不在意地說：「是我前陣子在家養胖了，如今這樣才是正常的。放心吧，辦事歸辦事，我跟在九皇子身邊，不會被虧待的。只是連累妳了，差點害妳被武安侯擄走。」他皺起眉道：「那老傢伙賊心不死，妳且等著，過幾日我就為妳報仇。」

阮玉嬌搖搖頭道：「什麼報仇不報仇的，我又沒事，你顧好自己的安全最重要，千萬別貿然去犯險。」

「沒事的，我本就是來給九皇子送他犯罪的證據，九皇子考驗我，將他這個人交給我調查，扳倒他也算是一個投名狀，關係到我在九皇子心裡的分量。」許青山叮囑道：

「妳且先在將軍府住著，這裡安全無虞。家裡那邊妳也不用擔心，我已經用九皇子的渠道傳信回家裡了，她們有婁大人和兄弟們照顧，都很好。等這邊的事告一段落，我們再一起回去。」

「好，正好喬姐一直想把錦繡坊開到京城來，我如今在這裡就瞭解一下鋪子的情況吧，說不定能幫上忙。」

第五十九章

許青山笑著道：「如今妳成了大小姐了，自然能幫上喬姐的忙。她來京城，人脈最重要，最怕被本地商戶打壓，如今有妳給她做靠山，她的願望馬上就能完成了。不過，日後妳恐怕就無法再做錦繡坊的二掌櫃了，畢竟也要考慮到如今的身分。」

阮玉嬌低頭，摸了摸身上上好的衣服料子，無奈地笑笑。「是啊，如今跟過去不一樣，要考慮的事也多了。只是本來我已經定好了將來的路，突然轉變這麼大，也不知是好是壞？」

「當然是好的，就算有什麼不好，我們也能把它變成好的。」許青山看出她對轉變巨大的生活有些不安，握住她的手安慰道：「別怕，不管將來有什麼事，都有我陪著妳呢。」

「嗯。」阮玉嬌這才笑了，幾日來對陌生環境的不適應盡數散去，能和許青山攜手前行，她相信未來的路一定能走好。

許青山還有要事，不能久留，又同阮玉嬌說了一會兒話之後，就讓她早點休息，快速離開了。

跟奪嫡相關的事，阮玉嬌幫不上忙，她看許青山胸有成竹的樣子，雖然擔心，但並不過於憂慮。既然決定要幫喬掌櫃把鋪子開到京城，她就跟孟夫人說了此事。這是她認親之後第一次提出來的事，孟夫人自然滿口答應，把身邊的陳嬤嬤派給阮玉嬌，讓陳嬤嬤陪著她去街上瞭解情況。

出門的時候有陳嬤嬤和孫婆婆陪伴，還有兩個丫鬟和兩個身手很不錯的護衛。不過兩日，各家就都知道，孟家對這位新認回來的表小姐不是面子情，而是實打實當親閨女一般寵著。這下阮玉嬌可是進了許多權貴的眼中，有人同她偶遇結交，有人心存嫉妒有意無意地挑刺，還有人找了冰人上孟府提親，讓她的生活一下子豐富多彩起來。

孟夫人徵求她同意之後，親自去宮裡求了一位太后身邊的嬤嬤回來，專門教導阮玉嬌閨秀的各項規矩禮儀。這下就算有嘲笑阮玉嬌是鄉下姑娘的人，也不得不閉嘴了。人家的規矩是太后身邊的嬤嬤教的，敢嘲笑她，豈不是連太后的臉都打了？

而阮玉嬌本來學東西就快，生活兩世，心智要比旁人成熟不少，定的下心來；再加上自身的努力，成果讓嬤嬤誇讚不已。她知曉九皇子將來會登基，許青山若得到九皇子重用，將來的身分便也會水漲船高，少不得要同一些達官貴人來往。她要與許青山做夫妻，自然也不能落後，給許青山拖後腿。

生活這麼一忙碌，日子就過得很快，等阮玉嬌聽說武安侯獲罪入獄的時候，才驚覺已經過去一個月了。

這段日子她一直用心跟嬤嬤學各種規矩，已經對這些得心應手，走出去的言行舉止任誰都挑不出毛病來，怎麼看都是一個嬌養的大家閨秀。同時她也沒忘了打探鋪子的事。已經看好了幾間店面，也瞭解了京城其他鋪子的情況和各類服飾的行情，可她暫時不能離開，便寫了厚厚的一封信，託鏢局的四位兄弟送了回去，希望喬掌櫃考慮一下，提早做準備。

武安侯徹底倒下，連同凌南鎮拐賣幼童的案子一起，引起了軒然大波。因為許青山在暗中查探之後，找到了關鍵性證據，直接指出這一系列罪行是三皇子所授意。雖然和三皇子相關的證據被皇上壓了下來，但三皇子這次被皇上嚴厲斥責，還免去了身上職務，禁足反省，也算是間接讓百官瞭解了真相。

三皇子若只是爭權也就罷了，他居然敢培養那麼多暗衛，還往宮中送那麼多太監、宮女，有什麼意圖一想便知。皇上哪能容忍這種兒子在眼前放肆，直接就把他打壓了下去，相當於許青山為九皇子除去了一個勁敵。是以此事了結，許青山直接在九皇子面前有了一定的地位，被九皇子視為重要的親信，調查了他的生平經歷之後，繼續令他隱於暗中，並派以重任。

這些事許青山跟阮玉嬌說的時候一語帶過，但阮玉嬌發現他手臂有傷，背部也有傷，就知道過程極為凶險，所幸如今暫且平安，他們也終於能回凌南鎮，與兩位老太太一家團聚了。

提到九皇子派給許青山的任務，阮玉嬌好奇地問道：「這次不用留在京城辦事了嗎？」

許青山搖搖頭。「兄弟們幾次走鏢之後，不少戰友都聽了信，過來投奔我。九皇子因此命我多多招攬退下來的戰友，將來自有用處。此事我還要仔細斟酌，不是所有兄弟都願意參與這種事的，他們既然來投奔我，我便要為他們負責。」

阮玉嬌跟許青山一起回凌南鎮，隨行的除了孫婆婆還有那位宮裡請回來的萬嬤嬤，另有四名丫鬟以及護衛若干，完全就是跟大家小姐一樣。如今阮玉嬌的衣著、首飾也提升了幾個檔次，再加之她樣貌不凡，打扮得十分令人驚豔。進了家門，兩位老太太幾乎都不敢認了。

還是小壯瞪大了眼，驚呼出聲。「大姐？妳怎麼變得這麼好看了？」

阮玉嬌揉了揉他的頭，好笑道：「什麼話，還不是和從前一個樣子？」她走到兩位老太太跟前拜了一拜，輕聲道：「讓兩位奶奶擔心了，往後不管去哪裡，我們一家人都在一起，再也不分開了。」

阮老太太這才回過神來。「誒，好，好啊。」她拉住阮玉嬌的手轉了一圈，眼中含淚地打量著。「孟家待妳不錯，這就好，往後啊又有兩位長輩疼妳了。」

「奶奶不怪我自作主張就好。」

「不怪，山子傳回消息了，有孟家做靠山，就不用再怕員外府那樣的惡霸，挺好！

來來，妳和山子快進屋歇歇，跟我們說說京城什麼樣，都有什麼好的？」

阮玉嬌和許青山扶著兩位老太太進屋，將萬嬤嬤和幾位丫鬟、護衛介紹了一下，這才說起在京城這一個多月的見聞。他們只挑好玩、有趣的說，那些驚險之事一句未提。兩位老太太半輩子都沒過上好日子，如今年老了，只要安心享福就好，其他的事都由他們自己處理吧。

家裡人多了就住不開了，本來挺好個院子突然顯得特別擁擠，還有點跟他們不匹配的感覺。回來前孟夫人本要給阮玉嬌置辦房產，被阮玉嬌拒絕了，到底她家裡還有好幾位親人，一同住到孟家置辦的房產裡就太不適合了，將來也容易引起不必要的紛爭，她始終都記得自己不姓孟，而孟家還有自己的小姐、少爺呢。

幸好她之前跟著婁夫人結交了不少夫人、小姐，還接下許多單子，這些單子給錦繡坊帶來巨大利潤的同時，分給她的也不在少數，她完全有能力自己再買宅院。當天下午，幾個丫鬟就挑選出三個符合要求的宅院供她挑選，最後她定了一處四進的宅院，第二天搬家過去，才算是讓主人、丫鬟、護衛都舒服的住下，而她孟家表小姐的身分也就此傳了開來。

她去錦繡坊交接的時候，喬掌櫃看著她唏嘘不已，感嘆道：「早知妳有這一層身分，當初被員外府找茬的時候就不用那麼擔驚受怕了。不過真是沒想到，世上竟有這麼巧的事，妳和孟家實在有緣，離這麼遠都能見上面。只是可惜，錦繡坊是留不住妳這個二掌櫃了。」

阮玉嬌搖頭笑道：「喬姐別這麼說，我是真的喜歡刺繡做衣服，不管以後錦繡坊有什麼事，只要需要我，妳就跟我說。」

喬掌櫃笑道：「好，那我也不跟妳客氣。我看妳的性子，肯定不想依附孟家，但有了這個身分，又不好拋頭露面。不如這樣，以後妳就隱在幕後，只要有了新的設計就交給我，賺了銀子分妳一筆。等妳銀子攢多了，還可以多置辦鋪面、田莊之類的產業，就算以後和孟家有了什麼萬一，也一樣能過得好。」

只有親近的人才會說這麼真心的話，阮玉嬌感動的抱了抱她，說道：「喬姐說得對，我正是這麼想的。我在京城已經看好了鋪面，把錦繡坊開到京城完全沒問題，不過如今我還要在淩南鎮住上一陣子，要是妳先去的話，我可以拜託舅母幫忙照看一二。」

喬掌櫃忙擺擺手。「哪有那麼急。鋪子往京城開，牽一髮而動全身，事先不知要做多少準備，不急的。妳有什麼事只管忙妳的，我要多去京城幾次才能把事情定下來，到時候我們一起進京。」

「好。」

交接完自己手頭的事，阮玉嬌並未著急回家，而是用心指點錦繡坊的一眾女工。她們缺的不是手藝，而是那種靈光一閃得來的款式。之前阮玉嬌就將她們往這方面引導，又指點了幾日之後，她們已經能開始獨立設計一些款式了。儘管設計得有好有壞，還不夠成熟，但至少這是往前跨越了一大步。如果錦繡坊多一些這樣的人，那將來經常推陳出新，定能吸引到更多的顧客，她也可以放心的離開錦繡坊了。

而阮玉嬌對錦繡坊的重視，讓許多人也更加重視這家小鎮上的老店。能和孟家扯上關係，將來的發展必定能更上一層樓，而錦繡坊許多款式都是阮玉嬌親手設計的，這讓許多夫人、小姐趨之若鶩。阮玉嬌本以為會有人拿她曾給人做衣服這件事來鄙視她，畢竟當初員外府二小姐就是這樣貶低她的。

但沒想到，憑孟家對她表現出的重視，別人不僅不會對此鄙夷不屑，反而還誇讚她自強不息、多才多藝。阮玉嬌剛剛聽到的時候愣怔了許久，然後才真正理解了地位權勢的含義，也真正適應自己的新身分。

在阮玉嬌為錦繡坊忙碌之際，許青山也沒閒著，甚至比她更忙。因為來鏢局投奔他的戰友越來越多，他為九皇子效命，自然就要把這件事辦好。他本來擅長臥底，最會看透人心，便對每一位兄弟暗示、考驗、調查、瞭解。確定願意且有能力為九皇子做事的，便留在鏢局中；那些心思不純、想占便宜的，都找了藉口打發；而那些老實本分想過平凡日子的，則被他安排在臨溪村安頓下來，由裴叔帶著他們另尋出路。

裴叔瘸了一條腿，年紀也不輕了，知曉他要參與重要之事的時候，就提出想過平凡的生活。許青山仍會暗中幫裴叔他們，但明面上跟他們劃清了界限。如此他和裴叔就分成兩撥，不停地接收來自四面八方的退役戰友。

裴叔那邊的兄弟們，純粹認為是許青山在幫助戰友；而鏢局裡的兄弟們，則有日常訓練，像當兵時一樣，不可懈怠一絲一毫，利用走鏢到大江南北的機會，搜集各路消息，成為九皇子最廣的消息來源，讓九皇子對哪些官員貪污、哪些人才可用瞭若指掌，在朝堂上抓住每一次機會壯大自己。

青山鏢局也相當於九皇子的一支私兵，將來不管發生任何事，九皇子都不會處於被動。而凌南鎮有妻大人和許青山坐鎮，又剷除了劉員外等人，已經成了九皇子的秘密基地。這樣一個別人不注意的小城鎮，已經是九皇子隱藏力量的一個重要地點了。

從前九皇子沒有這樣做，一是沒有想到退役軍人聚在一起，能凝聚成這樣一股巨大的力量，二是沒找到好的方法讓這些人不暴露，也沒找到有凝聚力的人來掌管。但遇到許青山後，許青山開鏢局想幫戰友一把的舉動讓他茅塞頓開。大家同屬鏢局，以許青山為中心為他做事，又分散到各個地方不容易被人發現，還能幫他搜集消息，簡直是最完美的暗中勢力。

有了許青山的協助，九皇子做事順利許多，原本的奪嫡大計一下子往前邁了一大步，且更多了一成把握，讓他對許青山這個人才越來越倚重。調查一番之後，他發現許青山在軍中曾立有奇功，只不過從前志不在此，才將功勞分給了旁人，由孟將軍幫忙掩飾住了，以免洩漏曾經的臥底身分招來禍事。但既然如今許青山到了他的手下，他自然要讓許青山將能力發揮到極致才是。

阮玉嬌和許青山在淩南鎮發展得越來越好，對外面的人沒什麼影響，但對附近十里八村的人來說，真的是鎮上新貴了！且他們兩人還是未婚夫妻，可想而知，將來等他們成親，有孟家做靠山，一定能發展成像劉員外那般地位的人家。一時間，上門拜訪的親朋好友數之不盡，許多八竿子打不著的遠親都上門來了。

阮家和許家的人更是蠢蠢欲動，可他們之前都被恐嚇過，嚇得不敢找上門占便宜。但當初阮家是害怕劉松殺人，許家是害怕許青柏的名聲受損，如今劉松不知所蹤，許青山和阮玉嬌的地位又那麼高，肯定更在乎名聲，他們還有什麼好怕的？

於是兩家湊在一起一合計，就決定上門跟兩位老太太哭窮。許青山一個鏢局總鏢頭，阮玉嬌一個孟家表小姐，再跟他們窮親戚計較，未免太掉價吧？就是有著這一層肯定，他們的膽子大了起來，在一天趕集人多的時候，愁眉苦臉的就去了鎮上，在阮玉嬌家門口哭著道歉。

阮玉嬌在鎮上的傳奇事蹟不少，從一個被退親的農女到第一女工、二掌櫃，再到世家表小姐，她的翻身逆襲簡直完美得不可思議，許多人都在關注她。因此阮家人和許家人一出現就吸引了不少目光，等他們哭訴的時候，周圍已經圍了上百人。

門房急忙去裡頭請示。對主家的情況他是特地瞭解過的，一看就知道那些人來者不善，不好隨便回應，只得請主人家拿主意。

兩位老太太聽了都氣憤不已，但卻沒有直接出去趕人，反而擔憂道：「太過絕情怕是會影響嬌嬌的名聲，但若如了他們的意，他們定會貪得無厭，沒完沒了，這可如何是好？」

阮玉嬌聞言，不在意地笑笑，端起茶抿了一口，淡淡道：「叫護衛去趕他們走，誰敢鬧事，抓了見官！」

任誰也沒想到，阮玉嬌居然完全不在乎名聲，那些滿臉煞氣的護衛往門口一站，阮家和許家的人就弱了氣勢，心生怯意。接著，阮玉嬌如今的貼身大丫鬟宛綠踏出門外，擲地有聲地道：「昔日阮家多番陷害我家小姐，在我家小姐遇難之時落井下石、翻臉不認人，將我家小姐過繼給莊家。如今，你們有何臉面求我家小姐以德報怨，又以何身分指責我家小姐冷漠無情？還有許家，我家小姐尚未過門，無論如何也輪不到我家小姐來接濟你們吧？聽說你們家還出了一位秀才，難不成如今已是過不下去了？再說，多年來許家是如何對待許鏢頭的，大家隨意打聽便可知曉，你們將許鏢頭趕出家門時，可是說過從此互不相干，如今找上門來又是何故？難道說許秀才不止膽小怕事，連這靠人不如靠己的志氣和傲氣都沒有了？」

阮家人和許家人被她噎得臉都青了。不過是個丫鬟下人，居然敢如此羞辱他們！可還沒等他們哭嚎起來，就見宛綠隨意地擺擺手，彷彿對待幾隻蒼蠅一般地道：「我們小姐說了，莊家門前需保持清淨，若有人蓄意鬧事，儘管報官處理。」

宛綠說完便進了門，不再理會他們，而那些護衛則一字排開，對著他們虎視眈眈，一看有人大聲哭喊，立即便走出人群朝衙門的方向走去。阮家人和許家人這才嚇到了，夾著尾巴灰溜溜地跑走。正巧小壯從書院回來，同他們擦肩而過。

小壯身上是錦衣華服，身後還跟著個書僮，走過他們身邊時目不斜視，根本不予理會。大柱、二柱忍不住回頭去看，卻見剛剛還凶神惡煞的護衛們紛紛低下頭，對小壯恭敬地行禮，叫了一聲「少爺」，將小壯迎進門去。

恍然間，他們感覺失去了什麼。當年明明是他們一起跟在阮玉嬌身邊的，那時明明小壯最不討喜、最讓阮玉嬌反感，可最後卻只有小壯真心真意地聽阮玉嬌的話，把身上的毛病全改了，堅定不移地站在阮玉嬌那一邊，所以如今阮玉嬌也只認他一個弟弟，阮玉嬌身邊的人也只認他一位少爺。如果當初他們沒有聽娘的話、沒有疏遠阮玉嬌，是不是他們也能去書院讀書，住這麼大的宅子了？

回村後，大柱、二柱就跟陳氏爭吵起來，連阮金來也怨陳氏鼠目寸光，得罪了阮玉嬌這個金娃娃；而小柱這個從頭到尾都很喜歡阮玉嬌的小孩子，自然更不能理解陳氏的做法。陳氏一下子成了全家的罪人，她一向強勢，自然不肯反省，反倒同他們大吵特吵，罵他們沒有男人擔當、沒有自己的決斷。

從此以後，阮家三天一小吵，五天一大吵，再沒消停過。陳氏在家中的地位直線下降，本來他們一家就重男輕女，只不過家裡生了三個兒子沒顯現出來。如今兒子們長大有了自己的想法，對陳氏這個女人自然不會再言聽計從。誰讓他們從小聽到的就是女人沒用，男人才能當家，如今想讓他們再聽陳氏的根本不可能。

陳氏自詡精明，從前阮老太太當家的時候，她一直如魚得水，從不得罪人，萬萬沒想到，當阮家終於分家，她也爭取到整個院子和大半田地之後，生活竟變得痛苦難言。這時她才後悔，卻已經什麼都挽回不了了。

而許家人是根本不知道後悔，也沒有羞恥心，幾個女人又去了青山鏢局鬧事，被趕走後就在鎮上亂轉，見人便哭訴，一時間還真有一些不知內情的人指責阮玉嬌和許青山，說他們不念親情，發達了就不認人云云。另有一些雖然知道內情，卻也覺得他們如今富貴了，再計較從前的事真是小氣，他們身邊的下人穿戴都那麼好，怎麼就不能接濟一下親人了？

這些消息傳到莊家，莊婆婆和阮老太太都有些擔心。她們一向就很在乎阮玉嬌的名聲，可卻屢屢被那些混蛋糾纏，氣得提出要回村去住。反正阮玉嬌跟那些人是沒有任何關係的，那些人找上門來也總是打著她們兩個老太太的藉口，只要她們回去，看那些人還能作什麼妖！

阮玉嬌淡笑著搖搖頭，對她們說道：「奶奶妳們別急，咱們自過咱們的好日子，哪能因為這樣一些人就壞了心情。宛綠、映紅，妳們找些人把阮家、許家這些年做過的不堪之事宣揚出去，讓這鎮上的人和附近十里八村的鄉親都瞭解瞭解。另外，許青柏是不是剛剛訂了親？」

「是，小姐，許家這麼折騰，那家都沒意見，必定跟他們是一丘之貉，想著透過這層關係攀上小姐、攀上孟家呢。」

「不錯，所以妳們便放話出去，我和表哥與他們互不相干，是絕不會扯上任何關係，再讓外人知道知道許青柏是個什麼樣的人。他們不是要鬧嗎？索性就鬧大點，乾脆聲譽掃地好了。至於我和表哥，妳們去安排一下，天涼了，在街角那裡施粥、贈米、分發一些綿衣。吃人嘴短、拿人手短，我不信還有多少人會幫著他們說話。」

萬嬤嬤和孫婆婆聞言對視一眼，微微一笑。她們之所以一直沒開口，就是想看看阮玉嬌會怎麼處理？如今看來，她已經適應了自己的新身分，無論是眼界還是處事方法都已經同過去截然不同。這樣就好，將來她們還有很長的一段路要走，如今這點小事就當給阮玉嬌練手好了。

莊家開始行動之後，阮家人和許家人的所有惡行一下子傳遍了附近十里八村，每每有人問到青山鏢局和莊家的人，得到的答案都是和他們互不相干。這讓所有人都知道，阮玉嬌和許青山是不可能會認這兩門親戚了，原本想通過他們攀附上去的人家，立即與他們拉開距離，許青柏的未來岳家更是拿他品行不端做藉口，直接悔婚。

兩家人偷雞不成蝕把米，往後家裡人要說親是難上加難了，而村民對他們也敬而遠之，將他們完全孤立起來，生活自然越發不如意了。

還不等眾人議論阮玉嬌和許青山絕情，他們就開始施粥、贈米、贈綿衣，並定下往後每個月的這一日都會如此，這可讓那些窮苦人家高興壞了，誰要是說阮玉嬌一句壞話，他們就能幫著罵回去。這對未婚夫妻可不是小氣的人，每月贈一次，要花費多少銀錢？如此善心之人，不可能是六親不認的絕情人！

因此，阮玉嬌和許青山成了這十里八村的大善人，而阮家和許家則是成了人人唾棄的對象。

許青山為九皇子辦事，忙得腳不沾地，抽空和阮玉嬌一起吃飯，歉意地道：「我說過要好好保護妳，沒想到還讓妳遇到這種糟心事，以後再有事，一定要叫人通知我，我不想妳煩心。」

阮玉嬌給他盛了碗湯，好笑道：「我要是整天無所事事，還不得悶壞了？是我叫人瞞著你的。你做的都是重要的事，就別為這點小事煩心，我也想為家裡多做些事啊。」

「嗯，忙了這麼久，鏢局的情況已經穩定下來，發展得非常好。而且前陣子似乎將三皇子打壓得太狠了，他有些蠢蠢欲動，若他真的做了什麼，對我們來說就是一次絕佳的機會，說不定……九皇子能提前上位呢。」

阮玉嬌詫異地睜大了眼。沒想到重生後一些小小的改變，竟意外影響到了上面的爭鬥，想來是許青山破了那個案子造成了許多影響；再有許青山帶領一眾退伍軍人，大江南北地幫助九皇子，也大大增強了九皇子的勢力。

想到這裡，阮玉嬌安心許多。九皇子是明主，上位後必定有許多人能過上好日子。上輩子若九皇子能早登基半年，也許她就不會死。畢竟武安侯是三皇子的人，九皇子登基後必定要進行清算，那依附武安侯的員外府自然也逃脫不了。只可惜她上輩子沒等到，九皇子剛剛登基，她就死了；但就算她死了，她也相信員外府不會有好下場。從前她不知道這背後的許多關聯，如今知道了，她對於上輩子就真的是一點遺憾都沒有了。

第六十章

許青山看到她的神情，還以為她被朝堂爭鬥嚇到了，便轉而說起其他的事。

「今日我去見婁大人的時候，他給了我一份名單，是上次跟小壯關在一起的那些孩子們中，不願意回家，或根本不知道家人是誰的。婁大人沒想好該如何安頓他們，讓我給想想辦法，妳也幫我想想，如果能讓他們有個好去處，也算是好事一件。」

許青山隨手將名單打開放到了桌上，阮玉嬌掃了一眼，卻看到一個讓她吃驚的名字。「朱夢婷？」

「嗯？怎麼了，妳認識她？」許青山疑惑地看過來。

阮玉嬌穩了穩心神，皺眉道：「表哥，阮春蘭是真的死了嗎？」

「當然，她那麼迫害妳，不親眼看著她死，我都不放心。怎麼了？怎麼突然提到她？」

「沒什麼，只是感覺朱夢婷這個名字好像聽她說過。」

許青山想了想，道：「我叫人查一下。害人之心不可有，防人之心不可無，若她和阮春蘭有來往，說不定會對妳有敵意，妳先不要接觸她。」

「好。」

許青山很快就將朱夢婷的情況調查了出來。她和其他不想回家的人不同，全家就只剩她一個人了，無家可回。而湊巧的是，她就是許青山第一次發現寺廟不對，看到的那個委身於假和尚的姑娘，剛剛十六歲。

阮玉嬌特地去看過她一次，確認她不是阮春蘭，接著就更疑惑了。前世阮春蘭為什麼要用這位姑娘的名字？而這位姑娘又去哪裡了？她看到了朱夢婷的資料，發現朱夢婷家世和她很像，都是附近村子裡的小農女。她的母親是孟家落難的大小姐，而朱夢婷的母親也是一個外來人，且來到村子的時間和她母親相差無幾，說話也是京城口音。

朱夢婷的母親難產而死，她父親濫賭，把她抵債給了四方賭坊，之後她父親一次酗酒過度，夜裡跌進溝裡凍死了。自此她就沒了親人，而她因為容貌不錯，被送去了寺廟裡，為了吃得好一點，她就自願委身於假和尚。這樣失了身的女子將來恐怕是沒什麼好出路，多半會被送去青樓替三皇子搜集消息。假和尚連她的名字都改好了，叫夢茹。

阮玉嬌看完資料之後，仔細回想前世的事，靠著許多人之間的關聯，一點點推測，大致捋順了假小姐的事。阮春蘭雖然有些小聰明，但靠她自己要能逃出太遠還是很困難的。如果她猜得不錯，應該是阮春蘭在逃離村子之後，被寺廟那些搜羅少年少女的人給抓住了，直接帶回了寺廟。

她身上當時有三十多兩銀子，又有一塊玉珮，就算乾瘦不漂亮，也算是一頭肥羊了。結果那塊玉珮被發現價值不菲，武安侯進而對阮春蘭的身分產生懷疑，然後查到玉珮是屬於孟家大小姐的，而阮家大房的原配夫人，就是那個疑似孟家大小姐的人。

寺廟背後是武安侯在做主，他正好與孟家不對盤，且他替三皇子辦事，要麼拉攏孟家、要麼打擊孟家，能在孟家安插個釘子是絕對不會錯過的。阮玉嬌雖然是正主，但性情顯然不會給他們做釘子，那阮春蘭這樣的陰險小人就最適合不過了。並且因為阮春蘭是假的，她就不敢背叛武安侯，以免自己的身分暴露，這也算挾制她的一種手段了。

再之後，他們燒死阮老太太和阮玉嬌掩蓋秘密，卻沒想到阮玉嬌躲過一劫，不好再動手，就乾脆將阮玉嬌弄進員外府看著。而為了不讓孟府查到阮家，乾脆就讓阮春蘭頂了朱夢婷。反正朱夢婷的母親也是外來人，以假亂真，十幾年前的事沒有了證人，絕對查不出來。

如此，在武安侯的幫助下，孟家只能查到朱夢婷就是孟婉的女兒，而這個朱夢婷則由阮春蘭所冒充的。這樣一位孟將軍心懷愧疚的表小姐住在孟府，若想做些什麼，自然十分方便。

阮玉嬌不知道前世阮春蘭到底有沒有害了孟府，但前世直到她死，九皇子才登基，武安侯才即將被清算，想來，阮春蘭潛伏在孟府時，也給了武安侯一定的幫助。而那時阮春蘭看見她，想起她這麼一個真小姐還沒死，便示意劉傑殺了她，並出於嫉恨，讓她死得屈辱，完全就是阮春蘭的作風。也怪不得她那般小心還能被劉傑看中，原來一切只是因為她礙了假小姐的眼。

但既然真相是這樣，那麼前世等九皇子清算了武安侯之後，阮春蘭的真實身分八成就會被發現了。畢竟孟將軍和孟夫人又不是傻子，相處幾年再加上一些爭鬥、蛛絲馬跡，她相信他們一定能發現的。所以前世她就算早死，他們依然惡有惡報，這真是太好了！

許青山發現自從阮玉嬌瞭解了朱夢婷的情況之後，就有些變了，說不清具體哪裡變了，但就是感覺她整個人一顰一笑都透著輕鬆愜意，讓人見之心喜。不管是為什麼，看到阮玉嬌這樣開開心心的，他也跟著高興起來。

那頭阮玉嬌和喬掌櫃忙著把錦繡坊開到京城的事，許青山也忙著幫九皇子處理所有暗中籌謀的事。他的才能在尋常百姓中難以施展，但替九皇子辦事卻是如魚得水，往往能超出九皇子的預期，取得意想不到的好結果，令九皇子對他越來越看重。

鏢局的兄弟們走南闖北，搜集到的消息也給了九皇子極大的便利，其中一條就是三皇子找了個道士，欺騙皇帝吃長生不老丸。九皇子雖然想上位，但他對皇帝還存著對父親的孝心，得到消息之後，立刻就上報給皇帝，勸說皇帝不要再相信那個道士。

可皇帝的心思誰也猜不出，也許此時長生不老就是他最大的期望，所以他不但沒聽九皇子的勸，還將他訓斥一番，毫不留情。況且三皇子與那個道士之間並未留下證據能證明他們有關係，就算嫌疑很大，皇帝也依然不信。

長生不老丸吃了之後會令人亢奮，九皇子懷疑裡面有五石散，太醫卻驗不出來，這讓皇帝更不喜他，反而越發覺得長生不老丸是神藥。尤其是吃了這藥，他還能臨幸后妃，並讓一妃子有了身孕，證明他老當益壯，吃的絕對是對身體有益的藥，堅決不肯斷藥。

如此，九皇子無法，只得開始暗中部署，提早做準備。三個月後，皇帝已經對藥丸有了依賴，半日不吃就會神色萎靡、渾身難受，且還暴躁易怒，讓朝堂許多大臣都心有微詞。就在這個時候，邊關異動，孟將軍被派往邊關平亂，三皇子便乘機動手了！

三皇子掌控了京中禁衛軍，一舉攻破皇宮，殺到皇帝面前。皇帝不敢置信地指著三皇子和道士，氣得渾身哆嗦。「真的是你要謀害朕？老九說的都是真的？」

三皇子嘲諷道：「你如今才知道，未免太晚了些，也就只有老九那個傻子還對你有幾分孝心，結果卻被痛罵一頓，你說，你是不是活該？事到如今，皇位已是我囊中之物，我勸你還是不要掙扎，寫下禪位詔書，說不定我還能大發善心，讓道長多煉製一些藥丸，讓你多活幾日。」

「你！你休想！」皇帝又有些犯癮，難受異常，但他到底做了二十多年的皇帝，怎麼可能為這種事低頭？他雖然糊塗過，卻不會對敵人搖尾乞憐。這個他曾經疼愛過的兒子，如今就是他的敵人。

正當他想拿手中寶劍拚死一搏的時候，外頭突然又傳來了喊殺聲。三皇子一驚，不可置信地道：「誰？什麼人會來救駕？」

他的貼身太監衝出去打探片刻，擦著汗跑回來道：「主子，不好了，是九皇子帶人殺進來了！不知他帶的是什麼人，竟然一點也不比禁衛軍差，禁衛軍頂……頂不住了。」

三皇子踉蹌了一下，瞪大眼看向皇帝，咬牙切齒地道：「你怪我養私兵，那老九呢？他若是不養私兵，哪裡來的這麼多人？看你這個父皇何其失敗，你的兒子就沒有一個沒私心的！」

他話音剛落，正想抓住皇帝做人質，許青山就提劍從窗子躍了進來，瞬間擋到皇帝面前護駕。「草民奉九皇子之命前來救駕！九皇子即刻便到，請皇上放心。」

有了這麼一個身手不錯的人擋在前面，皇帝確實鬆了口氣，點點頭，憤怒地道：「老九做得好，將這些亂臣賊子都給朕抓了！」

許青山對隨後衝來的幾位兄弟打了個手勢，冷冷地下令。「皇上有令，捉拿亂臣賊子，一個都不許放過！」

「是！」

看著衣著普通的一干人等，卻渾身充滿了軍人的氣息。三皇子等人驚疑不定地邊退邊戰，卻很快落敗，被奪了兵器押在地上，他不甘大喊。「你們是什麼人？」

正好這時九皇子也帶人趕了過來，三皇子便又質問。「老九！你想幹麼？你想造反？這些人都是你養的私兵對不對？你裝出一副與世無爭的樣子，卻偷偷養著這麼精銳的私兵，說你不想造反，誰信？你只不過比我晚一步動手，你就成了救駕的英雄？你作夢！父皇！父皇你看看他，他比我還居心叵測，你要處罰我，便把他也一起處罰，不然我做鬼也不甘心啊父皇！」

所有三皇子的人都被拿下，皇帝徹底放鬆下來，但聽了三皇子的話，再一看如今到處都是九皇子的人，他又下意識地緊張起來，皺眉道：「老九，這些人是……」

許青山退到九皇子身後，他的兄弟們也將亂臣賊子交給了九皇子的護衛，退到他身後，看著當真像一支兵，讓皇帝心中越發疑惑。

九皇子不慌不忙，拱手笑道：「父皇，此人許青山，曾是孟將軍手下的一員猛將，在軍中立過奇功。後來惦念家中親人，退伍還鄉，開了間鏢局，收留一眾生活困苦的戰友。兒臣也是偶然知道了這間鏢局，此次事發突然，兒臣求助無門，只得找許鏢頭幫忙。幸而許鏢頭他們一直有報國之心，及時趕來化解這場危機。父皇，許鏢頭等人雖然不在軍中，卻無時無刻都記得守衛國家、忠於皇上，父皇您可萬萬不能聽信小人之言，錯怪了他們啊！」

三皇子瞪著眼睛大喊：「你說謊！父皇，他說謊！你別信他的話，他居心叵測，他……」

「三皇兄。」九皇子淡淡地打斷了他的話，說道：「無論如何，我都不會像你一般利用無辜的孩童，更不會像你一般謀害父皇、逼宮篡位。」

九皇子和三皇子的行為有本質上的不同，至少九皇子從未喪心病狂地去害無辜的人，更從未想過逼宮篡位、謀害皇帝。三皇子想拉他一起死，卻只是在對比中更加凸顯了自己品性的低劣而已。

皇帝將其打入天牢，整個人就撐不住，暈死了過去。他服食藥丸這麼久，又喜歡臨幸妃嬪以證明自己老當益壯，身體早已被掏空，這次大喜大悲之下，不用太醫多說，他都能感覺到自己老了，力不從心了。原本三皇子那番話對他造成了很大的影響，畢竟當皇帝沒有不多疑的，九皇子能收用許青山等人，就算是意外結識，那也等於是有了一支私兵的支持，他怎麼能不防備？尤其是九皇子一向表現得與世無爭，私底下卻和許青山他們來往，又是何意？是不是早就惦記著他的皇帝寶座了？

可在床上躺了幾日之後，他的這種防備就變成了無奈。就算九皇子養私兵，他又能怎麼樣呢？他難道要打壓九皇子嗎？他很清楚的知道，他已經快不行了，若還霸占著皇位、日日處理政務，定然活不了多久，而他若想活得久一些，便只有退位靜養這一條路可走，興許還能多兩年的命。

如今在他所有兒子中，只有九皇子最有才能，無論從哪方面考慮，他都不能動九皇子。既然已打算退位，他又何必計較那麼多？九皇子心有成算，正是應該高興的事，因為只有這樣的人才能坐穩皇位，打理好萬里河山，若此時真的無一皇子能挑起大樑，他才該煩心後繼無人呢。

身體垮掉之後，皇帝的心胸開闊了許多，已經能從旁觀者的角度去看九皇子，而不是將他當做一個覬覦自己皇位的不孝子。如此，又過了一個月，處理了三皇子之後，皇帝親筆寫下禪位詔書，將皇位交給九皇子，然後帶著幾個滿意的妃子去了別院養老，不再問朝政之事。

九皇子登基為帝，第一件事就是封賞助他上位的功臣。婁大人被封京兆尹，而許青山和他的兄弟們則成為新的禁衛軍。許青山被封禁衛統領，直接隸屬於皇帝，而他的兄弟們都是經他篩選過的好手，只要沒有殘疾，便都被編入禁衛軍中；一些身有殘疾的則是作為伙夫、採辦等，同樣在他手下做事。

這對一眾退伍軍人來說，簡直是意想不到的驚喜，就連許青山也沒想到皇帝會對他們這麼大方。事後他提出自己的疑問，皇帝笑說：「原本朕也覺得退伍的兵就該養老，做不了什麼事了，可見過你的兄弟們，朕才知道，退伍的兵未必就是受了重傷或身有殘疾。」

他嘆了口氣，又道：「有人的地方就有爭鬥，即使是軍中，也同樣有勾心鬥角。不少無辜之人被迫退伍，生活困苦，你給了他們一個希望，朕也給你們一個希望。將來，你就幫朕好好看著這京城，也幫朕好好照顧這些戰場上的英雄吧！」

許青山心中觸動，拱手應道：「是！皇上放心，臣定不負所望！」

許青山明白，當退伍的兵能形成一種勢力時，任何上位者都不會任其發展，若不能掌握在手中，便只有摧毀一途。但皇帝的做法並不讓他們難受，反而讓他們驚喜非常，以後他們這股勢力屬於朝廷、屬於皇帝，這也同時是他們最好的發展，是從前想都沒想過的好日子。所以許青山沒有任何意見，反而對皇帝心存感激，跟著這樣的皇帝，再不必擔心會受到不公的待遇。

做官之後，許青山在京中就有了自己的府邸。皇帝知道他和孟家的關係，特地將孟家附近的一處大宅賞給了他。

如今一切順遂，許青山唯一無奈的是，劉松託兄弟帶了賀禮給他，說怕是沒法在他大婚時趕回來。不過他從兄弟口中得知，劉松過得有人氣了些，倒是讓他寬心許多。

而阮玉嬌也搬到了京城。她與許青山已經快到婚期，就沒必要在京中再置辦住宅，便暫時住到了孟家。阮老太太這個曾經救過孟婉性命的恩人，自然也被孟家奉為座上賓，而莊婆婆則是住到了許青山府中，還拉了孫婆婆幫忙，收拾府邸、準備親事。

待嫁的日子，阮玉嬌除了配合眾人量身製衣，就沒什麼事做了，所以她乾脆協助喬掌櫃處理錦繡坊開張事宜。喬掌櫃已經準備了好幾個月，只是前段日子發生了逼宮篡位的事，才耽擱了下來。如今新皇登基，正是大好時機，阮玉嬌和喬掌櫃一商量，就風風火火的開起了鋪子。

另外，阮玉嬌這幾個月給錦繡坊設計衣服也賺了不少銀子，初到京城，她在京郊買了一片地。畢竟兩位奶奶都是農家出身，家裡沒地總是感覺沒底似的，如今把成片的地租出去，當了小地主，兩位老太太也頗為安心，把這當成一條最為可靠的退路。她還另外買了一處莊園，種了些果樹和菜，是專供他們自己人吃的，雇人專心侍弄，總是比外頭買來的要好吃得多。而且得空的時候，還可以一家去莊園散散心，住個幾日，算是一個很好的去處了。

買了這些東西，她的積蓄剩下不多，便打算全都用來置辦嫁妝。孟夫人對她見外的樣子既無奈又好笑，特地當著自家兒女的面名言要給她置辦嫁妝。阮玉嬌要推辭，她卻說什麼都不肯。本來孟婉就是孟家上一代的大小姐，該從孟家拿走嫁妝再傳給阮玉嬌的，如今就算孟婉已逝，又過去了這麼多年，孟家也仍舊保留著給孟婉的東西，那代表著孟將軍對妹妹的愧疚，是誰都不能碰的。

孟夫人把子女教養得很好，她直接對他們說，阮玉嬌沒有跟他們搶過任何東西，這一切都是她該得的。他們自然是沒有任何異議，反而還說要給這位表姐添妝，一下子同阮玉嬌拉近了許多距離。

嫁妝的事交給了孟夫人，阮玉嬌就全心投入到錦繡坊的發展中。她是孟家表小姐，她未婚夫又是京中新貴，有她給錦繡坊撐腰，喬掌櫃之前擔心的那些麻煩一件也沒有發生，迅速在京城占有了一席之地。

因阮玉嬌對錦繡坊投入頗多，如今的錦繡坊有三分之一是屬於她的，她儼然成了錦繡坊的幕後二老闆。因她對服飾、刺繡都頗有心得，雖是新加入京中小姐們的圈子，卻很快就贏得了許多人的喜歡，同她十分聊得來。忙完這些，她又順從心意，將投入錦繡坊賺來的錢用來幫助那些孤寡老人。

上輩子奶奶去世給她帶來的影響實在太大了，雖然如今奶奶還好好的活著，但想到莊婆婆那時斷腿無助的樣子，她的心就難過不已。這是她前世今生的執念，她也沒想過去改，如今她有了能力，她就希望所有的孤寡老人都能有些依靠，不要生活得太過艱難。雖然她能做的很有限，但這是她的心願，能做多少算多少，只是想盡自己的一份力。

無論什麼時候，做善事都是被人稱道的大好事。一時間，京城眾人都對她刮目相看，她過去那些拋頭露面的生活都成了她努力的證明，提起她和許青山，都說是兩個了不起的人，沒有任何人會用那段生活來嘲笑她的出身，這也算一個意外之喜。

對自己這麼快就融入了京城的生活，阮玉嬌覺得一切都順利得不可思議。

兩個月後的一個黃道吉日，許青山騎在一匹白色駿馬之上，用八抬大轎迎娶阮玉嬌，他身著鮮紅的喜服，上面精緻繁複的暗紋襯得他更加器宇軒昂、身姿挺拔。軍人骨子裡的鋒銳，讓他在馬上氣勢十足，只有微微繃緊的下巴和攥緊韁繩的手，顯示出他內心的緊張。

多年來與他出生入死的兄弟們，都騎著清一色的紅棕馬跟在他身後，俱是一臉喜意；而吹奏喜樂的隊伍則隨在兩旁敲敲打打，後頭還跟著粉色衣裙的丫鬟們，一邊撒花瓣，一邊撒銅板，可謂是聲勢浩大，吸引了所有人的目光，讓人不由得羨慕起被他重視的女子。

到了孟家，許青山便如同提線木偶，喜娘說一句，他便跟著做個動作，逗得許多人哈哈大笑，直到他看到那個被孟公子揹出來的穿喜服的女子，目光便黏在新娘身上移不開了！

孟公子鄭重地將阮玉嬌交到許青山手中，笑道：「我把表姐交給你了。表姐夫，你若對我表姐不好，我可要去找你算帳的。」

許青山緊緊握住阮玉嬌的手，目光堅定。「你不會有這個機會。」

吉時一到，喜娘高聲吆喝起來，頓時鞭炮陣陣、樂鼓齊鳴，許青山將阮玉嬌扶進轎內，跟孟家人告辭，快速上馬，一直無甚表情的臉上，終於露出一抹笑容，讓偷偷把許青山叫「冷面閻羅」的百姓們吃驚不已。迎親的所有細節都能透出他對阮玉嬌的愛重和珍視，而阮玉嬌也帶了十里紅妝，長長的鋪在身後，風光無限。

到許府後，許青山和阮玉嬌分別牽著紅綢的兩頭，一步步走入大堂，聽著賓客的慶賀聲，都感覺有些不真實。他們一同拜了天地、拜了高堂，那短短的一截紅綢彷彿將他們的心緊緊聯繫在一起，在夫妻對拜的時候，他們幾乎同時感謝上蒼，讓他們此生能有對方相伴，唯願長長久久、永不分離。

許青山親自將阮玉嬌送入洞房，趁旁人不注意，悄聲對她說：「可餓了？我叫人給妳送些吃的來。」

阮玉嬌低下頭，聲如蚊蚋。「不用，我等表哥。」

許青山恨不得直接就在房裡陪她，可外面還有不少朝廷命官和一群好兄弟要他照顧，他只能依依不捨地先行離開，叫小丫鬟在旁邊看得直偷笑。

自許青山做官之後，有不少人家對他示好、看中他做女婿，甚至有不少女子要給他做妾。許青山根本沒讓這些事煩到阮玉嬌，直接全打發了。他對阮玉嬌的重情重義讓皇帝很喜歡，所以他成親之日，皇帝親臨許府為他主婚，給了他極大的臉面。

闔府賓客無不吃驚於皇帝對許青山的看重，若說原來還有對許青山表面應付的，那如今就真是把他當做皇帝面前的紅人敬著了。簡在帝心，許青山將來必定前程無量。眾賓客聊起許青山照顧兄弟、愛重妻子的性情，紛紛感慨認同。這樣一位重情之人，沒有人會不喜歡，總比那種小人得勢要好太多了吧！

眾人的熱情讓喜宴又熱鬧許多，如此難得的一個結交機會，誰都不想錯過。許青山一直被拉著飲酒無法脫身，喝了足足半個時辰才被放過，由他的兄弟們代替他拚酒。他連忙洗去一身酒氣趕回新房，看到阮玉嬌卸下了釵環妝容，換成了柔軟的紅色寢衣，端坐在床邊等他。

只一眼，他便喉結滾動，渾身都熱了起來，下意識地關門上鎖。

他慢慢走過去拉住阮玉嬌的手，眼睛盯著她。「妳一直在這裡坐著？不累嗎？怎麼沒休息休息？」

阮玉嬌搖搖頭，對上他的視線莫名有些臉紅，聲音輕輕柔柔的。「不累，我想等你回來。」

許青山看了一眼滿屋的喜慶，試探著握住她白嫩柔軟的手，輕輕摩挲，然後才一把將人摟進懷裡，笑出聲來。「感覺像作夢，我們成親了！妳如今已經是我的娘子了！以後我每天醒後、睡前都能看到妳，我們會一輩子在一起；還有我們的孩子，我們已經是一家人了！」

「嗯，我們是一家人了。」阮玉嬌柔柔地看著他，臉上帶著羞怯之意，緊張道：「我、我幫你更衣。今日累了吧？我給你按按。」

許青山一把按住她，對她搖頭。「不用做這些，我自己來。」

「可是舅母說……」

「不必管別人，他們有他們的相處方式，我們有我們的。你是我娶回來寵著、疼著的嬌妻，可不是要來伺候我的，我只想妳高高興興的做我夫人。」

「表哥，我有點害怕。你以後是不是一直對我這麼好？永遠都對我好？」阮玉嬌閉著眼趴在他懷裡，緊緊抓著他的衣服，在這大喜之日，難得的生出幾分忐忑來。從此以後，她的生命就和這個男人緊緊綁在一起，這裡是她的家，她真正要組成一個家了。

許青山低頭在她眉心輕吻了一下，柔聲道：「是，我會對妳好，永遠對妳好。嬌嬌別怕，不管發生什麼事，我都在妳身邊，永遠愛妳。」

這是他第一次說出「愛」這個字，阮玉嬌睫毛顫了顫，慢慢睜開眼，看著他的眼睛，輕聲道：「我也愛你，永遠愛你。」

許青山看著她嬌美的容顏，彷彿受了蠱惑，再也忍不住低頭吻上惦念已久的紅唇。阮玉嬌的唇一如他幻想般那麼甜美，如同瓊漿玉液，沾上就如同上癮，直到被喜燭的噼啪聲驚醒，他才不捨地放開。他用拇指摩挲著她泛紅的臉頰，眼中滿是柔情。

阮玉嬌緊張地偏過頭，瞧見桌上的合巹酒，忙扯住他的衣袖。「表哥，合巹酒還沒喝。」

「夫人，妳叫我什麼？」

阮玉嬌怔了怔，不好意思地看他一眼。「夫、夫君。」

許青山勾起嘴角，牽著她來到桌旁，與她交纏手臂，飲下了合巹酒，目光膠著在她的身上。完成這一步，他立刻將人攔腰抱起，大步返回床邊，壓到大紅的鴛鴦喜被上，聲音低沈沙啞。「不早了，我們安置吧。」

從他們相見的第一眼，他就知道這個姑娘很特別。他救下了她，發現了她的好、得到了她的心，他怎麼可能會辜負她？這一生，他只想和她在一起，幸福美滿，恩愛白頭。

窗外的圓月慢慢隱藏在雲彩中，似乎害羞得不敢直面屋內的熱情。未來還那麼長、那麼長，而這對恩愛夫妻的幸福生活才只是剛剛開始。上一世的阮玉嬌辛苦生活、淒慘死去；這一世，上天彷彿把欠她的所有福氣都補給了她，讓她終於有了美滿的生活。從此，無病無災、無痛無淚，她真正得到了屬於她的最好的幸福。

——全書完

萬貴千金 3 完

國家圖書館出版品預行編目資料

萬貴千金 / 幽蘭著. --
初版. -- 臺北市 : 狗屋, 2018.08
冊 ; 公分. --（文創風）
ISBN 978-986-328-896-1（第3冊 : 平裝）. --

857.7　　　　107009608

著作者　幽蘭
編輯　林俐君
校對　于馨　簡郁珊
發行所　狗屋出版社有限公司
地址　台北市104中山區龍江路71巷15號1樓
電話　02-2776-5889～0
發行字號　局版台業字845號
法律顧問　蕭雄淋律師
總經銷　知遠文化事業有限公司
電話　02-2664-8800
初版　2018年8月
國際書碼　ISBN-13　978-986-328-896-1

本著作物由北京晉江原創網絡科技有限公司授權出版

定價250元
狗屋劃撥帳號：19001626
網址：love.doghouse.com.tw　E-mail：love@doghouse.com.tw